Jill Childs
Die Affäre

atb aufbau taschenbuch

Jill hat schon immer Geschichten geliebt – echte und erfundene. Über 30 Jahre lang bereiste sie als Journalistin die ganze Welt – je nachdem wohin die Nachrichten sie führten. Heute lebt sie als Autorin mit ihrem Mann und ihren Zwillingen in London.

Nina Restemeier begann zunächst, Literaturwissenschaft zu studieren, stellte aber schnell fest, dass sie lieber *mit* Literatur statt *über* Literatur arbeitet. Seit sie in Düsseldorf den Diplomstudiengang Literaturübersetzen für die Sprachen Englisch und Italienisch abschloss, ist sie als freie Übersetzerin und Lektorin tätig.

Ausgerechnet zwischen der unauffälligen, zurückhaltenden Laura und ihrem gut aussehenden, charismatischen Lehrerkollegen Ralph entwickelt sich eine Affäre. Als er, angeblich glücklich verheiratet, dem ein Ende machen will, kommt es zur Katastrophe.

Niemals hätte Laura damit gerechnet, dass Ralph zu dem fähig ist, was er getan hat – aber sie hätte auch niemals daran gedacht, ihn zu töten … Und welche Rolle spielt eigentlich seine Frau Helen?

JILL CHILDS

DIE AFFÄRE

THRILLER

Aus dem Englischen
von Nina Restemeier

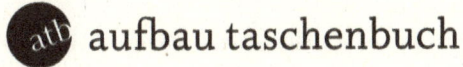 aufbau taschenbuch

Die Originalausgabe unter dem Titel
The Mistress
erschien 2020 bei Bookouture, London.

ISBN 978-3-7466-4161-4

Aufbau Taschenbuch ist eine Marke
der Aufbau Verlage GmbH & Co. KG

2. Auflage 2024
© Aufbau Verlage GmbH & Co. KG, Berlin 2022
www.aufbau-verlage.de
10969 Berlin, Prinzenstraße 85
© Jill Childs, 2020
Der Verlag behält sich das Text- und Data-Mining
nach § 44b UrhG vor, was hiermit Dritten ohne Zustimmung
des Verlages untersagt ist.
Umschlaggestaltung Grit Bomhauer
graphische Adaption www.buerosued.de, München
unter Verwendung von Motiven von © Shutterstock /
elegeyda, Foodshik_ph, Ken StockPhoto, Artiste2d3d, schankz,
ViChizh, LifetimeStock, BG Plus2, Miloje und Phordi Hinthong und
© Getty Images / ucpage und Liudmila Chernetska
Satz LVD GmbH, Berlin
Druck und Binden CPI books GmbH, Leck, Germany

Printed in Germany

Für Nick

TEIL 1
LAURA

KAPITEL 1

Ich tauchte nicht unangemeldet bei ihm auf. Er hatte mich zu sich bestellt, mit einer Nachricht. Ich hatte ganz sicher nicht vor, ihn umzubringen.

Mir zitterten die Hände, als ich mich bereitmachte. Nicht zu viel Make-up, nur ein wenig Eyeliner, einen Hauch Rouge und etwas Lippenstift. Er mochte angemalte Frauen nicht. So nannte er das. Dann lachte er und zitierte irgendwen. Wahrscheinlich Shakespeare, der war es meistens. So war Ralph eben. Er unterrichtete Literatur nicht nur, er lebte und atmete sie.

Wenn wir uns liebten, dann waren das zwischen den Laken nicht nur wir beide. Wir waren Romeo und Julia. Troilus und Cressida. Antonius und Kleopatra. Er ließ einzelne Zeilen fallen, Zeilen aus all den Werken, die er in seinem hübschen Kopf abgespeichert hatte. *Das schönste Frauenbild.* Oder: *Sie macht hungrig, je reichlicher sie schenkt.* Ich merkte sie mir, googelte sie, wenn er gegangen war, und war erstaunt darüber, was er alles wusste. Er gab mir das Gefühl, etwas Besonderes zu sein. Schön zu sein. Jemand anders.

Ich parkte eine Straße entfernt, um nicht aufzufallen. Es war ein warmer Abend, trotzdem setzte ich einen breitkrempigen Hut auf, der mein Gesicht verdeckte, und ging zügig mit gesenktem Kopf zu seinem Haus.

Die Straße war menschenleer. Der Asphalt übersät von den Blütenblättern der dürren Bäume, als hätte ich eine Hochzeit verpasst. Es war noch hell, beim Nachbarhaus standen die Vorhänge offen und erlaubten mir einen Blick ins Wohnzimmer. Ich nahm alles mit einem raschen Blick wahr, stellte sicher, dass mich niemand gesehen hatte, und ging vorbei.

Er hatte das Gartentor offen gelassen, wie immer, wenn er mich erwartete, weil es so quietschte. Wie ein Schatten schlüpfte ich hindurch und schlich den Gartenpfad hinauf zur Haustür. Sie glänzte im sanften Abendlicht. Schwarz und vor Kurzem frisch gestrichen. Den Anstreicher hatte natürlich Helen organisiert. Sie organisierte alles, sogar Ralph. Manchmal scherzte er darüber, wenn die Rede darauf kam, wenn auch nicht allzu bissig. Dafür respektierte er sie zu sehr. Es tat weh, aber ich wusste, dass er Gefühle für sie hatte, selbst jetzt noch. Vielleicht nicht unbedingt Liebe. Bestimmt keine Leidenschaft. Eher widerwillige Bewunderung. Eine gewisse Verpflichtung.

Einmal hatte er in der Schreibgruppe an der Schule ein selbstverfasstes Gedicht über Odysseus und Penelope vorgetragen. Quasi ein Liebesgedicht. Das war in den Anfangstagen, als ich noch versuchte, ihm zu widerstehen, und trotzdem an nichts anderes denken konnte als an ihn. Wie ein Schulmädchen hielt ich den Atem an, wenn ich für einen Termin hinauf zur Upper School musste, in sein Terrain. Alle meine Sinne waren angespannt, wenn ich über die Korridore lief oder durch die Fenster im Erdgeschoss in die Haupthalle spähte. Ich glaubte, mein sexuelles Verlangen nach ihm müsste von mir abstrahlen wie Radioaktivität, mich zum Leuchten bringen, so dass es jeder sehen konnte. Wenn ich dann zur Lower School in meine Klasse zurückkehrte, ohne ihn gesehen zu haben, war meine Enttäuschung darüber genauso durchdringend.

Sein Gedicht stellte die Frage, wer der eigentliche Held war – Odysseus, der schwertschwingende Krieger, oder Penelope, die so treu ergeben auf ihn wartete, webte und auflöste und erneut webte, um ihre Ehre zu bewahren?

Nach der Stunde, als wir unsere Mäntel anzogen, sprach ich ihn mit gedämpfter Stimme darauf an. Ich tat so, als würde ich allein gehen, obwohl ich wusste, obwohl wir beide wussten, dass er mich einholen und mich plaudernd zum Parkplatz der Lower School begleiten würde.

»Was hat dich zu dem Gedicht inspiriert?«, fragte ich.

Er lächelte, Fältchen bildeten sich um seine Augen, und er sah mich so direkt, so gefühlvoll an, dass ich erschauerte.

»Was glaubst du?«

Und in dem Augenblick verstand ich, dass sein poetisches, leidenschaftliches Gedicht mir galt. Es war eine Ode an meine Keuschheit, mein Bemühen, Matthew treu zu bleiben, meinem Freund, der mich vor beinahe zwei Jahren verlassen und mir das Herz gebrochen hatte. Ich erkannte, dass Ralph etwas in mir sah, was sonst niemand sah. Mein wahres Ich.

Als er mich auch in der nächsten Woche nach der Schreibgruppe zum Auto begleitete und wieder einmal fragte, ob ich mit ihm etwas trinken gehen wolle, war ich bereit. Ich errötete, konnte ihn nicht anschauen und sagte Ja.

Wieso dachte ich jetzt daran? Ich rieb mir mit den Handballen über die feuchten Augen, sah einen Blitz über die glänzende Farbe huschen, den Lichtreflex meiner Armbanduhr, blieb einen Moment still stehen und konzentrierte mich auf meine Atmung, um mich zu beruhigen.

Ich wusste nicht, was mich erwartete. Wusste nicht,

warum er mir geschrieben hatte. Ich fühlte mich ausge-höhlt. Seit Wochen hatte ich buchstäblich nichts mehr gegessen, und meine Hände, an den Seiten zu Fäusten geballt, zitterten.

Die Tabletten, die mir meine Ärztin gegen die Angst-zustände – wir wussten beide, dass sie eigentlich Depres-sionen meinte – verschrieben hatte, verursachten Stim-mungsschwankungen. In einem Moment war ich in Tränen aufgelöst, im nächsten zornig. Ich war nicht ich selbst. In der Schule fiel es langsam auf.

Ich schluckte, holte tief Luft, dann hob ich eine Hand und tippte mit den bloßen Knöcheln aufs Holz. Nur ganz sanft, um Anna nicht aufzuwecken. Genau, wie er es mir gezeigt hatte.

KAPITEL 2

Als er die Tür hinter mir schloss, stieß er gegen mich, und für einen kurzen Augenblick mussten wir uns in dem schmalen Flur aneinanderdrängen. Seltsam. Er war mir so nah, dass ich seine Körperwärme wahrnahm. Seine Lebenskraft. Ich streckte die Hand aus und legte sie ihm auf den Unterarm, spürte seine warme Haut durch die Baumwolle des Hemdsärmels.

Er zuckte zusammen, als hätte ich ihm einen elektrischen Schlag versetzt, und zog den Arm weg. Meine Eingeweide verkrampften sich. Die Verbindung zwischen uns war immer noch da. Wie sonst ließ sich diese heftige Reaktion erklären? Aber er wirkte gehetzt, und sein Gesicht war verschlossen, als er sich von mir abwandte.

Mir zitterten die Beine. Ich hatte so sehr gehofft, er hätte eingesehen, wie dumm es gewesen war, mich zu verlassen, und dass er mich zurückgewinnen wollte.

»Willst du was trinken?«, fragte er und führte mich durch den Flur, vorbei an dem kleinen Tischchen mit der säuberlich gestapelten Post, an den gerahmten Fotos und der Kellertür unter der Treppe, und in die Küche. Meine Absätze klapperten auf den Bodenfliesen, und ich ging instinktiv auf Zehenspitzen, um kein Geräusch zu machen. In der Küche lehnte ich mich an die Anrichte, *ihre* Anrichte, und betrachtete ihn, als sähe ich ihn zum ersten Mal. Wie er sich mit den Fingern durch die Haare fuhr, wenn er nervös war, die breiten Schultern unter seinem Hemd, an die ich mich so oft geklammert hatte, wenn wir uns geliebt hatten, dieser ganz bestimmte Duft von Männerschweiß und frischer Wäsche und Duschgel. Ralph. Ich biss mir auf die Lippe.

Er schenkte uns beiden ein Glas Rotwein ein und reichte mir eins. Shiraz, sein Lieblingswein. Er hatte schon bereitgestanden, mit zwei Gläsern. Ich fragte mich, ob Helen ihn gekauft hatte, bei ihrer wöchentlichen Online-Bestellung.

Nervös drehte ich mich um und betrachtete demonstrativ die beiden ordentlichen Regalreihen mit Kochbüchern. Sie waren nach Regionen sortiert: China, Frankreich, Italien, Orient. Jede einzelne kleine Abteilung war in sich alphabetisch nach Autor geordnet. Helen, durch und durch Bibliothekarin. Wie hielt er das aus?

Ich wandte mich wieder ihm zu. Auf der Wanduhr hinter ihm war es fast Viertel nach acht. Sie ging immer fünf Minuten vor. Wie viele Kleinigkeiten ich über die beiden und ihr gemeinsames Leben wusste. Ich verspürte ein Ziehen im Bauch und trank den Wein schneller, als mir guttat.

»Wo ist sie?«

Er schaute zu Boden. »Irgendwas in der Schule. Eine Diskussion. Ausgerechnet über Glücklichsein.« Er lachte trocken.

Einmal hatten wir genau hier auf dem blitzsauberen Küchentisch, wo sie jeden Morgen frühstückten, Sex gehabt. Es hatte ihn angetörnt, zu wissen, wie sehr sie es missbilligt hätte – nicht nur seine Untreue, sondern weil es so unhygienisch war.

»Also …«, sagte ich bemüht beiläufig – ein weiterer Trick, damit er mich wieder wollte. »Womit fangen wir an?«

Er antwortete, ohne mich anzusehen. »Ich muss mit dir reden.«

»Wir reden doch.« Mit den Fingern umklammerte ich den Stiel des Weinglases. Wochenlang – die schlimmsten Wochen meines Lebens – hatte er auf keine meiner Nachrichten geantwortet, alle Anrufe ignoriert, war mir in der Schule aus dem Weg gegangen, egal wie verzweifelt ich ihm nachgestellt, ihn von einem Klassenraum zum nächsten verfolgt hatte. Ich kannte seinen Stundenplan auswendig.

Er trank einen Schluck Wein. »Ich weiß, du bist verletzt. Es tut mir leid, wirklich. Ich wollte nie …«

Irgendetwas in mir verkrampfte sich. »Was wolltest du nie?«

Er zögerte, und endlich sah er mich an. Er wirkte erschöpft und vielleicht ein wenig verlegen.

»Es tut mir einfach leid. Was passiert ist. Aber du musst aufhören.«

Ich konnte nicht antworten. *Das war's dann wohl.* Nach allem, was er gesagt hatte. Wie sehr er mich liebte. Wie gut wir zueinander passten. Ich war mir so sicher gewesen, dass er sie letzten Endes verlassen würde, für mich. Ich biss mir auf die Unterlippe.

Er wich meinem Blick aus. »Ich weiß, dass du sauer bist. Das verstehe ich. Aber du machst alles nur noch schlimmer.«

»Für dich vielleicht.« Ich hatte nichts mehr zu verlieren.

Er zuckte mit den Schultern. »Bitte. Es ist vorbei. Es tut mir leid, aber so ist es.« Er verlagerte sein Gewicht, ließ den Blick zum Herd am anderen Ende der Küche wandern, ohne ihn wirklich anzusehen. »Es geht nicht nur darum, was du mir antust. Oder Helen. Es geht auch um Anna.«

Ich schnaubte. »Das hättest du dir früher überlegen müssen. Was du getan hast, ist nicht einfach nur falsch, es ist strafbar.«

Er trank seinen Wein aus. »Ich mache nichts mit … Ehrlich. Es ist nicht so, wie du denkst.« Peinlich berührt brach er ab.

»Hör auf, Ralph. Ich weiß genau, was los ist.« Ich stellte mein Glas ab und kam auf ihn zu, so dass er gezwungen war, mich anzusehen. »Und das ist kein Bluff. Das weißt du, oder? Es ist mir ernst.«

Er riss die Augen auf. Was hatte er denn erwartet? Dass ich den Mund halten und verschwinden würde, damit er weitermachen konnte? Ich schüttelte den Kopf.

»Ich mache es, Ralph. Ich erzähle es allen. Ich schreibe der Schulbehörde. Ich mache dich fertig. Kapierst du es nicht? Du verlierst nicht nur Helen. Du wirst nie wieder unterrichten.«

»Sie werden dir nicht glauben.« Sein Blick war unsicher. »Du hast keine Beweise. Du kannst keine haben, weil es nicht stimmt.«

Er wirkte so besorgt, so verletzlich. Eine Haarsträhne fiel ihm in die Stirn, und ohne darüber nachzudenken, strich ich sie ihm aus dem Gesicht. Wie oft hatte ich das schon getan? Es war noch nicht vorbei. Unmöglich. Wir passten zu gut zusammen.

Einen Augenblick lang rührte sich keiner von uns. Ich sah mich selbst in seinen braunen Augen. Ein Teil von ihm.

Da beugte ich mich vor und küsste ihn. Das hatte ich nicht geplant. Es passierte einfach. Sanft zuerst, dann heftiger. Unter dem Druck öffnete er die Lippen, und ich schob ihm die Zunge in den Mund auf der Suche nach seiner. Ich wollte ihn berühren, strich ihm mit den Händen über die Brust, spürte seine warme, glatte Haut durch das Hemd.

Er packte mich an den Schultern, hielt mich fest und murmelte: »Laura.«

Mir wurde heiß. Er wollte mich, das spürte ich. Deswegen hatte er mich hergebeten. Er war bloß verwirrt, gehemmt von irgendeinem fehlgeleiteten Pflichtgefühl gegenüber seiner Familie und der Scham über das, was er getan hatte. Er hatte etwas Besseres verdient.

Auf einmal wurde mir meine Macht über ihn bewusst. Mich durchflutete die Hoffnung, dass ich ihn zurückgewinnen würde, wenn ich einfach weitermachte, wenn er es nur zuließ, sich mir zu ergeben. Es war noch nicht vorbei. Er könnte wieder mir gehören. Der Schmerz der letzten Wochen würde sich immer noch ausbrennen lassen.

Erneut presste ich mich an ihn, meine Lippen fanden seine. Diesmal leistete er kaum noch Widerstand. Er ließ zu, dass ich ihn küsste, mit der Zungenspitze neckte, und dann, endlich, verlagerte er das Gewicht, strich mit den Händen von meinen Schultern bis hinab zu meiner Taille, zog mich an sich und erwiderte den Kuss. Ich zitterte, erregt und siegesgewiss. Er wollte mich. Ich hatte die ganze Zeit recht gehabt. Er gehörte mir.

Unsere Küsse, anfangs noch sanft, wurden leidenschaftlicher. Ich zerrte an seinem Hemd und ließ die Hände unter den Stoff gleiten. Seine Haut war warm und vertraut. Er erschauerte unter meinen Fingerspitzen.

Wieder löste er sich von mir, weniger entschieden als eben, und blickte zu mir herab, während er mich noch immer in den Armen hielt. Ich leckte mir über die Lippen.

»Ach, Laura.« Er klang gequält.

Ich schmiegte mich an ihn und lächelte. Er war so

leicht zu durchschauen. Er hatte verloren, das wusste ich. Es gab kein Zurück mehr. Wie auch immer er vorgehabt hatte, mir zu widerstehen, es war zu spät. Unsere Leidenschaft war noch nicht tot. Ganz und gar nicht. Ich würde gewinnen.

Ich übernahm die Führung, griff nach seiner Hand und zog ihn ins Wohnzimmer. Dort drückte ich ihn aufs Sofa, brachte die hübsch angeordneten Kissen durcheinander, und setzte mich rittlings auf ihn. Er stöhnte und schloss die Augen, ließ den Kopf zurücksinken. Ich knöpfte ihm das Hemd auf, bedeckte seine Brust mit Küssen, und mein Herz wogte.

Danach sackte ich auf ihm zusammen. Meine Beine, rechts und links von seinen, verkrampften. Das Gesicht presste ich an seinen verschwitzten, kühlen Hals.

Er flüsterte mir ins Ohr. »Laura?«

»Hmm?« Ich küsste ihn auf die Wange, knapp neben seinem Mund, atmete den vertrauten Duft ein. Er löste die Arme von mir, und mir lief ein Schauer über den nackten, nun ungeschützten Rücken. Er bewegte sich, versuchte, mich von sich zu schieben.

»O nein, mach das nicht.« Spielerisch drückte ich ihn wieder hinunter.

Doch dafür war er nicht in der Stimmung. Weil er stärker war als ich, schob er mich zur Seite, und ich fiel auf das Durcheinander aus Kissen. Besiegt, aber glücklich sah ich ihm zu, wie er aufstand und durch den Raum tappte. Mit Blicken verschlang ich seine Konturen: die schmale Hüfte, den langen Rücken, den Po.

Ich lehnte mich zurück, spürte seinen Händen auf meinem Körper nach, stellte mir vor, wie Helen später am Abend steif auf genau diesem Platz sitzen, fernsehen und Tee trinken würde, ohne zu ahnen, was wir hier getan hatten.

Langsam kühlte mein Körper ab. Ich stand auf, zog mir sein weites, verknittertes Hemd an, das vergessen auf dem Boden lag, und ging ihm nach.

»Ralph?«

Die Küchenfliesen waren hart und kalt unter meinen nackten Füßen. Er stand im Dunkeln, direkt auf der Türschwelle, beugte sich über sein Handy und tippte mit den Daumen darauf herum.

Er blickte auf und zuckte zusammen, als er mich sah.

Ich lächelte frech. »Na, du? Was hast du vor?« Ich kam näher, stellte mir vor, wie betörend ich aussehen musste, spürte bei jeder Bewegung den weichen Hemdstoff auf meiner Haut.

Er legte das Handy auf die Anrichte.

Ich schmiegte mich an ihn und schaute zu ihm auf. »Bereit für eine zweite Runde?«

Er sah mich nicht an.

»Wir können nicht …« Er zögerte. »Das hätte nicht …«

Beschämt stürmte er an mir vorbei, hinaus in den spärlich beleuchteten Flur. Ich hielt ihn fest.

»Warte. Ralph. Was?«

Er riss sich los. Seine Haut war glatt.

Mein Herz pochte in Panik. »Ralph, ich liebe dich. Das weißt du doch!«

Er schüttelte den Kopf, sah elend aus. »Laura, es tut mir leid …«

Ich hob die Stimme, unterbrach ihn. Jetzt sollte er mir zuhören. »Ist es wegen dem, was ich eben gesagt habe? Dass ich den Leuten erzählen würde, was du getan hast? Ich ertrage es einfach nicht, das ist alles.«

Er wandte sich ab. Ich befürchtete, dass er mich abschütteln und nach oben flüchten wollte. Schnell stürzte ich mich auf ihn, stieß ihn zurück, so dass er rücklings gegen die Holzvertäfelung unter der Treppe schlug. Sein plötzlicher Stimmungswechsel bereitete mir Sorge, gerade als ich wieder Hoffnung geschöpft hatte.

Er rappelte sich auf und packte mich am Handgelenk. »Psst. Sei leise.«

Anna, natürlich. Er hatte Angst, wir könnten seine unschuldige Prinzessin aufwecken, die oben in ihrem perfekten Kinderzimmer voller rosa Kinkerlitzchen schlief.

»Du hast mich doch auch vermisst. Ich weiß es. Lüg mich nicht an.« Meine Stimme wurde schrill, weil ich die Kontrolle verlor. »Deswegen hast du es getan, nicht wahr?«

Er ließ meinen Arm los und drückte mir eine Hand auf den Mund, um mich zum Schweigen zu bringen. Ich wand mich, riss an seinen Haaren, trat nach ihm. Es war brutal, ich war brutal, aber irgendetwas in mir explodierte, als er seine Stärke gegen mich wendete, seine Hände mich festhielten, die mich noch kurz zuvor liebkost hatten.

Selbst mit ihm zu kämpfen, brachte mein Herz zum Rasen. Unsere nackten Körper krachten gegen die Wand, wanden sich, schlüpfrig vom Schweiß, Gliedmaßen prallten aufeinander. Wir waren zwei Hälften eines Ganzen. Ich spürte es so deutlich, wie wenn wir uns liebten, uns ineinander verloren. Als wären wir niemals getrennt gewesen.

Er wollte mich wegschieben, aber ich wehrte mich, trat nach seinen Fußknöcheln, warf mich auf ihn mit einer Kraft, die ich von mir gar nicht kannte.

Da passierte es. In der einen Sekunde waren wir ineinander verschlungen, rangen in dem schmalen Flur miteinander, kämpften mit roher Leidenschaft. In der nächsten stieß ich ihn weg, mit aller Macht, und er taumelte gegen die Kellertür. Sie gab unter seinem Gewicht nach, und er stürzte rückwärts in die Finsternis. Vor Schreck riss er die Augen auf, wedelte mit den Armen und versuchte, wieder Fuß zu fassen. Doch stattdessen stolperte er über das Durcheinander aus Eimern, Besen und Kartons, die den Treppenabsatz vollmüllten.

Er taumelte seitwärts und verschwand. Ein grässliches Poltern und Rumpeln ertönte, gedämpft und leiser werdend. Ich schrie auf, als ich mir vorstellte, wie er ins Leere griff und hilflos die Betonstufen hinunterpurzelte. Und dann schließlich Totenstille.

Einen Augenblick lang rührte ich mich nicht. Ich konnte es nicht. Ich konnte nicht einmal atmen.

Dann ein Geräusch am anderen Ende des Flurs. Ich fuhr herum.

Die Haustür flog auf, und da stand Helen. Die Kinnlade fiel ihr hinunter, als sie mich dort wie angewurzelt stehen sah, am Körper nichts als das Hemd ihres Mannes, die entsetzten Augen auf sie gerichtet.

KAPITEL 3

Helen rührte sich nicht. Ihre Augen waren glasig, ihr ganzer Körper starr vor Schreck. Sämtliche Luft, alle Geräusche, alles Leben wurden aus dem Haus gesogen.

Der Moment dehnte sich aus, unerträglich.

Endlich setzte sich Helen in Bewegung. Die Handtasche rutschte ihr von der Schulter und fiel mit einem dumpfen Schlag auf den Boden, sie schloss die Haustür mit einem Tritt und stürzte auf mich zu, angetrieben von der Panik auf meinem Gesicht.

»Was ist?« Ihre Stimme war hart und dünn. »Was ist passiert?«

Ich konnte nicht sprechen, wandte bloß den Blick von ihrem Gesicht ab und schaute erneut in die Leere jenseits der Kellertür.

Sie stürmte an mir vorbei, kämpfte sich durch das Gerümpel auf dem oberen Treppenabsatz und tastete nach dem Lichtschalter direkt hinter der Tür. Sofort stieß sie einen schrillen Schrei aus, so animalisch, dass mir die Nackenhaare zu Berge standen. Ihr Entsetzen hallte von den Steinwänden wider.

Ich schob mich zitternd hinter sie und reckte den Hals, um etwas zu sehen. Die nackte, verstaubte Glühbirne an der Kellerdecke strahlte ein mattes Licht aus.

Ralph lag zusammengekrümmt und reglos am Fuß der Treppe. Er sah aus, als wäre er mit dem Kopf voran auf dem Betonboden aufgeschlagen, der Hals war in einem unnatürlichen Winkel verrenkt. Die Gliedmaßen waren seltsam verdreht, ein Bein angezogen unter dem Körper, das andere ausgestreckt. Ich musste mich an der weiß verputzten Wand festhalten.

Helen flog die Treppe hinunter in den Keller und brach über ihm zusammen. Sie betastete seinen Brustkorb, dann mit panischen, ungeschickten Bewegungen seinen Nacken. Für einen Moment wirkte es, als wollte sie ihn erwürgen, dann wurde mir klar, wieso sie die Finger in sein Fleisch drückte. Sie suchte hektisch nach einem Puls.

Ich stellte mir die Abdrücke auf seiner Haut vor, erst weiß, dann rot. Dann griff sie plötzlich nach seinem Handgelenk und schlang die Finger darum, immer noch auf der Suche nach Leben. Mir blieb das Herz stehen, während ich zusah und wartete.

Wieder ein Schrei, verzweifelt und herzzerreißend. »*Ralph?*« Ich klammerte mich so fest an den Türrahmen, dass meine Knöchel weiß hervortraten. Ein glühend heißer Schmerz stach mir in den Magen. Ich krümmte mich, beugte mich vor, die Augen auf Helen gerichtet, eine schattenhafte Gestalt in der Dunkelheit.

Sie kauerte mit angezogenen Beinen über ihm, hatte das Gesicht in seine Seite gedrückt und die Arme um seinen massigen Körper geschlungen. Sie heulte, ein tiefes, gutturales Jammern voller Trauer und Schmerz, das tief aus ihrem Inneren kam, während sie ihn in den Armen hielt und sich vor und zurück wiegte.

Seine Hand lag still mit der Handfläche nach oben auf dem Betonboden. Die Finger, die so viele Gedichte geschrieben, die mich liebkost hatten, krümmten sich leblos in der Luft.

Mir versagten die Knie, und ich ließ mich auf die oberste Treppenstufe sinken. Ich zog das Hemd enger um mich, denn ich zitterte, und verbarg das Gesicht in den

Händen. Alles roch nach ihm. Meine Hände. Sein Hemd. *Was hab ich getan? Großer Gott, was habe ich getan? Wie kann das sein?* Dieser Mann, der noch vor wenigen Minuten so stark und voller Leben gewesen war, wie konnte er fort sein?

Mir wurde übel, ich wiegte mich vor und zurück, imitierte instinktiv Helens rhythmische Bewegung, ohne zu wissen, warum.

Das gedämpfte Heulen stieg weiter zu mir auf, verstärkt von den kahlen Wänden.

»Ich rufe jemanden an«, stotterte ich atemlos. »Einen Krankenwagen.«

Sie hob den Kopf und starrte zu mir herauf. Ihre Augen funkelten dämonisch im trüben Licht. Sie schien Schwierigkeiten zu haben, mich einzuordnen, mich zu erkennen, in ihrem Kopf zusammenzufügen, was passiert war und was ich hier machte.

»Er ist gegen die Tür gefallen«, sagte ich. »Sie ist einfach …«

»Wie konntest du?«, hauchte sie. »Wie konntest du nur?«

Mein Innerstes erstarrte. Sie wandte sich wieder Ralph zu, beugte sich über ihn, küsste ihn auf die Stirn, die Wange. Ich ertrug den Anblick nicht, konnte aber auch nicht wegschauen. Sie schob ihre Hand in seine und hielt sie fest. Dann sprang sie wieder auf die Füße und sah sich um.

Ich hockte vornübergebeugt und zitterte so stark am ganzen Körper, dass meine Füße auf den Betonstufen bebten. Ich konnte kaum mein eigenes Gewicht halten.

»Oder die Polizei?« Meine Gedanken rasten. *Wen soll ich anrufen?* »Vielleicht?«

»Nein!« Sie riss den Kopf hoch und betrachtete angewidert meine nackten Beine, meine Hände, die das Hemd ihres Mannes vor der Brust zusammenhielten. Wahrscheinlich hatte sie es für ihn ausgesucht, gewaschen und gebügelt. »Wag es nicht!«

Ich sank wieder in mich zusammen. Ich dachte an ihre Tochter, die oben in ihrem Zimmer lag und schlief. An Ralphs ruinierten Ruf in der Schule. An den Skandal, den es geben würde, wenn die Umstände seines Todes an die Öffentlichkeit gelangten. Alles würde herauskommen, genau wie ich angedroht hatte. Alles über mich. Über *sie*.

»Es war ein Unfall.« Wieder sah ich, wie er mit schreckgeweiteten Augen in die Luft griff, als die Tür nachgab. »Er ist gestürzt.«

Sie blinzelte zu mir auf, während sie in Gedanken nachspielte, was geschehen war.

»Warum?«, flüsterte sie. Ich wusste nicht, ob sie den Unfall meinte oder seine Untreue. Sie habe nichts von seiner Affäre geahnt, hatte Ralph mir einmal erzählt. Sie habe ihm vertraut.

Sie musterte mich, wie ich auf der obersten Treppenstufe kauerte und mir das Shirt über die nackten Oberschenkel zog.

»Unsere Tochter ...«, sagte sie. »Sie darf es nicht erfahren.«

Anna. Ich schluckte und schmeckte Galle.

Helen drehte sich wieder zu Ralphs leblosem Körper um, nahm ihn in Besitz, wiegte ihn in den Armen. Dann griff sie nach oben und zog ein altes Laken von einem Regal, vielleicht eine Schutzhülle für Möbel, schüttelte es auf und breitete es über ihm aus. Wie erstarrt saß ich da, sah zu und lauschte ihrem Schluchzen, unfähig, irgendetwas zu tun.

Die Zeit schien stillzustehen.

Irgendwann kam ich schaudernd auf die Beine und ging zurück ins Wohnzimmer. Alles war still. Ich sammelte meine verstreuten Sachen auf und zog mich an. Dann setzte ich mich – ich weiß nicht, wie lange – auf die Sofakante, starrte stumpf in den leeren Raum und versuchte, zu Atem zu kommen. Wir waren uns hier nahe gewesen, noch vor wenigen Augenblicken. Wir hatten uns geliebt. Ich hatte gespürt, dass er zu mir zurückkehrte. Ich presste die Fäuste an die Lippen und biss mir auf die Knöchel, als könnte das meine Trauer zurückhalten, und kämpfte darum, nicht den Verstand zu verlieren.

Später durchstöberte ich die Küchenschränke und fand eine Flasche Gin. Ich trank einen Schluck, schmeckte aber kaum etwas, fühlte nur das Brennen in der Kehle, dann ging ich zurück zur Kellertreppe.

Sie beugte sich noch immer über seinen verdeckten Leichnam, bewegungslos, die Wange auf seine Brust gebettet. Ich schauderte. Sicher wurde er schon kalt und steif. Ich konnte nicht hinsehen. Mir drehte sich der Magen um.

»Ich glaube, ich rufe jetzt besser jemanden an«, sagte ich.

»Halt!« Ruckartig hob sie den Kopf. »Warte! Wir dürfen Anna nicht aufwecken.«

Ich starrte zu ihr hinunter. Der Schock spielte ihrem Verstand einen Streich. Es war vorbei. Für uns alle. Auch für Anna.

Ich schüttelte den Kopf. »Sie wird es sowieso erfahren. Wir müssen ...«

Sie schloss die Augen, wirkte auf einmal um Jahre gealtert. Abgespannt. Verhärmt. Ihr Atem ging abgehackt.

Sie sah aus, als versuchte sie verzweifelt, ihre ganze Kraft zusammenzunehmen und wieder die Kontrolle über ihre zerfetzten Nerven zu gewinnen.

»Denk nach«, murmelte sie zu sich selbst.

Meine Augen wanderten zu Ralphs Fuß, der unter dem Laken hervorschaute. Die nackte Haut war in der Kälte runzlig geworden. Der Gin stieg mir in der Kehle auf.

Ich schaffte es zur Toilette im Erdgeschoss und übergab mich. Mein Kopf steckte fast ganz in der Schüssel, ein hübscher blauer Duftspüler hing am Rand. Ich starrte auf die Klobürste in ihrer Halterung. Makellos. Als ich die Augen schloss, drehte sich alles.

Ich war ein Staubflöckchen, das durch Raum und Zeit trudelte, in freiem Fall. *Großer Gott, was habe ich getan?*

Als mein Magen leer war und ich nur noch Säure auswürgte, kroch ich wie ein Hund auf allen vieren in die Küche. Mein Schädel pochte.

Ich zog mich an der Anrichte hoch und spritzte mir kaltes Wasser ins Gesicht und auf die Handgelenke. Inzwischen war es draußen fast dunkel. Im Fenster vermischten sich die Farben und Formen des Gartenzauns und der Rosen, die an ihrer Pergola hinaufrankten, mit meinem Spiegelbild, einem blassen, geisterhaften Gesicht, das mich mit vor Angst weit aufgerissenen Augen anstarrte.

Ich konnte nicht wieder zur Kellertreppe zurückkehren, also ging ich durch die zweite Tür von der Küche ins Wohnzimmer.

Ich zuckte zusammen. Da saß Helen, still und reglos in der Dunkelheit. Sie trug noch immer ihre Strickjacke und die klobigen Schuhe und hockte mit durchgedrücktem Rücken auf der äußersten Kante eines Sessels. Ihre Hände umklammerten einander so fest, dass die Knöchel weiß hervortraten. Sie schien tief in Gedanken versunken, oder vielleicht betete sie auch. Um Kraft? Oder um Entschlossenheit?

Ich zögerte. Was sollte ich sagen?

Ihre Lippen zitterten. Sie murmelte etwas, als wäre sie ganz in ihrer eigenen Welt.

Ich trat einen Schritt weiter in den Raum hinein, und sie blickte überrascht auf und deutete auf den Sessel ihr gegenüber.

Ich klappte den Mund auf, wollte noch einmal sagen: »Wir müssen die Polizei rufen.« Doch ich überlegte es mir anders, seufzte und klappte ihn wieder zu. Wenn sie Zeit brauchte, würde ich sie ihr geben. Das durfte ich ihr nicht verweigern.

Ich ließ mich in den Sessel sinken und musterte sie. Seine Frau. Meine Rivalin. Er hatte sie verlassen wollen – das hatte er immer wieder beteuert. Er habe es bloß nicht über sich gebracht, ihr wehzutun. Es würde sie umbringen, hatte er gesagt. Und er müsse ja auch an Anna denken.

Ich schüttelte den Kopf. Unser Kampf um Ralph schien schon so lange her. Und letzten Endes hatten wir beide verloren. Ich faltete die Hände auf dem Schoß. Sie waren schweißfeucht. Ich hörte einfach nicht auf zu zittern. Mein Kopf dröhnte. Erneut stieg Übelkeit in mir auf, ich unterdrückte sie. Ich wollte nach Hause, ins Bett krabbeln, schlafen. Vorausgesetzt, ich würde jemals wieder schlafen können.

Ich dachte an alles, was losbrechen würde, wenn ich die Polizei riefe. Die Sirenen. Das Klopfen an der Tür. Unzählige Stunden auf der Wache. Fragen. Aussagen.

Grelles Licht und nackte, kalte Räume. Das hielt ich nicht aus. Mir schwirrte der Kopf. *Vielleicht hat sie recht mit ihrem Zögern. Vielleicht gibt es eine andere Möglichkeit.*

Ralph. Tot im Keller, nur ein paar Schritte entfernt. Und das ist alles meine Schuld.

Nach einer Weile öffnete Helen die Augen, wandte sich ab und blickte aus dem Fenster. Sie stand auf, schaltete eine Stehlampe ein und zog die Vorhänge zu, bis nur noch ein winziger Spalt dazwischen frei blieb.

»Niemand darf wissen, was passiert ist«, sagte sie mit versteinerter Miene. »Es darf nicht herauskommen.«

»Dass er …« – ich zögerte – »fort ist?« Ich konnte unmöglich *tot* sagen. »Es wird herauskommen.«

Sie sah mich ausdruckslos an. »Vielleicht. Irgendwann. Aber noch nicht. Und nicht, wie es passiert ist.«

Ich blinzelte. Das war es also? Sie wollte, dass wir irgendwie vertuschten, wie er gestorben war? Damit niemand erfuhr, nicht einmal Anna, dass ihre glückliche Ehe nie das gewesen war, wofür alle sie hielten?

Ich wusste nicht, was ich sagen sollte. Auf einmal wirkte sie so hart, so entschlossen, als ob sie mich herausforderte, ihr zu widersprechen.

»Das bist du mir schuldig«, sagte sie kalt.

»Aber ich weiß nicht einmal, wie …«

»Tu, was ich dir sage. Keine Fragen.« Sie hatte die Hände an den Seiten zu Fäusten geballt. »Er ist schwer. Ich brauche Hilfe.« Sie zögerte. »Vielleicht bewahrt dich das vor dem Gefängnis.«

Steif führte sie mich aus dem Wohnzimmer in den Flur. Ihre Haltung hatte sich verändert. Sie unterdrückte ihre Trauer, ihre Bewegungen waren mechanisch und effizient. Ich konnte nicht einmal erahnen, wie anstrengend das für sie sein musste. An der Kellertür drehte sie sich zu mir um. »Warte hier. Ich rufe dich, wenn ich dich brauche.«

Sie verschwand, ihre Schritte hallten auf der Treppe.

Ich lehnte mich an die Wand, wappnete mich, bemühte mich, nicht an den hingestreckten, verdrehten Körper zu denken. An diesen Mann, der immer in Bewegung gewesen war, so voller Leidenschaft und Leben. Wieder verkrampfte mein Magen, und ich presste mir eine Hand auf den Mund, schmeckte Galle. Kalter Schweiß stand mir im Gesicht.

Von unten drangen gedämpfte Geräusche herauf. Das Klappern ihrer Schuhe auf dem Betonboden. Ihr keuchender Atem. Das Ziehen und Schleifen eines schweren Gegenstandes. Das Rascheln von dickem Plastik. Ich schloss die Augen, versuchte, all das auszublenden, und schauderte.

Schließlich stampfte sie die Treppe wieder nach oben und erschien im Türrahmen. Sie keuchte leicht, ihr Haaransatz war schweißnass.

»Denk nicht drüber nach. Tu es einfach.«

Sie dachte laut, sprach genauso zu sich selbst wie zu mir. Mir fiel auf, wie wenig ich über sie wusste, über diese Frau, die mit dem Mann verheiratet war, den ich liebte. Ich hatte immer möglichst wenig über sie nachgedacht, außer wenn ich unbedingt musste. Für mich war sie bloß eine der zahlreichen Mütter, die nachmittags um halb vier vor dem Schultor warteten. Eine Freiwillige im Leseförderprogramm, die in der Schulbibliothek der Lower School saß und einem Kind nach dem anderen beim Vorlesen zuhörte. Das musste sie auch sein. Es wäre zu schmerzhaft gewesen, sie als irgendetwas anderes zu sehen.

Sie sah mich an, offenbar fiel ihr wieder ein, dass ich da war, und ihre Miene versteinerte. »Wenn du irgendetwas versuchst, dann werde ich aussagen, dass du es warst. Du hast ihn gestoßen, stimmt's? Was habt ihr eigentlich gemacht? Gekämpft?« Sie verachtete mich, das hörte ich an ihrer Stimme. »Du brauchst es nicht abzustreiten, er hat Hautreste unter den Fingernägeln. Deine DNA ist überall an ihm. Wenn du Glück hast, ist es Totschlag.«

Glück? Ich erschauderte.

»Glaub mir«, sagte sie, »ich würde dich gern im Knast sehen. Aber Anna …« Sie schluckte. »Sie würden uns in den Dreck ziehen. Eure schäbige kleine Affäre – die ihm im Übrigen nichts bedeutet hat – überall in der Presse. Ein Lehrer, der mit einer Kollegin rummacht, während seine siebenjährige Tochter oben schläft? Hast du überhaupt mal darüber nachgedacht, wie sie leiden würde? Sie würden dich kreuzigen. Und Ralph.« Sie hielt inne. Ihre Lippen zitterten, und einen Augenblick wirkte es, als würde sie zusammenbrechen. »Ich werde trauern … aber nicht jetzt. Das kann ich mir nicht leisten. Das kommt später.«

An ihrem Hals pulsierte eine Ader, die verriet, wie viel Kraft es sie kostete, sich zusammenzureißen. Als sie wieder reden konnte, richtete sie einen Finger auf mich.

»Pass auf«, sagte sie. »So werden wir es machen. Du hältst die Klappe und tust genau das, was ich dir sage.«

Im Keller stank es nach Schimmel und Terpentin. Ich blinzelte, damit sich meine Augen an die Dunkelheit gewöhnten. Der Betonboden fühlte sich klebrig an, meine Schuhsohlen hafteten bei jedem Schritt leicht an der Oberfläche.

Ich versuchte, nichts zu fühlen, nichts zu denken, einfach zu tun, was sie mir sagte. Alles andere war unmöglich. Aber die Gedanken kamen immer wieder durch. *Das hier ist Ralph, dieser schwere, träge Körper, in einer enormen Plastikhülle mit Zippverschluss, einer Surfbretthülle. Das da drin ist sein Fleisch.*

Als er jünger war, hatte er gesurft. *Sie* habe sich nie dafür interessiert, hatte er mir erzählt. Ich wollte mir vorstellen, wann und wo er das Surfbrett und die Hülle dafür gekauft hatte, wohin er gereist war. Irgendwohin, wo es warm war, wo beim Surfen die Sonne seinen starken, muskulösen Körper bräunte. Ich schluckte schwer, als ich bemerkte, dass sie auf mich wartete und mich finster anstarrte.

Sie deutete zum Fuß der Treppe, und ich bückte mich und schlang die Arme um das eine Ende der Hülle – das Plastik war kalt und rutschig. Als ich sie anzuheben versuchte, bewegte sich ihr Inhalt. *Füße. Knöchel. Knie.* Ich ließ entsetzt los, als hätte ich mich verbrannt.

Sie hob den Blick.

»Ich kann nicht …«, stotterte ich.

Sie warf mir einen giftigen Blick zu. »Das solltest du aber.«

Ich biss mir fest auf die Lippe, beugte mich wieder hinunter und schob die Arme unter seine Beine, Zentimeter für Zentimeter, bis ich ihn höher packte, an seinen Hüften und Oberschenkeln. Helen schlurfte mit versteinertem Gesicht vom anderen Ende auf mich zu, die Arme um die Hülle geschlungen. Um seinen Kopf, die Schultern und die Brust.

»Okay? Jetzt los. Kleine Schritte.« Sie keuchte bereits.

Ich schloss die Augen und tappte rückwärts, bis ich mit der Ferse gegen die unterste Stufe stieß. Ralph sackte zwischen uns abwärts. Gemeinsam hievten wir ihn Stufe für Stufe nach oben. Ich ging auf der schmalen Treppe voran, meine gesamte Energie war auf meine brennenden Muskeln gerichtet und darauf, nicht zu stolpern. Helen folgte mir ruckartig. Außer unserem Keuchen und gelegentlichem, tiefem Stöhnen war nichts zu hören.

Im Flur, nur wenige Schritte von der Haustür entfernt, legten wir ihn, so sanft wir konnten, ab. Ich lehnte mich an die Wand, Schweiß rann mir den Rücken hinunter, und Sternchen tanzten vor meinen geschlossenen Augen. Die Lunge tat mir weh. Meine Muskeln brannten. Ich wollte einfach nur zu Atem kommen und dann schlafen. Am nächsten Morgen aufwachen und feststellen, dass das alles nicht passiert war. Dass Ralph noch lebte.

Helen grub mir die knochigen Finger in die Schulter. Ich schlug die Augen wieder auf. Ihr Gesicht, nur wenige Zentimeter vor meinem, war gerötet, ihre Haare strähnig.

»Ich sehe oben nach Anna, dann gehen wir. Lass nichts hier.«

Ich blinzelte. »Können wir sie allein lassen?«

»Sie kommt schon klar. Danke fürs Fragen.« Sie warf mir einen säuerlichen Blick zu. »Das Auto steht direkt vor der Tür. Ich schaue, ob die Luft rein ist, danach tragen wir ihn raus.« Sie zögerte. »Wir müssen uns beeilen. Wir schaffen das, wenn wir zusammenarbeiten.«

Ich holte tief Luft und zwang mich zu einem Nicken.

KAPITEL 4

Als wir Ralph endlich im Kofferraum verstaut hatten und losfuhren, war es beinahe zehn Uhr.

Helen saß mit starrem Rücken am Steuer, das Lenkrad fest umklammert, die Augen auf die Straße gerichtet. Das Navi hatte die Route an die Küste berechnet. Achtunddreißig Minuten. Ausnahmsweise war so wenig Verkehr, dass es vielleicht sogar stimmte.

Ich saß von ihr abgewandt, starrte hinaus auf die vorbeiziehenden, leeren Straßen und versuchte, nicht an unsere Fracht zu denken. Niemand redete außer der automatischen Frauenstimme, die die Wegbeschreibung herunterleierte.

»In siebenhundert Metern links abbiegen.«

Ich dachte: *Ich habe jemanden umgebracht. Ralph. Ich habe Ralph umgebracht.*

Das Navi sagte: »Jetzt links abbiegen.«

Helen fuhr um die Kurve.

Ich dachte: *Es war ein Unfall.*

Dem Navi war das egal. »Folgen Sie dem rechten Fahrstreifen.«

Was mache ich hier? Eine weitere Welle der Panik stieg in mir auf. *Das ist völliger Wahnsinn.* Wieso ließ ich es zu, dass sie einfach so die Kontrolle übernahm? Warum ließ ich mich so herumkommandieren?

»Nehmen Sie die zweite Ausfahrt.«

Wie betäubt saß ich da. Es war zu spät. Viel zu spät. Ich wusste, wohin wir fuhren. Ich erkannte es an der

Karte auf dem Navi. Hier war ich schon einmal gewesen. Mit Ralph.

Als wir uns der Küste näherten, kam eine Reihe heruntergekommener Bootshäuser am Rand eines Kieselstrands in Sicht. Mein Gesicht glühte heiß, als ich daran dachte, wie ich das letzte Mal hier gewesen war. Ralph und Helen hatten Zugang zu der Segeljolle von Freunden, die in einem der Bootshäuser aufbewahrt wurde. Monate zuvor, vor Weihnachten, war Ralph mit mir darin rausgefahren. Er hatte zu Helen gesagt, er habe ihren Freunden versprochen, die Segel zu überprüfen und das Boot winterfest zu machen. Tatsächlich hatten wir Decken sowie eine Flasche Champagner mitgenommen. Er war mit mir aufs Wasser hinausgefahren, hatte die Segel eingeholt, und wir ließen uns treiben, nackt, tranken und liebten uns und tranken noch mehr, bis der Wind drehte und die Kälte uns zwang, uns wieder anzuziehen und ans Ufer zurückzukehren.

Als ich es nun wiedersah, dachte ich, er könne unmöglich tot sein. Morgen würde ich aufwachen, und alles wäre nur ein böser Traum gewesen.

Ralph, diese schwer zu fassende, charismatische Gestalt, wäre in der Schule, würde in einem Klassenzimmer verschwinden, um seine Leidenschaft für Shakespeare und Keats und Milton zu verbreiten, und Anna würde in der Pause mit ihren Freundinnen auf dem Schulhof mit wehenden Haaren Fangen oder Himmel und Hölle spielen und keine Sorgen haben.

Helen bog auf den düsteren, einsamen Parkplatz ein und hielt am anderen Ende, in der Nähe des Bootshauses ihrer Freunde. Sie stieg aus und öffnete den Kofferraum.

Ich folgte ihr widerstrebend. Sie kramte bereits darin herum, zog ihren toten Mann an den Rand. Während ich ihr half, peitschte mir der Wind rau und salzig ins Gesicht.

Schweigend trugen wir die sperrige Surfbretthülle über die Kiesel zum Ufer und ließen sie dort fallen. Eiskaltes Wasser drang mir in die Schuhe. Helen rannte zum Bootshaus, schloss die große Flügeltür auf, und zusammen zerrten wir die Jolle auf ihrem metallenen Rollgestell über die Steine.

Sie stieg ein, ich reichte ihr den Mast und schaute tatenlos zu, während sie ihn aufrichtete und die Segel aufzog.

Ralph lag neben mir am Strand, so nah, dass ich ihn mit den Zehen hätte berühren können. *Noch ist es nicht zu spät. Ich könnte immer noch wegrennen, die Polizei rufen, alles gestehen und um Gnade flehen.*

Ich dachte daran, was sie gesagt hatte. Totschlag. Sie hatte recht. Ich hatte ihn auf dem Gewissen, ganz egal, wie es passiert war. Sie würden mich jahrelang ins Gefängnis stecken. Ich schauderte, stellte mir vor, wie es sein würde, in einer kleinen Zelle eingeschlossen und echten Schwerkriminellen ausgeliefert zu sein. Das würde ich nicht überleben.

Helens Bewegungen waren schnell und präzise. Sie wirkte auf mich wie eine erfahrene Seglerin. Ich dachte an das Entsetzen auf ihrem Gesicht, als sie wie angewurzelt auf der Türschwelle gestanden und mich angestarrt hatte. Dann ihr verzweifeltes Schluchzen. Nun nahm sie ihre ganze Kraft zusammen, um zu funktionieren. Um nicht daran zu denken, dass ihr Mann, mit dem sie jede Nacht das Bett geteilt hatte, der Vater ihrer Tochter, tot in einem improvisierten Leichensack zu unseren Füßen auf den nassen Steinen lag.

Als sie die Segel befestigt hatte, bedeutete sie mir ungeduldig, dass ich die Surfbretthülle über die losen Steine näherschleppen sollte. Ich hob ihn an einem Ende an, sein Kopf und die Schultern, vermutete ich, inzwischen steif, und half ihr, ihn an Bord zu hieven. Gemeinsam schafften wir es, schwitzend und stöhnend.

Schließlich löste sie das Boot aus dem Gestell, und zusammen schoben wir es weiter ins Wasser, bis es auf den Wellen schaukelte. Ich zog meine Schuhe und die Strumpfhose aus, watete durch das flache Wasser, schob die Jolle vorwärts, so weit ich konnte. Die Füße brannten in der Eiseskälte, spitze Steinchen stachen mir in die Sohlen.

Sobald die Jolle richtig auf dem Wasser trieb, bedeutete Helen mir, mich an dem Gummigriff an der Seite an Bord zu ziehen.

Ich stürzte kopfüber ins Boot, dann kroch ich zur Seite und hockte mich auf ein aufgerolltes Tau, so weit wie möglich entfernt von der Surfbretthülle. Mit vor Kälte brennenden Füßen, die Hände in die Taschen geschoben, sah ich ihr zu, wie sie die Jolle manövrierte, die Kraft der nächtlichen Brise ausnutzte, und aufs schwarze Wasser hinausfuhr. *Lieber Gott, was habe ich getan?*

Die schwachen Lichter an der Küste schrumpften zu Punkten zusammen, Dunkelheit umhüllte uns, nur unterbrochen vom schwachen Schimmern der Beleuchtung des Boots. Eine Lampe nahe der Kante, wo ich saß, war nach unten gerichtet und erhellte die schwarzen, vom Wind aufgepeitschten Wellen. Die Jolle schaukelte und pflügte voran. Ein weiteres Licht, am Mast, spiegelte sich in Helens Augen. Ihr Blick war entschlossen. Sie war eindeutig hoch konzentriert, das Boot in dem zunehmend bewegten Wasser ruhig zu halten.

Schließlich holte sie das Segel ein, hielt sich an der

langen Seite des Bootes fest und bedeutete mir, herzukommen und meinen Platz an Ralphs Füßen einzunehmen. Meine Hände waren taub. Vor Kälte und Schock zitterte ich am ganzen Körper, so dass ich stolperte und schwankte, als ich geduckt auf meine Position kroch.

Ich musste mich anstrengen, um irgendetwas erkennen zu können. Helen zog die Surfbretthülle auf und schälte sie von seinem Oberkörper, holte seinen Kopf und die Schultern heraus, die in das Laken eingehüllt waren. Ich blinzelte, versuchte zu erkennen, was sie tat, als sie sich im Schatten über ihn beugte. Anscheinend drückte sie ihn an die Brust, senkte den Kopf zu ihm hinab für einen letzten Kuss.

Ich wandte den Blick ab und zog den Rest der Hülle von ihm ab, hob seine Füße an, zerrte an seinen Beinen und hievte seine Hüfte auf die Reling der Jolle. Auch Helen richtete sich auf und packte ihn keuchend an den Schultern.

Einen Moment lag er ausbalanciert auf der Reling, eine sperrige Form zwischen den beiden Frauen, die ihn am meisten geliebt hatten. Dann gab Helen mir ein Zeichen, und wir versetzten ihm mit unseren Schultern einen kleinen Stoß. Er kippte über die Reling und stürzte mit einem Platschen in die Dunkelheit unter uns. Die Jolle schoss vorwärts, die Wellen tosten, und wir waren allein, starrten hinab und sahen nichts als die leere, endlose Düsternis des bewegten Wassers.

KAPITEL 5

Wir verstauten die Jolle wieder im Bootshaus, dann fuhren wir über den knirschenden Kies davon. Die Heizung hatten wir bis zum Anschlag aufgedreht. Die Häuser hoch oben auf der Steilküste, deren Besitzer so stolz auf ihren Meerblick waren, lagen in Dunkelheit, doch ich spürte Augen auf uns. Wissende Augen. *So wird es jetzt immer sein*, dachte ich. Diese ständige Angst, das Gefühl, beobachtet zu werden, das schlechte Gewissen. *So werde ich leben müssen, bis ans Ende meiner Tage, nach dem, was ich heute getan habe.*

Helen neben mir zitterte heftig. Vielleicht vor Erschöpfung oder verspätetem Schock. Der Motor heulte, und die Heizlüftung spie Staub aus im Bemühen, warme Luft zu erzeugen.

Keine von uns sprach. Ich wiegte mich vor und zurück, die Arme um die Knie geschlungen, die Füße auf die Sitzkante hochgezogen. Hin und wieder warf ich ihr einen Blick zu. Sie schien in sich zusammengesunken, als hätte sie die Kraft, die Kontrolle zu übernehmen und zu tun, was ihrer Meinung nach getan werden musste, nur geborgt und wäre jetzt hochverschuldet.

Als sie in ihre Straße einbog, vor dem Haus anhielt und den Motor abstellte, war es fast ein Uhr nachts. Einen Augenblick lang regte sich keine von uns. Ich dachte an Anna, die allein dort drinnen war, und hoffte, dass sie noch schlief.

Die Stille dehnte sich aus. Dann sagte Helen, ohne

sich zu mir umzudrehen: »Das werde ich dir nie verzeihen. Glaub bloß nicht, dass uns diese Aktion in irgendeiner Weise verbindet. Das tut sie nicht. Ich werde dich bis an mein Lebensende verfluchen.«

Ich antwortete nicht. Was auch? Ich biss die Zähne zusammen, starrte ausdruckslos auf die Stoßstange des Wagens vor uns und versuchte, die Kontrolle über meine Sinne zu behalten.

Mit der gleichen tonlosen Stimme sagte sie: »Wenn du auspackst, wenn du auch nur ein Sterbenswörtchen hiervon erzählst, mache ich dich fertig. Hast du kapiert? Ich werde behaupten, dass du mich gezwungen hast, dir zu helfen. Dass du Anna bedroht hast.«

Mir kam keine Antwort über die Lippen.

Sie drehte sich zu mir um, ihre Gesichtszüge waren hart. Sie kam mir so nah, dass ich ihren sauren Atem roch und die roten gezackten Linien auf ihren Augäpfeln sah.

»Er war mein Mann. Wir haben uns geliebt. Und du hast ihn umgebracht. Vergiss das niemals.«

KAPITEL 6

Meine eigene Wohnung, winzig verglichen mit ihrem Haus, lag in düsterer Stille, als ich hineinging. Ich zog mich aus, steckte alles in die Waschmaschine und startete einen Kochwaschgang. Es war mir ganz egal, ob der junge Mann in der Wohnung unter mir mich hören konnte. Ich ließ heißes Wasser in die Badewanne und gab Schaumbad dazu. Wollte nur noch verdrängen, was passiert war, und dann so lange schlafen, wie ich konnte.

Ich durchwühlte das Medizinschränkchen nach den Tabletten, die meine Ärztin mir verschrieben hatte, nachdem Ralph mich verlassen hatte. Ein paar nahm ich heraus, dann holte ich eine Flasche Whisky, die noch von Weihnachten übrig war, und schenkte mir großzügig ein. Der Schluck rann mir brennend die Kehle hinab. Ich ließ mich in die Wanne sinken, zitterte trotz des kochend heißen Wassers und versuchte stillzuliegen, zu entspannen, loszulassen.

Wenn ich die Augen schloss, sah ich Ralph. Sein entsetztes Gesicht, die aufgerissenen Augen, als er rückwärts durch die offene Tür taumelte. Wie still er am Fuß der Treppe lag, der Körper so eigenartig verdreht. Vor ein paar Stunden hatte ich ihn geküsst, meine Zunge zwischen seine Lippen geschoben. Nun trieb er leblos unter den Wellen und begann zu verwesen. *Perlen sind die Augen sein.* Wie oft hatte er das zitiert. Einer seiner Lieblingsverse.

Ich schlug mir die schaumigen Hände vors Gesicht

und schluchzte laut und unkontrolliert, drückte mir die Faust an den Mund, um nicht zu schreien. Wie sollte ich das überstehen? Wie sollte ich ohne ihn weiterleben, ohne die Hoffnung, ihn je wiederzusehen? Mit der Schuld, die ich auf mich geladen hatte? Ich dachte an Helen. Wie sie gekämpft haben musste, ihre Trauer beiseitezuschieben und die Jolle hinaus in die Dunkelheit zu steuern, um zu vertuschen, was ihr Mann gewesen war, ihrer Tochter zuliebe.

Ihre Eiseskälte machte mir Angst. Mir war klar, ich würde tun, was sie verlangt hatte, irgendwie, nur Gott wusste, wie. Ich würde morgen früh aufstehen, mich anziehen und zur Arbeit gehen, genau wie sie mir aufgetragen hatte. In der Schule würde ich mich verhalten, als wäre nichts geschehen. Falls mich irgendjemand darauf ansprächе, warum ich so blass sei oder meine Hände zitterten, würde ich antworten, ich habe Halsschmerzen, vermutlich brüte ich etwas aus.

Ich würde lügen und lügen und lügen, als hinge mein Leben davon ab.

KAPITEL 7

Ein paar Tage lang ging das Leben irgendwie weiter. Ich überstand die Schultage – Unterricht, Zensuren, Konferenzen – wie in einem Nebel. Auf dem Schulhof suchte ich die tobende Kinderschar nach Anna ab, entdeckte sie aber nicht. Jedes Mal, wenn ich an der Schulbibliothek vorbeilief und den gesenkten Kopf eines Vorlesepaten erspähte, verlangsamte ich meine Schritte, um genauer hinzusehen, aber nie war es Helen.

Sobald ich von der Schule nach Hause zurückkehrte, schloss ich die Tür hinter mir ab, aß so viel, wie ich hinunterbekam, und legte mich zitternd ins Bett. Ob Helens Schock und Trauer genauso heftig waren wie meine?

Es gab Augenblicke, da vergaß ich fast, was passiert war. Wie am frühen Morgen, wenn ich gerade aufgewacht war und mich ein paar Sekunden lang ganz normal fühlte, angstfrei, sicher. Doch sofort stürzten die Erinnerungen wieder auf mich ein.

Und dann begann in der Schule das Gerede.

Mittagspause. Ich kam gerade von der Pausenaufsicht, goss mir in der Teeküche einen Kaffee mit einem Spritzer Milch aus dem Gemeinschaftskühlschrank ein, holte meine Tupperdose heraus und steuerte den Tisch am anderen Ende des Zimmers an.

Elaine Abbott, die stellvertretende Schulleiterin der Lower School, Hilary Prior und Olivia Fry saßen schon da.

Elaine, mittleren Alters und immer höflich, blickte

auf, als ich mich dazusetzte. »Wir sprachen gerade über Ralph Wilson«, sagte sie. »Hast du es schon gehört?«

Mein Magen verkrampfte sich. Mir zitterten die Hände, als ich die Tasse abstellte, ein wenig Kaffee schwappte über den Rand. Ich kramte nach einem Taschentuch, um den Ring wegzuwischen und den Boden der Tasse abzutrocknen, dann ließ ich mich auf einen Stuhl sinken. »Was gehört?«

Elaine, die in ihrem Sportshirt und einer Trainingsjacke sehr gesund aussah, beugte sich vor. »Er ist verschwunden.«

»Verschwunden?« Umständlich nahm ich den Deckel von meiner Tupperdose und stieß meine Gabel in den Nudelsalat. Der Geschmack von roten Zwiebeln und Pfeffer breitete sich unangenehm in meinem Mund aus.

Sie nickte. Ihre leere Lunchbox hatte sie zur Seite geschoben, in den Händen hielt sie eine Tasse Tee. Es war ihre Lieblingstasse, ein Geschenk von einer Klasse, auf der in pink glitzernden Buchstaben stand: *Lehrer sind wie Engel, sie vollbringen Wunder.*

»Er ist seit Tagen nicht zur Arbeit erschienen«, erzählte sie. »Nicht ans Telefon gegangen. Irgendwann hat die Schulleitung seine Frau erreicht, und sie war völlig aufgelöst. Er wird vermisst.«

Hilary Prior, seit ihrer Hochzeit im letzten Jahr eine Expertin fürs Eheleben, raunte: »Da macht man sich ja schon Gedanken über sein Privatleben.« Sie nickte vielsagend.

Olivia Fry, schlank und mit Rehaugen, fügte hinzu: »Er war ja immer, na ja, ein ziemlicher Charmeur, nicht wahr?«

Was sollte das denn heißen? Ich hielt den Blick auf mein Essen gerichtet, die Nudeln in meinem Mund hatten sich auf einmal in Holz verwandelt. Ich kaute und kaute und konnte nicht schlucken. Meine Wangen glühten.

Elaine trank ihren Tee. »Seine Ehe ist seine Angelegenheit. Aber es sieht ihm gar nicht ähnlich, einfach nicht zur Arbeit zu kommen. Sarah ist stinksauer.«

Sarah Baldini, die Schulleiterin der Upper School, regierte bekanntermaßen mit harter Hand. Elaine strich sich die Haare zurück und sammelte ihre Dose und den Deckel, Gabel und Becher zusammen. Ihr Blick wanderte zur Uhr.

»Sportclub? Am Freitag?«, fragte Hilary.

Elaine schüttelte den Kopf. »Die Aufführung der Fünften. Ist es zu glauben, dass es schon wieder so weit ist?«

Hilary biss von ihrem Wrap mit Hummus und Salat ab, wartete, bis Elaine weg war, und flüsterte dann: »Sie haben sogar die Polizei eingeschaltet.«

Olivia verschluckte sich. »Die Polizei? Wieso das denn?«

»Es ist so untypisch für ihn. Du weißt schon, als Lehrer, Familienvater ...«, sagte Hilary. »Er würde nicht einfach abhauen.«

Ich spießte eine weitere Gabel voll Nudeln auf und wagte es, die beiden anzusehen. Ich bemühte mich, unbefangen zu klingen. »Woher weißt du das?«

»Von Jayne. Ich war heute Morgen im Sekretariat und habe kopiert. Sie hat es von Matty.« Sie bemerkte Olivias fragenden Blick. Olivia war erst seit September an der Schule und kannte noch nicht alle, vor allem die Kollegen von der Upper School. »Matilda Campbell, Sekretärin an der Upper School. Groß, lange dunkle Haare? Sehr nett, solltest du kennenlernen.«

Olivia fragte mit großen Augen: »Und was sagt die Polizei? Wo steckt er?«

Hilary verzog das Gesicht. »Das weiß keiner. Wir müssen abwarten.«

Ich raffte meine Sachen zusammen und schaffte es gerade so zu den Lehrertoiletten, bevor ich mich übergab.

KAPITEL 8

An diesem Abend suchte ich online nach Neuigkeiten über Ralph, aber ich fand nichts, was ich nicht schon längst gelesen hatte. Ich versuchte, mich nicht mit den Artikeln aufzuhalten, die ich schon so gut kannte. In den ersten Wochen, als ich ihn gerade erst kennengelernt hatte, hatte ich so viel Zeit zu Hause verbracht und ihn gegoogelt, heimlich auf Fotos sein Gesicht, seinen Körper betrachtet.

Sein Foto auf der Schulwebsite, ein Schwarz-weiß-Porträt, auf dem er mit einer Schulter lässig an der Wand lehnte, die Hände tief in den Taschen, während ihm die Haare locker in die Stirn fielen. Ralph der Dichter. Das Foto auf der Gemeindeseite, Ralph auf einer Bühne, umgeben von begeisterten jugendlichen Schauspielern. Ich liebte dieses Bild. Darauf war er jünger und wahnsinnig gut aussehend. Drei Jahre zuvor, als ich ihn noch nicht richtig kannte, hatte er diese Schulaufführung von Romeo und Julia geleitet.

Aber über sein Verschwinden: nichts.

Ich machte mir nicht die Mühe, etwas zu kochen. Ich hätte eh nichts hinunterbekommen. Eine Weile saß ich mit starrem Blick vor dem Fernseher, ohne etwas aufzunehmen.

Zehn Uhr. Zeit fürs Bett.

Aber ich konnte nicht. Ich fühlte mich rastlos. Verfolgt. Mich ängstigte die Stille in meinem Schlafzimmer. In diesem Bett hatte Ralph mich einst geliebt, und hier hatte ich so viele Tränen vergossen, nachdem er mich verlassen hatte, und wieder, als ich herausfand, was er getan hatte. Sobald ich die Augen schloss, sah ich seinen Körper, verdreht und zerstört, am Fuß der Treppe.

Selbst noch, als ich ins Auto stieg, redete ich mir ein, dass ich einfach nur herumfahren und in der Welt sein wollte, von Lebenden umgeben, um meine Nerven zu beruhigen. Als ich in seine Straße einbog, verlangsamte ich zu Schrittgeschwindigkeit. Aus den Lücken zwischen den Vorhängen drang das flackernde Licht von Flachbildfernsehern hervor. Die Autos waren ordentlich geparkt, die Gartentore verschlossen.

Sein Haus unterschied sich nicht von den anderen in der Straße. Im Erdgeschoss waren die Vorhänge zugezogen, aus dem Spalt drang ein Lichtschimmer hervor. Ich strengte in der Dunkelheit meine Augen an, um eine Bewegung zu erkennen. Nichts. Vor drei Tagen war er hier nervös auf und ab gegangen, erregt, weil ich bei ihm war, weil ich ihn wollte und er mich auch.

Ein Hupen ließ mich zusammenzucken. Hinter mir hatte sich ein Auto angeschlichen und drängte mich nun ungeduldig vorwärts. Ich beschleunigte und fuhr weiter, diesmal Richtung Küste.

Meine Sinne waren geschärft, als ich mich dem Meer näherte. Alles erschien mir viel intensiver, viel deutlicher. Der durchdringende Tanggeruch in der Luft. Die Schwärze der Schatten. Die geisterhaften Umrisse von schäbigen Hütten und ein paar verlassenen, baufälligen Cottages in den Marschen, auf Land, das durch die Brandung und das Vordringen des Meeres immer weiter erodierte.

Ich hielt vor einer kleinen Ladenzeile, von wo es nur

ein kurzer Fußweg bis zum Parkplatz und den Bootshäusern war. Ein Bewegungsmelder schaltete ein Licht ein, als ich mich vom Auto entfernte. Ich wich dem Schein aus und hielt mich im Schatten, doch dann fragte ich mich, ob ich mich dadurch nicht vielleicht noch verdächtiger machte und ob es hier Kameras gab, die alles aufzeichneten.

Es war ein milder Abend, aber als ich um die Ecke bog und den Parkplatz betrat, peitschte mir eine salzige Brise ins Gesicht. Mehrere Fahrzeuge parkten in der Dunkelheit, die Schnauzen zum Wasser gerichtet. Die Streifen an der Seite des nächsten Wagens glänzten im Zwielicht. Ein Polizeiauto.

Mit pochendem Herzen zog ich den Kopf ein und rannte auf die Bootshäuser zu, wo ich mich unsichtbar zu machen versuchte und Schutz vor dem Wind suchte.

Ich kroch in die Lücke zwischen den ersten beiden Bootshäusern und verharrte dort. Der Atem stockte mir im Hals. Am Strand war es dunkel, aber sobald sich meine Augen daran gewöhnt hatten, konnte ich zwei Gestalten ausmachen – stämmig in ihrer Uniform, ihre Köpfe eckig von den Mützen –, die Seite an Seite auf der Mauer saßen und aufs Meer hinausblickten. Polizisten.

Ich erstarrte, wagte es nicht, mich ihnen zu nähern, aus Angst, sie könnten mich hören. Sie sprachen leise miteinander, erst ein Mann, dann eine Frau. Dann Stille, unterbrochen nur vom Heulen des Windes. Die Frau sagte noch etwas, dann lachte sie und stand auf, schüttelte die Tropfen aus einem Coffee-to-go-Becher auf die Kiesel und streckte die Arme.

Ich stützte mich am rauen Holz des Bootshauses ab und starrte Richtung Wasser. Eine Zeit lang sah ich nichts anderes als Lichtreflexe auf der Oberfläche aufblitzen, reflektiert von den weißen Schaumkronen, wenn eine Welle brach und zum Ufer rauschte, nur um sich gleich darauf unter dem grummelnden Knirschen lockerer Steinchen wieder zurückzuziehen. Doch dann hob ich den Blick und entdeckte weiter draußen auf dem Wasser die schwankenden Lichter eines Bootes. Meine Knie wurden weich. Es war ein kleines Motorboot, das da auf den Wellen schaukelte.

Auch der männliche Polizist stand auf, und die beiden drehten sich um und knirschten mit lässigen, entspannten Schritten über den Kies zurück zum Auto. Ich blieb im Schatten, bis sie mit ihrem Streifenwagen davongefahren waren.

Als ich wieder aufs Meer hinausblickte, war das Boot verschwunden. Ich ließ mich auf die Steine sinken und zitterte. Mir war schwindelig, und ich fragte mich, wie viel sie wussten, was sie vielleicht entdeckt hatten.

KAPITEL 9

Ich erinnere mich nicht, wie ich nach Hause kam, nur daran, dass mein Herz so heftig klopfte, dass mir die Brust wehtat, und ich keuchte, als wäre ich gerannt. Das war's. Bis zu diesem Moment war ich der Meinung gewesen, dass ich es mir immer noch anders überlegen konnte. Dass ich mich stellen, alles gestehen und darauf vertrauen konnte, dass die Polizei meiner Version der Geschichte glauben würde und nicht Helens, wie auch immer die aussähe. Sie hätten mir glauben müssen, denn ich hatte die Wahrheit auf meiner Seite.

Doch dort auf dem Kiesstrand, außer mir vor Angst beim Anblick der Polizei, wurde mir klar, dass es zu spät war. Die Gelegenheit für ein Geständnis hatte ich vertan. Jetzt hing ich mit drin, ganz egal, wie es passiert war. Niemand würde mir glauben, wenn ich behauptete, es sei ein Unfall gewesen – dass wir die Leiche hatten verschwinden lassen, würde mich Lügen strafen. Ich war zu sehr von Schuldgefühlen zerfressen, um glaubwürdig zu sein. Es war ein Verbrechen, und ich musste schnell sein und mich schützen, so gut ich konnte.

Zu Hause rannte ich die Treppen hinauf und schloss mit zitternden Fingern die Wohnungstür auf. Ich schaltete das grelle Deckenlicht an, durchsuchte die Schränke und Schubladen und holte alles heraus, was mich mit Ralph in Verbindung brachte. Sein Deo und den Rasierschaum im Bad, die ich aufbewahrt hatte in der Hoffnung, dass er vielleicht doch noch einmal eine Nacht bei mir verbringen würde. In der Küche das Päckchen mit dem edlen Kaffee, den er für sich selbst gekauft hatte, schon halb leer und abgestanden, und die Haferkekse, die er so gern zum Käse aß.

Im Wohnzimmer ging ich das Bücherregal durch und zog die Taschenbücher hervor, die er mir geschenkt hatte. Es waren nicht viele. Ein paar Gedichtbände, weil ich ihm gestanden hatte, dass ich von manchen Dichtern noch nie etwas gelesen hatte. Einige Romane, die er liebte und mir näherbringen wollte und die ihm beim Wein oder beim Essen als Grundlage für stundenlange Diskussionen dienten. Er dozierte, und ich hing an seinen Lippen, über dem Tisch hielten wir uns an den Händen.

Im Schlafzimmer rollte ich das alte Sweatshirt auf, das er einmal vergessen und das ich ihm nie zurückgegeben hatte. Ich drückte mein Gesicht hinein, sein Duft war schon lange verflogen. Im Nachtschränkchen durchwühlte ich die zahllosen Papierschnipsel mit seiner Handschrift, jeder ein Erinnerungsstück: eine abgerissene Einkaufsliste für ein Champagnerpicknick, ein rätselhaftes, flirtiges Gedicht, das er für mich geschrieben hatte, kurz nachdem wir uns kennengelernt hatten, eine hingekritzelte Liebesbotschaft, die ich einmal beim Heimkommen auf meinem Kopfkissen gefunden hatte.

Aus der untersten Schublade holte ich das abgewetzte, in Leder gebundene Buch, das ich dort unter Papieren versteckt hatte, eine Lyrik-Anthologie aus dem neunzehnten Jahrhundert, und hielt sie mir vors Gesicht. Der staubige Geruch entführte mich sofort wieder in unsere ersten gemeinsamen Tage voller berauschender Aufregung und Rastlosigkeit. Es war sein allererstes Geschenk, und das wertvollste. Er habe es seit Jahren, hatte er gesagt, während er die Seiten durchblätterte, um mir sein Lieblingsgedicht zu zeigen. Ich schüttelte den Kopf und steckte es wieder in die Schublade. Das war das Einzige, was ich nicht wegwerfen konnte.

Die Zettel zerriss ich in kleine Fetzen, warf alles in eine große Mülltüte und trug sie hinaus in den Hinterhof. Nichts war zu hören außer meinen Schritten und meinem keuchenden Atem. Ich stopfte die Tüte in die riesige Mülltonne, tief unter den Hausmüll der anderen Mieter. Übermorgen würde alles abgeholt und in der örtlichen Müllverbrennungsanlage vernichtet.

Vor dem Schlafengehen saß ich mit meinem Handy im Bett und erledigte die schwerste Aufgabe von allen. Ich löschte alle Nachrichten, die ich je von ihm bekommen hatte, alle E-Mails, alle Fotos und zu guter Letzt sogar seine Nummer. Als ich schließlich erschöpft unter die Decke kroch und die Nachttischlampe ausschaltete, hatte ich einen Schritt gemacht, zu dem ich bis dahin nicht in der Lage gewesen war. Ich hatte ihn aus meinem Leben gestrichen.

Falls Helen oder irgendein Beweisstück die Polizei zu mir führen würde, wäre ich vorbereitet.

Vermutlich hatte er das Gleiche mit mir schon vor langer Zeit getan. Meine kleinen Liebesbriefchen zerrissen und in einem öffentlichen Papierkorb entsorgt. Nachrichten gelöscht. Den Schlüssel zu meiner Wohnung in irgendeinen Gully geworfen. Falls nicht, hatte seine Frau das inzwischen sicher erledigt. Ich fragte mich, was sie wohl noch finden würde, wenn sie anfing, seine Taschen zu leeren und sein Arbeitszimmer auszuräumen. Wusste sie bereits von seinem dunkelsten Geheimnis, oder würde es erst jetzt ans Tageslicht kommen?

An diesem Wochenende ging ich kaum aus dem Haus.

Ich versteckte mich hinter vorgezogenen Vorhängen, lag den ganzen Tag im Pyjama auf dem Sofa, eingehüllt in eine Decke, und schaute Fernsehen. Ich konnte nichts essen.

Nachts konnte ich nicht schlafen. Jedes Mal, wenn ich die Augen schloss, erwartete mich Ralph. Manchmal schwebte er im Wasser, sanft gewiegt von der Strömung, die Arme und Beine ausgebreitet, mit wabernden Haaren. Seine aufgerissenen Augen musterten mich manchmal traurig, manchmal bösartig. *Ich bin noch da*, schienen sie zu sagen. *So einfach kommst du nicht davon.*

KAPITEL 10

Ralph hatte mich vor mir selbst gerettet. Es war sein Werk, nicht meins. Er umwarb mich, und ich konnte ihm nicht widerstehen.

Es begann letzten September, kurz nach Schuljahresanfang. Ich war länger in der Schule geblieben und korrigierte einen Stapel Drittklässler-Arbeiten, kritzelte Lob und Smileys an den Rand und verteilte den einen oder anderen Sternchenaufkleber. Eine benutzte Kaffeetasse stand neben mir. Um fast halb sechs war das Lehrerzimmer leer. Noch eine halbe Stunde, dann würde der Hausmeister seine Runde durch die Gebäude machen, Lichter ausschalten und Türen abschließen.

Ich musste nach Hause, aber ich konnte die leere Wohnung einfach nicht ertragen. Noch nicht.

Nur selten ging ich hinauf zu den Gebäuden der Upper School. Es war unbekanntes Terrain für mich, voller Fremder. Manche Lehrer der Lower School, so wie Hilary Prior, die offensichtlich Hinz und Kunz kannten, gingen manchmal in der Mittagspause rüber in das größere, besser ausgestattete Lehrerzimmer, aber mich schüchterte es ein. Allen waren die Hierarchien innerhalb der Schule bewusst. Die Upper-School-Lehrer genossen ein höheres Ansehen als wir mit den Grundschulkindern, unabhängig davon, wie wertvoll unsere Arbeit war. Es gab einen unausgesprochenen Snobismus, als wären wir, größtenteils Frauen, die sich um die Vier- bis Elfjährigen kümmerten, zu nichts anderem in der Lage,

als Nasen zu putzen, Bilderbücher vorzulesen und Papp-
teller zu bemalen, während sie, mit den Teenagern bis
achtzehn betraut, quasi schon Universitätsdozenten
waren.

Die schweren Schritte des Hausmeisters drangen
durch den Korridor, und ich packte die Hefte weg und
verstaute sie in meinem Spind. An der Pinnwand darüber hing die fotokopierte Ankündigung der neuen
Schreibgruppe für Lehrer. Ich schaute auf die Uhr. Sie
würde gleich anfangen.

Mein Herz pochte. *Vielleicht kann ich einfach kurz
gucken. Ich muss ja nicht lange bleiben.*

Ich zögerte, auf einmal von einer nervösen Vorfreude
gepackt. Noch einmal schaute ich mir den Zettel an,
versuchte zu verstehen, wo sich der Klassenraum befand.

Dann leckte ich mir über die trockenen Lippen, um
meinen Mut zusammenzunehmen. *Na, komm schon.
Wieso nicht?* Immerhin würde ich so eine weitere Stunde
herumbekommen.

In der Upper School verlief ich mich, weil ich in dem
Labyrinth der Flure, die alle von der Eingangshalle ab-
gingen, falsch abbog. Ich wollte gerade die Treppe an-
steuern und doch nach Hause gehen, als direkt hinter
mir eine Tür aufflog.

»Suchst du nach uns?«

Ralph, natürlich. Ralph Wilson. Jetzt, im Rückblick,
ist es seltsam, dass es einmal eine Zeit gab, in der ich
nichts über ihn wusste. Er erzählte mir später, dass er
immer mit einem halben Auge nach mir Ausschau gehalten hatte, dass er mich hatte vorbeigehen sehen, mit
geröteten Wangen, und angenommen hatte, dass ich
mich verlaufen hatte.

Damals wusste ich nichts weiter, als dass da ein gut aussehender, charismatischer Mann mit einem einladenden Lächeln auf den Lippen in der Tür stand. Er trug eine purpurrote Cordjacke mit Ellenbogenschonern aus Kunstleder und einen grauen Kaschmirpullover mit rundem Ausschnitt. Hinter ihm wandte sich mir ein halbes Dutzend Gesichter zu, alles Lehrer nach Feierabend, die in einem Halbkreis um seinen Stuhl herumsaßen. Größtenteils ausdruckslose, uninteressierte Gesichter, die darauf warteten, dass diese wenig bekannte Grundschullehrerin entweder endlich hereinkäme oder weiterginge; ganz egal, Hauptsache, die Unterbrechung ihrer Lesung hatte endlich ein Ende.

Ich zuckte mit den Schultern und nickte ertappt, spürte, wie ich rot anlief, huschte mit gesenktem Blick in den Raum und suchte mir einen Platz im Hintergrund. Die Männer und Frauen hier unterrichteten überwiegend an der Upper School. Olivia Fry, die langen Beine vornehm übereinandergeschlagen, mit langen Haaren, die ihr wie ein Vorhang über den Rücken fielen, war eine der wenigen aus der Lower School.

Ralph setzte sich wieder und las weiter. Es war eines seiner eigenen Gedichte über Liebe und Vergänglichkeit. Ich hörte kaum die Worte, so hingerissen war ich von seiner Stimme, so tief und voll und dramatisch. Er las nicht bloß, er intonierte, wie ein altmodischer Schauspieler. Irgendetwas in mir verknotete sich. Als er fertig war, herrschte einen Augenblick lang Stille, und er sah mich direkt an, mit offenem Blick, als ob er mich längst kannte und nur darauf wartete, dass auch ich es verstand.

Nach der Stunde folgte er mir aus dem Raum und fragte: »Schreibst du auch?«

Ich schüttelte den Kopf, verwirrt von seiner Aufmerksamkeit. Er sah so gut aus, hatte eine solche Präsenz, dass es mich einschüchterte. Ich machte mir Sorgen, ich könnte ihn enttäuschen. Olivia schrieb Kinderbücher, ich hatte gehört, wie sie Elaine Abbott im Lehrerzimmer gefragt hatte, ob sie sie den Kindern in ihrer Klasse vorlesen dürfe.

Er wirkte nicht enttäuscht. Er lächelte einfach, hielt mich mit seinem Blick gefangen, und ich ertappte mich dabei, wie ich blöde zurücklächelte.

Ein bärtiger Mann, der, wie er erzählt hatte, Physiklehrer war, rief zu uns rüber: »Noch Lust auf ein Bierchen, Ralph?«

»Im Half Moon? Eventuell. Ich komme nach.«

Die Männer verschwanden als Gruppe, familiär und kollegial. Olivia und eine andere junge Lehrerin folgten ihnen. Ich wandte mich ab, wünschte mir, er würde bleiben und mit mir reden, aber es war mir peinlich. In Gruppen fühlte ich mich unwohl.

»Danke, dass du gekommen bist.«

Ich nickte, wagte kaum, mich zu fragen, warum er immer noch da war, immer noch lächelte. Sein Blick ruhte auf mir. Mein Magen verkrampfte sich, und aus Angst – vor ihm, vor der Situation – drehte ich mich um und ging davon.

Abrupt. Im Mitarbeitergespräch Ende des letzten Schuljahres hatte John Bickers zu mir gesagt, manche würden mich als abrupt beschreiben. Ich fragte mich immer noch, wer das gesagt hatte. Vielleicht Hilary Prior, die nach außen hin so freundlich war, aber angeblich hinterhältig tratschen konnte. Oder irgendwer von den anspruchsvolleren Eltern meiner Klasse? John hatte in seinem Büro gesessen, die Ellenbogen auf den Schreibtisch gestützt, die Fingerspitzen aneinandergelegt, und mich wohlwollend angesehen. Ich kannte diesen Blick. Der freundliche alte Schulleiter der Grundschule. Alles schon mal gesehen.

»Wir sind alle verschieden, Laura«, hatte er gesagt. »Das ist ja auch gar nichts Schlimmes. Aber wo es geht, sollte man sich anpassen, verstehst du? Das macht das Leben einfacher.«

Nun eilte Ralph mir hinterher und schloss zu mir auf. Er hielt mir eine Hand hin. »Ralph Wilson«, sagte er. »Englisch. An der Upper School.«

Seine Hand war warm und weich. *Die Hand eines Dichters*, dachte ich.

»Lower School. Dritte Klasse.« Ich zögerte, dann grinste ich. »Laura. Laura Dixon.«

»Na dann, Laura Dixon, komm doch noch mit auf einen Drink«, sagte er fröhlich. »Kennst du The Half Moon? Es ist direkt um die Ecke. Viele aus der Schule sind dort Stammgäste. Na komm schon, du willst es doch auch.«

Er wirkte enttäuscht, als ich panisch »Nein danke« sagte. Mit hochgezogenen Schultern flüchtete ich über den Flur und zurück zum Parkplatz der Lower School, und den ganzen Weg über verfluchte ich mich.

Was ist los mit dir? Ein Drink hätte doch nicht weh-getan. Er brachte mich einfach komplett aus dem Konzept.

Den Rest der Woche dachte ich an kaum etwas anderes, ging unser kurzes Gespräch im Kopf immer wieder durch wie eine verliebte Schülerin, erinnerte mich an sein Gedicht, seine Stimme, sein Lächeln.

Er erzählte mir später, er habe damals gedacht, er habe es vermasselt, seine einzige Chance bei mir vertan. Aber auch, wie sehr er sich gefreut habe, als ich am kommenden Dienstag wieder auftauchte. Und an dem danach.

Natürlich war ich da. Ich zählte die Tage bis Dienstag und die Stunden bis zum Schulschluss, eilte den Hügel hinauf zur Upper School, ehe ich verlangsamte, mich aufgeregt, schüchtern, erwartungsvoll dem Klassenraum näherte und nach ihm Ausschau hielt. Ich war mir zunehmend sicher, dass seine Augen jedes Mal, wenn ich ihm einen Blick zuwarf, auf mir ruhten.

Sein Lächeln war unglaublich einnehmend.

Hinterher sprach er mich jedes Mal auf dem verlassenen Korridor an, sobald die anderen nach Hause oder in den Pub gegangen waren. Wir dehnten die Minuten aus, schlenderten gemeinsam an den leeren Klassenzimmern vorbei, hinunter zum Parkplatz der Lower School, genossen die Spannung zwischen uns, das Flirten, die Vorfreude auf das, was noch kommen mochte.

Wir verfielen in schlichte Rollen, ohne recht zu wissen, wieso. Er war der Bewunderer, der Verführer in spe. Ich widerstand ihm demonstrativ.

Seine Begeisterung war schwärmerisch. »Ein Drink. Mit den anderen, wenn du magst. Oder allein. Das wäre mir noch lieber. Na los, Laura, gib dir einen Ruck.«

Ich wollte so gern. Es war nicht mangelndes Interesse, das mich zögern ließ, es war die berauschende Freude darüber, so hartnäckig umworben zu werden. Und Angst. Ich spürte von Anfang an, wenn ich mich auf Ralph einließ, würde ich tief fallen. Ich würde mich erneut vollkommen verlieren.

Es war beinahe zwei Jahre her, seit Matthew seine Sachen gepackt hatte und gegangen war. Ich hatte mich gerade erst daran gewöhnt, allein zu sein. Ich hatte gelernt, mich von anderen Menschen abzuschotten und mein Herz zu schützen, und wollte es mir nicht so bald wieder brechen lassen.

Aber Ralph gab nicht auf. Er bezauberte mich. Er überredete mich.

Und, das weiß ich jetzt, er belog mich auch.

KAPITEL 11

Am Montag nach Ralphs Tod zog ich zur Arbeit mein schickstes Kleid und ein paar flache Schuhe an. Im Badezimmerspiegel sah mein Gesicht blass und verhärmt aus. Ich umrandete mir die Augen mit schwarzem Eyeliner und trug Rouge und dunklen Lippenstift auf. *Eine angemalte Frau.*

Ich übte vor dem Spiegel, überlegte, was ich antworten sollte, falls jemand fragte.

»Ich hatte einen Infekt. Schrecklich. Bin das ganze Wochenende nicht aus dem Bett gekommen.«

Stumpf und leblos schauten meine Augen mich an.

Die Gerüchte knisterten im Lehrerzimmer wie elektrische Ladung, die von einem zum anderen übersprang.

Hilary Prior entdeckte mich, als ich gerade die Hefte der Drittklässler aus meinem Spind holen wollte.

»Hast du's schon gehört?«, flüsterte sie. »Ralph Wilson. Es heißt, es könnte Selbstmord gewesen sein.«

Ich erschrak. »Wer sagt das?«

»Die Polizei.« Sie wirkte aufgeregt. »Weißt du nicht mehr? Seine Ehefrau hat ihn vermisst gemeldet. Immer noch keine Spur von ihm. Vielleicht Ärger mit einer Frau?« Sie zog die Augenbrauen hoch. »Jedenfalls ist er jetzt seit fast einer Woche nicht nach Hause gekommen. Sie hat nichts von ihm gehört.«

Das oberste Heft auf dem Stapel in meinem Arm geriet ins Rutschen und fiel zu Boden. Ich wollte es aufheben, beugte mich zu weit vor, und drei weitere flatterten hinunter. Seiten voller Buntstiftzeichnungen und unsicherer Bleistiftbuchstaben zappelten auf dem Boden wie Fische.

Hilary hockte sich neben mich, half mir beim Aufsammeln und legte sie zurück auf den Stapel.

»Seine Frau ist völlig durch den Wind. Ist ja klar … man macht sich Gedanken. War er wirklich so depressiv, dass er … du weißt schon. Schrecklich.« Sie blinzelte. »Ich frag mich, ob sie Anna jetzt zu Hause behält.« Ralphs Tochter war in ihrer Klasse. »Die arme Kleine. Was kann man da machen?«

Auf dem Flur kurz vor meinem Klassenzimmer holte Elaine Abbott mich ein. In zehn Minuten würden die Kinder vom Schulhof hereinströmen, rennen und schubsen, bepackt mit ihren Ranzen und Sportbeuteln, begleitet von den strengen Rufen der Erwachsenen: »Ruhig, Zweitklässler. Nicht rennen.«

»John schreibt eine Rundmail ans Kollegium«, flüsterte Elaine. »Check dein Postfach. In der Frühstückspause müsste sie da sein.« Sie sah sich ungewöhnlich aufmerksam um. »Melde dich bei ihm, wenn du irgendetwas auf dem Herzen hast oder, na ja, bei den Kindern irgendwelche Zeichen der Belastung feststellst. Ich werde eine Beratungsstelle in der Schule einrichten.« Sie schnalzte mit der Zunge und drehte sich um. »Schlimme Sache. Wirklich schlimm. Die arme Anna.«

Ich legte den Stapel Hefte auf dem Pult ab, ließ mich schwer auf meinen Stuhl fallen und blickte mich in dem leeren Klassenraum um. Gleich würde der Tag mit all seinem Getöse über mich hereinbrechen.

Umlaute und das Achter-Einmaleins. Ein kurzes Theaterstück über den Großen Brand von London. Modelle von Häusern aus dem siebzehnten Jahrhundert, gebastelt aus bemalten Müslischachteln mit Stroh statt Reet gedeckt.

Hilarys Neuigkeiten hatten mir den Boden unter den Füßen weggezogen. Ich saß in der Stille, versuchte, das Zittern zu bekämpfen, Ruhe zu finden. Ich hatte keine Ahnung, ob ich den Tag überstehen würde.

An das Kollegium der Lower School
Vertraulich

Liebe Kolleginnen und Kollegen,
  tief betroffen schreibe ich euch in der Angelegenheit unseres Kollegen Ralph Wilson, Englischlehrer an der Upper School.
  Einige haben es vielleicht schon gehört, die Polizei ermittelt in verschiedene Richtungen. Sobald nähere Informationen vorliegen, werde ich euch auf dem Laufenden halten.
  Selbstverständlich gelten unsere Gedanken und Gebete in dieser schweren Zeit Mrs Wilson und ihrer Tochter Anna. Miss Abbott hat eine Therapeutin organisiert, die auf Trauer spezialisiert ist und uns die ganze Woche zur Verfügung steht. Bitte zögert nicht, Kinder, die die Geschehnisse belasten, an sie zu verweisen oder euch selbst an sie zu wenden, falls ihr Unterstützung braucht.
  *Diese Informationen sind **streng vertraulich**. Die Schulleitungen von Lower und Upper School sind von der Schulbehörde autorisiert, mit der Presse zu sprechen. Bitte leitet entsprechende Anfragen an mich oder Miss Baldini weiter.*

An diesem Morgen hatte ich Pausenaufsicht. Ich überflog die Mail eilig, während ich mir den Mantel anzog.

Sobald ich auf den Schulhof hinaustrat und vom Lärmen und Schreien der Grundschüler verschluckt wurde, kam Olivia Fry mit offenem Mantel, einen Schal locker um den Hals geschlungen, auf mich zu. An jeder Hand hielt sie ein Kind.

Ihr Gesicht war aschgrau, ihre Stimme nur ein Flüstern. »Hast du es gelesen?«

Ich brauchte nicht zu fragen, was sie meinte. Die Mail war das einzige Gesprächsthema.

»Schrecklich.«

»Seine arme Frau.« Sie wandte den Blick ab und ließ ihn über die Menge der wimmelnden, schreienden Kinder gleiten, die herumrannten, rangelten und einander an den Jacken zogen.

Irgendwas an ihrem Ton, an ihrer Blässe, an der Art, wie sie meinem Blick auswich, machte mich stutzig. Woher kam mein Verdacht? *Hat sie etwa auch ...? Olivia?* Ich erschauerte, dachte an sie in der Schreibgruppe. Die langen Prinzessinnenhaare. Die runden Augen. Ihre Stimme, scheu und ein wenig zögerlich, wenn sie der Gruppe ihre Kindergeschichten vorlas. Ralph, der sich auf seinem Stuhl vorbeugte, den Blick auf sie gerichtet, und sie ermutigte.

Ich wandte mich ab, ich brauchte Abstand. Ein Kind, Emma Irgendwas aus der Vorschulklasse, rannte mir gegen die Beine und schlang die Ärmchen um meine Oberschenkel, umarmte mich für einen kurzen tröstlichen Augenblick, bevor sie wieder in das Gewimmel aus tobenden Kindern davonstob.

Wenn es stimmte, war Olivia vor oder nach mir gewesen? Oder sogar gleichzeitig? Hatte sie damals von Ralph und mir gewusst? Mein Mund war unnatürlich trocken. Was, wenn sie jemandem davon erzählt hatte? Was, wenn sie mit der Polizei sprach?

Sie trat vor, um die Auseinandersetzung zweier raufender Zweitklässler zu beenden, und schickte sie tadelnd in zwei unterschiedliche Richtungen davon. Als sie zurück in Hörweite kam, flüsterte ich: »Was gibt es Neues?«

Ich meinte: *Haben sie ihn gefunden? Die aufgeblähte, verwesende Leiche des Mannes, den ich einst geliebt habe und du vielleicht auch?* Es war zu schrecklich, um es auszusprechen.

Sie erwiderte ebenso leise: »Sie durchsuchen die Heide. Dort ist er wohl immer spazieren gegangen.«

Die Heide? Ich blinzelte. Soweit ich wusste, war Ralph nirgendwo spazieren gegangen, wenn er nicht musste. Und dann verstand ich: *Das war Helen. Sie legt eine falsche Fährte.*

Galle stieg mir im Hals auf.

KAPITEL 12

Die Polizei kam, angekündigt von einer zweiten Rund-mail.

An das Kollegium der Upper und Lower School

Heute werden Polizeibeamte im Rahmen der Ermittlungen bezüglich des Verschwindens unseres Kollegen Mr Ralph Wilson in der Schule Befragungen durchführen. Alle Kolleginnen und Kollegen, die sich in der Lage sehen, Informationen über Mr Wilson beizusteuern – so belanglos sie auch erscheinen mögen – werden gebeten, dem unten stehenden Link zu folgen und einen Termin zu vereinbaren. Bitte achtet darauf, dass diese Termine nicht in eure Unterrichtszeit fallen, sollte dies jedoch unvermeidlich sein, wendet euch bitte an Jayne (Lower School) oder Matilda (Upper School), um eine kurzfristige Vertretung zu organisieren. Die Ermittler betonen, dass selbst vermeintlich nichtssagende Informationen zu Mr Wilsons Verhalten oder Verfassung von Interesse sein können. Ich bin sicher, dass wir ihnen in dieser schwierigen Zeit alle auf die bestmögliche Weise behilflich sein wollen.

Olivia Fry zog mich in die Sache hinein. Sie hatte gemeinsam mit einer Tutorin von der Lower School, die auch an ein paar Treffen von Ralphs Schreibgruppe teilgenommen hatte, einen Termin gebucht und vorgeschlagen, ich sollte auch mitkommen. Nein, nicht vorgeschlagen. Sie bestand darauf.

»Vielleicht gibt es ja irgendwas, irgendein Fitzelchen, das ihnen weiterhilft«, sagte sie, während sie mich bei der Pausenaufsicht auf dem Schulhof in die Ecke drängte. Mit ernsten, feuchten Augen sah sie mich an. »Es wäre doch schrecklich, wenn wir nichts beitragen. Denk doch mal an seine arme Frau.«

Ich wand mich. Sie hatte ja keine Ahnung, wie oft ich an seine arme Frau dachte. Ihr versteinertes, entschlossenes Gesicht verfolgte mich fast so hartnäckig wie das ihres toten Ehemannes.

Ich zuckte mit den Achseln. »Es wäre Zeitverschwendung. Ich kannte ihn doch so gut wie gar nicht.«

Sie schürzte die Lippen. »Ich weiß, ich doch auch nicht. Aber wir müssen. Gehen wir zusammen und bringen es hinter uns.«

Ein Mädchen rannte mit flatterndem Mantel und rot geweintem Gesicht auf uns zu und verlangte Gerechtigkeit wegen irgendeiner Streiterei mit einem anderen Mädchen. Während Olivia sich zu ihr hinunterbeugte, brach ich die Regeln und eilte hastig Richtung Schulgebäude und auf die Personaltoilette.

Der Wirbel aus tobenden, rennenden Kindern, ihr Lachen und Kreischen verschwamm. Ich schwitzte vor Angst. Nein, ich konnte das nicht. Konnte nicht mit ermittelnden Polizeibeamten in einem Raum sitzen und ihre Blicke auf meinem Gesicht spüren. Ich konnte mich nicht verstellen und ihre Fragen beantworten. Sie würden es mir anmerken. Ich würde mich verplappern. Die Schuld würde mir ins Gesicht geschrieben stehen. Wie könnten sie das übersehen?

Aber wie sollte ich mich weigern, mit den beiden anderen mitzugehen, ohne mich verdächtig zu machen?

In der Nacht vor der Befragung konnte ich nicht schlafen. Wie betäubt wanderte ich in meiner Wohnung auf und ab, aus Angst, die Augen zu schließen. Immer sah ich das wissende Gesicht eines Detectives vor mir, der mich musterte und meine Gedanken las.

KAPITEL 13

Sie hatten der Polizei Sarah Baldinis Besprechungszimmer zur Verfügung gestellt, das an ihr Büro angrenzte.

Wir drei – Olivia, die rundliche, mütterliche Tutorin und ich – saßen nebeneinander auf den Stühlen vor Sarahs Büro, die Hände auf den Knien, und warteten auf unseren Termin.

Meine Hände prickelten vor Schweiß. Hin und wieder wischte ich sie in meiner Tasche an einem Taschentuch ab und fürchtete, ich würde mich verraten. Auch Olivia wirkte blass und angespannt.

Die Tutorin, die gern viel redete, machte nervöse Witze. »Mitgefangen, mitgehangen.« Unangenehmes Schweigen. »So müssen sich die schweren Jungs fühlen.«

Die Tür ging auf, und ein Lehrer aus der Upper School kam heraus, der bärtige Physiklehrer, der auch an der Schreibgruppe teilgenommen hatte und hinterher immer noch fröhlich in den Pub gegangen war. Heute wirkte er ungewohnt ernst.

Die Tutorin flüsterte: »Wie war's? Wie sind die drauf?«
Er zuckte bloß mit den Achseln. »Viel Glück.«

Eine junge Polizistin mit einem Klemmbrett war hinter ihm herausgekommen, stand jetzt vor uns und überprüfte unsere Namen und Kontaktdaten auf ihrer Liste. Sie sah aus wie höchstens zwanzig, noch jünger als Olivia. Sie hatte die Haare am Hinterkopf zu einem festen Knoten zusammengebunden, der von einem dunklen Netz und Hunderten Klammern festgehalten wurde. Als wir aufstanden, um ihr zu folgen, drehte sich mir der Magen um. Meine Beine gaben nach, und ich fiel mit einem dumpfen Geräusch wieder zurück auf meinen Stuhl.

Die mütterliche Tutorin beugte sich über mich. »Alles in Ordnung?«

Ich konnte nicht antworten. Mein Herz raste. Meine Hände, mit denen ich mich am Stuhl abstützte, waren kalt und glitschig.

»Du bist ja kreidebleich.« Sie zögerte. »Sollen wir ihnen sagen, dass es dir nicht gut geht?«

Sie stürmte auf das Büro zu, in dem Olivia und die junge Polizistin bereits verschwunden waren. Ich streckte eine Hand aus und packte sie am Arm, dann kam ich mühsam auf die Beine.

»Mir geht's gut, sorry. Bin bloß zu schnell aufgestanden.« Ich senkte die Stimme und flüsterte: »Frauenleiden, du weißt schon.«

Sie nickte und lächelte, und ich folgte ihr mit wackligen Knien.

Sobald wir das Zimmer betraten, erkannte ich, dass es ganz anders war, als ich erwartet hatte. Die ganze Nacht hatte ich mir einen Fernsehkommissar ausgemalt, einen hartgesottenen, allwissenden Mann mittleren Alters, mit einem Filzhut und einem abgetragenen Mantel und einer Zigarette im Mundwinkel, der mit einer Pobacke auf dem Schreibtisch hockte und sich abschätzig musternd vorbeugte.

Tatsächlich war das Zimmer bis vor Kurzem noch von der Traumatherapeutin benutzt worden und sah immer noch aus wie ein Sprechzimmer. Die Stühle hatten gepolsterte Sitzflächen und standen in einem einladenden Halbkreis um den Tisch, auf dem sich eine Schachtel

Taschentücher, eine große Kanne Wasser, ein Stapel Papierbecher und eine kleine Vase mit gelben Nelken befanden.

Ich hätte beinahe gelacht, als ich daran dachte, wie albern Ralph das finden würde. Wie spießig. Wie rührselig. Einen Moment lang stellte ich mir vor, wie wir darüber plaudern würden, bei einem Glas Shiraz unsere Notizen zu der Polizistin vergleichen würden, die nun mit ausgestreckter Hand dastand und uns begrüßte. Sie trug einen billigen marineblauen Hosenanzug, der vor zu viel Polyester glänzte. Wahrscheinlich von Marks & Spencer. Eine schlichte weiße Bluse. Eine unaufdringliche Silberkette. Sie war zwar mittleren Alters, wirkte aber, als wäre sie der Welt überdrüssig. Sie war sorgfältig geschminkt. Puder hatte sich in die Fältchen um ihre Augen und auf der Stirn gelegt. Ihr Lippenstift in einem seltsam grellen Rot musste aufgefrischt werden. Erleichterung durchströmte mich.

»Detective Inspector Johns – Eileen Johns.«

Sie bat uns, Platz zu nehmen, und nach einigem Stühlerücken und Beineüberschlagen hatten wir vier uns eingerichtet und bildeten einen Kreis um den Tisch herum. Die junge Polizistin nahm hinter ihrer Vorgesetzten Platz und griff nach Stift und Notizblock, um das Protokoll zu führen.

»Vielen Dank, dass Sie hier sind.« Ihr Blick wanderte von einer zur anderen.

Meine Hände, locker auf meinem Schoß, umschlangen einander.

»Sie haben um einen Termin gebeten, weil Sie Mr Wilson kannten und vielleicht etwas wissen, das für uns von Interesse sein könnte. Wer möchte anfangen?«

Olivia, natürlich. Anmutig saß sie da, mit geradem

Rücken, die Haare fielen ihr über die Schultern. Sie erwähnte die Schreibgruppe und dass wir zusammen hergekommen waren, weil wir von der Lower School als Einzige daran teilgenommen hatten und deshalb ungefähr das Gleiche beizutragen hatten. Dann erzählte sie von seinen Gedichten, seinem Talent und seinem natürlichen Charisma.

Die Polizistin nickte, hörte zu, zeigte keine Regung. Der Stift ihrer jungen Kollegin kratzte über das Papier.

Olivia schien entschlossen, die Führung zu übernehmen, beantwortete die Fragen, als hätten wir ausgemacht, dass sie für uns alle sprechen würde. Das war mir neu.

Die Augen der Polizistin waren klar. Clever, so viel stand fest. Sie nahmen alles wahr.

»Wie viel hat er von seinem Privatleben preisgegeben?«

»Nichts direkt. Wir waren Kollegen, wir wurden nicht allzu vertraulich.« Sie hielt inne, als suchte sie nach den richtigen Worten. Mit der Hand fuhr sie sich durch die Haare, die ihr nun über die linke Schulter hingen, und warf sie mit einer geübten Bewegung zurück. »Aber man kann aus seinen Texten sehr viel über einen Menschen lernen. Vor allem aus Gedichten. Das ist etwas sehr Intimes. Ich würde sagen, er war eindeutig ein Romantiker. Er vergötterte seine Frau. Und natürlich Anna, seine Tochter.«

»Gab es irgendwelche Hinweise auf Spannungen in seiner Ehe, soweit Sie mitbekommen haben?«

»Oh, nein.« Sie wirkte schockiert. »Ganz im Gegenteil. Mrs Wilson kommt regelmäßig in die Schule, um mit den Kindern Lesen zu üben. Wir haben hier eine Menge freiwilliger Helfer. Natürlich alle mit einwandfreiem polizeilichem Führungszeugnis. Das ist eine großartige Unterstützung. Sie ist eine wunderbare Frau. Sehr freundlich. Ich kannte sie nicht gut, aber sie wirkten auf mich beide wie wunderbare Menschen.«

Die Polizistin nickte, und die Stille dauerte ein paar Herzschläge länger, als sich angenehm anfühlte.

»Und Anna ist ein süßes Mädchen. Sehr wohlerzogen.«

Ich dachte an Olivias Seitenhieb im Lehrerzimmer, dass Ralph ein Charmeur gewesen sei. Davon war jetzt keine Rede. Bei ihr erschien er so fromm wie ein Chorknabe.

Als ich sie ansah, ihrer kindlichen, ernsten Stimme und der glühenden Bewunderung lauschte, die aus ihrer Beschreibung sprach, wollte ich mich vor Widerwillen krümmen. Ihre Art zu sprechen hatte etwas Künstliches. Wie eine Aufführung. Was hatte sie vor? Ich wusste es nicht. Das Gesicht der Polizistin verriet nichts.

Hinter ihr kritzelte ihre Kollegin von links nach rechts über das Blatt. Ihr Haarknoten saß tadellos. Wie lange sie wohl dafür brauchte, mit den ganzen Haarnadeln?

Die Tutorin, die zwischen mir und Olivia saß, beugte sich vor und sagte aufrichtig: »Das stimmt. So ein wunderbarer Mann. Ich meine, so gut kannte ich ihn natürlich nicht. Ich bin zu den Treffen gegangen – nicht um meine eigenen Texte vorzulesen, dafür fehlt mir das Talent, sondern nur zum Zuhören. Und allein von seinen Gedichten, nun ja, wurde deutlich, dass er eine sanfte Seele hatte.«

Ich versuchte, nicht zu schnauben. *Sanfte Seele?* Noch etwas, das Ralph zum Lachen gebracht hätte.

Die Polizistin wandte sich an mich. Als ihr Blick meinem begegnete, traf es mich bis ins Mark. Ihre Augen waren genauso, wie ich befürchtet hatte, bloß nicht in dem Körper, den ich mir vorgestellt hatte. Sie sah alles. Sie wusste es.

»Miss Dixon? In welcher Beziehung standen Sie zu Mr Wilson?«

Ich starrte sie reglos an, unfähig zu sprechen. Der Stift der jungen Polizistin hörte auf zu kratzen, sie hob den Kopf und sah mich an. Alle sahen mich an. Meine Beine, die fest auf dem Teppich standen, begannen zu zittern.

»Miss Dixon?«

Ich machte den Mund auf und wieder zu, nichts kam heraus. Ich war wie erstarrt. Alles, was ich sah, war Ralphs verdrehter Körper am Fuß der Treppe. Und Helen, die neben ihm im Halbdunkel kauerte, das Gesicht an seine Seite gepresst, während ihr Schluchzen im kahlen, kalten Keller widerhallte.

KAPITEL 14

Ich leckte mir über die Lippen und räusperte mich. »Ich kannte ihn eigentlich überhaupt nicht.«

Meine Stimme hörte sich quietschig an. *Sie wird mich durchschauen. Wenn sie es nicht längst schon weiß.* Mein dünnes Stimmchen strotzte nur so vor Schuld. Sie musste es riechen, so ranzig wie saure Milch.

»Ich war bei ein paar Treffen, sonst nichts. Er war immer freundlich. Bei ihm war jeder willkommen.«

Die Polizistin blinzelte nicht. Stille. Auf einmal schien keine Luft mehr im Raum zu sein.

Die Tutorin sprang genau in dem Moment vor, als ich zu schwanken anfing. Sie hielt mich fest und legte mir einen Arm um die Schultern, fest und beruhigend.

»Es geht dir nicht gut, stimmt's?« Sie wandte sich an die Polizistin. »Ich glaube, sie hat Fieber.«

Sie ließ mich auf den Boden hinab und reichte mir einen Becher Wasser, dann fächelte sie mir mit einem Flyer der Traumatherapeutin Luft zu.

Gelbe Buchstaben auf blauem Hintergrund tanzten mir vor den Augen, vor und zurück, während sie wedelte. *Haben Sie Schlafstörungen? Sind Sie traurig oder deprimiert?*

»Geht schon wieder.« Ich trank einen Schluck kühles Wasser, konzentrierte mich auf den schwankenden Boden und auf meinen Atem. Ein, aus. Ein, aus. Langsam beruhigte ich mich wieder. Ich kroch zurück auf meinen Stuhl, unterstützt von der Tutorin. »Es tut mir leid. Ich fürchte, ich habe mir irgendwas eingefangen.« Ich hielt inne und nahm mich zusammen. »Es ist einfach so traurig. Ob ihm etwas zugestoßen ist? Und seine arme Tochter, Anna. Ich will mir gar nicht ausmalen ...«

Die Polizistin nickte ihrer Kollegin zu, und die sprang auf und verteilte Visitenkarten. *Detective Inspector Eileen Johns. Ermittlungsbeauftragte.* Eine Liste von Telefonnummern, einschließlich einer Hotline, eine E-Mail-Adresse.

»Falls Ihnen noch irgendetwas einfällt, und wenn es noch so belanglos scheint.« Sie stand auf und nickte. Ihre Augen wirkten müde.

Draußen wartete ein junger Mann, ein neuer Tutor von der Upper School. Er blickte nervös auf, als wir herauskamen.

Die kühle Luft im Flur traf auf meine feuchten Wangen, Hände und Hals. Als wir um die Ecke bogen und außer Hörweite waren, blies die Tutorin die Backen auf und sagte: »Puh, das hätten wir geschafft.«

Ich antwortete nicht. Ich wollte nur weg von den beiden, mich allein ein wenig ausruhen, aber meinen Beinen fehlte die Kraft dazu.

Im Gleichschritt gingen wir den Flur entlang.

Die Tutorin sagte: »Du solltest dich vor deiner nächsten Stunde noch ein wenig hinsetzen.« Sie sah besorgt aus. »Ich habe Aspirin, falls du eine brauchst.«

Neben ihr musterte mich Olivia mit scharfen Augen.

KAPITEL 15

Nach längerer Abwesenheit kam Anna schließlich wieder in die Schule. Hilary kannte kein anderes Thema.

»Ich hab der Klasse gesagt, dass sie vielleicht ein bisschen traurig sein könnte.« Es gelang ihr hervorragend, betroffen auszusehen, aber ich spürte, wie stolz sie war, eine Hauptrolle in dieser Tragödie zu spielen. »Ich weiß nicht, wie viel sie eigentlich verstehen. Von Trauer, weißt du? Immerhin sind sie erst sieben.«

Olivia nickte. »Ein paar von ihnen haben vielleicht ihre Großeltern verloren.«

»Oder ein Haustier«, warf Elaine ein. »Der Verlust eines Haustiers kann für ein kleines Kind tief traumatisierend sein.«

Ich versuchte, nicht die Augen zu verdrehen. Ich konnte mir vorstellen, wie Ralph es finden würde, wenn sein Verschwinden mit einem toten Hamster verglichen wurde.

»John hat sie heute Morgen in sein Büro gebeten und mit ihr geredet«, fuhr Hilary fort. »So verständnisvoll. Sie ist sehr eng mit Clara Higgins befreundet. Ich habe Clara gebeten, ihren Platz zu tauschen, damit die beiden nebeneinandersitzen können.«

Elaine nickte. »Clara ist so ein liebes Mädchen.«

»Sie geht öfter mit Anna nach Hause, oder nicht?«, fragte Olivia.

»Ständig«, bestätigte Hilary. »Ihre Mutter ist alleinerziehend und muss lange arbeiten.«

Elaine fragte: »Gab es nicht noch ein anderes Higgins-Mädchen?«

Hilary nickte. »Es gibt eine an der Upper School. Oder hieß sie Hopkins?«

»Ich schätze, Helen Wilson ist jetzt auch alleinerziehend, was?« Olivia schaute nachdenklich drein. »Wie sie wohl klarkommt?«

Elaine schob ihren Stuhl zurück und stand auf. »Das ist so traurig.«

Olivia griff nach ihrer Kaffeetasse, um sie im Spülbecken abzuwaschen, bevor wir alle zu unseren Nachmittagsstunden aufbrachen. »Die arme Anna. Wer hätte das gedacht?«

»Wir werden alle auf sie achtgeben. Natürlich.« Elaine tätschelte Hilary den Arm. »Und bei dir ist sie in guten Händen.«

Ich hatte Anna erst vor nicht allzu langer Zeit in der Schule bemerkt, erst seit ich wusste, dass sie Ralphs Tochter war. Sie war in der zweiten Klasse und ein ruhiges Kind. Dünn und drahtig. Ich spürte in ihr die gleiche romantische Verträumtheit wie in ihrem Vater.

In der folgenden Woche, sobald ich wusste, dass sie wieder da war, machte ich es mir zur Aufgabe, nach ihr Ausschau zu halten. Während der Pausenaufsicht beobachtete ich sie, sooft ich nur konnte, überflog die wirbelnde Masse aus rennenden, kreischenden Kindern und flatternden, offenen Mänteln. Clara Higgins, ihre beste Freundin, war meistens in ihrer Nähe. Sie hockten zusammen in der Ecke, steckten flüsternd die Köpfe zusammen oder rannten Hand in Hand durch das wilde Durcheinander.

Es war nicht einfach, ihnen meine volle Aufmerksamkeit zu widmen. Ständig wurde ich durch banalere Schulhofaufgaben abgelenkt, wie Streite zu schlichten, Rüpel zu ermahnen oder verletzte oder ungezogene Kinder zur Schulleitung zu schicken. Ich musste auch die Aufmerksamkeit eines winzigen Vorschulmädchens mit langem Zopf abwehren. Rosie, richtig? Oder Rebecca? Sie hatte sich noch nicht recht eingelebt und wich der jeweiligen Aufsicht nicht von der Seite. Sie umklammerte meine Finger mit ihrer kleinen warmen Hand und hielt sie fest, als wäre ich ein Rettungsboot auf der gefährlichen, sturmgepeitschten See.

Seit ihrer Rückkehr wirkte Anna so lebhaft wie jedes andere Kind. Ihre Gesichtszüge waren schon immer ein wenig spitz gewesen, aber sie wirkte gesund, und die Haare, die meistens zu zwei kurzen Rattenschwänzen zusammengebunden waren, flatterten, wenn sie kreischend mit Clara herumrannte.

Jedes Mal, wenn ich mit dem liebebedürftigen Vorschulmädchen im Schlepptau zu ihnen hinüberschlendern wollte, schossen sie fort zu irgendeinem anderen Teil des Schulhofes, tief in ihr selbsterfundenes Spiel versunken. Es war, als wollte ich Wasser mit einem Lasso einfangen. Ich musste einfach Geduld haben und meine Chance nutzen, sobald sie sich bot.

Kapitel 16

Zwei Monate später

Ich strich mir das Kleid glatt, das ich heute ihm zu Ehren trug. In den zwei Jahren nach Matthew, vor Ralph, hatte ich in Hosen und unförmigen Pullovern gelebt. Doch als ich Ralph kennenlernte, wollte ich wieder auftauchen, mich nicht länger vor der Welt verstecken.

»Ah, sie hat Beine!« Er hatte eine Hand ausgestreckt, als ich mich neben ihm auf dem Beifahrersitz niedergelassen hatte, endlich bereit, mich von ihm ausführen zu lassen. Er ließ die Hand über die glatte Strumpfhose gleiten, von der Wade bis zum Knie und ein wenig höher meinen Oberschenkel hinauf. »Orwell hätte niemals geschrieben, dass Zweibeiner schlecht seien, wenn er deine Beine gekannt hätte.«

Und dann dieses Lächeln. Es hatte mich dahinschmelzen lassen. Jedes Mal.

Jetzt biss ich mir auf die Lippe, holte tief Luft und ging weiter. Von einem großen Foto mit schwarzem Trauerrand folgte mir sein Blick in die Kapelle.

Es war ein schöner Tag, und das kam mir falsch vor. Die Sonne hätte nicht scheinen dürfen. Das Licht fiel in farbenfrohen Streifen durch die Buntglasfenster und zeichnete Muster auf die Bodenplatten. Die Sitzreihen füllten sich zusehends. Gedämpftes Murmeln und leise Schritte erklangen, als hätten die Menschen Angst, gehört zu werden und Anstoß zu erregen.

Ich ließ den Blick über die Menge schweifen, erkannte Kollegen aus der Schule, die in Grüppchen zusammen-

standen und betreten schwiegen. Der bärtige Physiklehrer und ein anderer, den ich nicht kannte, lungerten
vor einer der Bänke herum, als wären sie unsicher, ob sie
sich dort hinsetzen dürften. Olivia, der die langen Haare
offen über den Rücken fielen, saß am Ende einer vollen
Reihe neben einigen Kolleginnen aus der Lower School.
Ich entdeckte Elaine Abbott. Hilary Prior. Alle trugen
ungewohnt bedeckte Farben. Braun. Grau. Schwarz.

Dann sah ich sie. Verborgen im Schatten, beobachteten sie uns von ihren Plätzen in der hintersten Reihe:
Detective Inspector Johns und ein Mann – ganz sicher
auch ein Polizist. Sie saßen ganz still, gerade aufgerichtet,
und ließen langsam den Blick schweifen. Sie observierten
alle.

Ich hielt inne. Eine junge Frau in einem schwarzen
Blazer mit professionell mitfühlendem Gesicht trat vor
und reichte mir ein Liedblatt. Wahrscheinlich hielt sie
mein Zögern für Trauer oder Nervosität. Sie deutete zur
Seite.

»Oben gibt es noch mehr Sitzplätze«, flüsterte sie, als
wäre es ein trauriges Geheimnis.

Ich folgte ihrem Rat, drehte mich um und stieg eine
steile Wendeltreppe hinauf. Oben trat ich auf eine
kleine Empore mit sechs Sitzreihen vor der Orgel, von
wo aus man die Kapelle überblicken konnte. Ich setzte
mich in die erste Reihe, legte die Unterarme auf die
glänzende Holzbrüstung und beugte mich vor. Hier,
auf den billigen Plätzen, konnte ich sehen, ohne gesehen zu werden.

Es war ein Trost spendendes Gebäude. Auf dem
Fenster auf der gegenüberliegenden Seite prangte ein
ausladendes Kreuz aus Glasfragmenten, eingebettet in
verschiedene Grün- und Brauntöne. Das Symbol war

deutlich genug, um Gläubigen seine Absicht zu signalisieren, und zugleich so diskret, dass es denjenigen nicht zu nahe trat, die nicht an das Jenseits glaubten und in den Formen und Farben nichts als Natur – Gras und Blätter und Zweige – sehen wollten.

Ein stämmiger Mann mittleren Alters quetschte sich neben mich, eine Frau nahm auf seiner anderen Seite Platz. Er reichte ihr eins der Liedblätter und schlug raschelnd sein eigenes auf. Ich blickte auf das in meiner Hand hinab, auf dem meine warmen, schwitzigen Finger bereits Abdrücke hinterlassen hatten.

Ralph Edward Wilson. Auf die Vorderseite war ein schwarz umrahmtes Foto von ihm gedruckt, das gleiche wie auf dem Brett am Eingang.

Mein Blick huschte über die Lieder und Lesungen, die innen abgedruckt waren. Keats. Shakespeare. T. S. Eliot. Den Shakespeare würde Sarah Baldini lesen. Keine gute Wahl. Sie war zwar die Schulleiterin, aber ihre Stimme war hoch und dünn. John Wilson würde die Trauerrede halten. *John Wilson?* Ich schüttelte den Kopf. Ralphs Vater war schon tot. Einen Bruder hatte er nicht. Vielleicht irgendein Cousin? Er hatte nie einen erwähnt. Ich klappte das Blatt zu, und wieder landete Ralphs Blick auf mir.

Hey, schien er zu sagen. *Ist das euer Ernst? All dieser Aufwand für mich? Ich hoffe, hinterher gibt es noch was zu trinken. Und zwar was Starkes.*

Ich konnte ihn förmlich lachen hören.

Unten setzte Musik ein. Ein langsames Jazzstück. Ein Blues.

Die letzten Nachzügler huschten herein, zwangen andere, aufzurücken, Mäntel und Taschen von den Sitzen zu nehmen und sie sich auf die Knie zu legen. Die Frauen in den schwarzen Blazern erspähten hier und da noch freie Plätze und geleiteten Gäste dorthin.

Helen. Es dauerte einen Moment, bis ich sie erkannte, als sie unter uns den Mittelgang zur freien ersten Reihe durchschritt. Sie ging mit gesenktem Kopf und hängenden Schultern. Ein langer grauer Mantel flatterte ihr um die Knie, und sie stützte sich schwer auf den Arm eines kräftigen, breitschultrigen Mannes. Die hereinfallenden Sonnenstrahlen, in denen Staub tanzte, betonten die grauen Strähnen in seinem dunklen Haar. Es war die groteske Parodie einer Braut, die von ihrem Vater zum Altar geführt wird.

Mir stockte der Atem. Natürlich war es Helen, aber sie sah so anders aus als die Frau, die ich gekannt hatte. Wie sie ging, wie der Mann sie stützte, wie die Leute in den Bänken sie ansahen und dann rasch den Blick abwandten, wirkte sie, als wäre sie in den letzten paar Wochen um zehn Jahre gealtert, als hätten Schock und Trauer sie verwelken lassen. Sie war Witwe. Eine trauernde Witwe. Und alles meinetwegen.

Sie erreichten die erste Reihe, und der Mann ließ sie auf einen Platz hinabsinken, als wäre sie zu schwach, ihr eigenes Gewicht zu tragen. Die Musik verstummte, und ein allgemeines Rascheln und Husten war zu vernehmen. Ein Mann in der schlichten Kleidung eines Geistlichen, den ich noch nie gesehen hatte und Ralph, durch und durch Atheist, sicherlich auch nicht, trat vor die Gemeinde, breitete die Arme zu einer Willkommens- und Segensgeste aus, lächelte mitfühlend und begann zu sprechen.

Ich schloss die Augen und versuchte, nicht hinzuhören. Ich hatte kein Recht, hier zu sein, das wusste ich. Ich war ein anonymer Niemand. Auch wenn ich außer mir vor Trauer war, musste ich es für mich behalten. Ich war nicht die Witwe. Und dieser Ralph, der liebende Vater und hingebungsvolle Ehemann, das war nicht der Mann, den ich geliebt hatte.

KAPITEL 17

An dem Tag, an dem ich mich entschloss, Ralph endlich nachzugeben und mit ihm etwas trinken zu gehen, wählte ich meine Kleidung mit Bedacht aus. Nach dem Unterricht ging ich auf die Personaltoilette, frischte heimlich mein Make-up auf und sprühte mir Menthol-Atemfrisch in den Mund.

Die langbeinige Olivia blickte zu mir auf, als ich zum Treffen kam und mir einen Platz suchte. Bildete ich mir das ein, oder veränderte sich ihr Gesichtsausdruck? Ich setzte mich, und auf einmal wurde mir heiß. Ich kam mir vor wie das dickste Mädchen der Klasse, das sich für die Schulparty Schminke ins Gesicht kleistert und sich einbildet, der Mädchenschwarm würde sie nun beachten. Vielleicht spielte er nur mit mir, sonst nichts. Vielleicht war es eine Wette, ein privater Witz.

Dann kam er herein, die lederne Aktentasche prallvoll mit Papieren. Sein Blick überflog den Raum und blieb an meinem hängen. Er lächelte, und ich war wieder schön, scheu und glücklich und strahlte wie ein Teenager. Was kümmerte es mich, was die anderen dachten? Sollten sie doch, er war hier, und wir hatten alles noch vor uns.

An diesem Abend blieb er zurück, als alle anderen ihre Mäntel und Jacken nahmen und sich auf den Weg zum Half Moon machten.

Er vertröstete sie. »Vielleicht bis später.«

Auch ich blieb zurück. Ich wusste es. Mein ganzer Körper war bereit und angespannt vor Erwartung.

Er wartete, bis der Korridor verlassen war, dann drehte er sich fragend zu mir um.

»Lass uns was trinken gehen«, sagte er. »Irgendwo, wo es ruhig ist.«

Ich holte mein Auto und fuhr den Hügel hinauf bis zum Abzweig zu den Gebäuden der Upper School. Er hatte dort am anderen Ende der Straße gehalten und wartete auf mich. Als er mich herankommen sah, blinkte er und fuhr langsam los.

Ich folgte ihm durch die Vororte und aufs Land hinaus. Das Wetter war trüb und kalt, der Winter rückte näher, und es wurde früh dunkel. Nachdem wir von der Straße auf den beinahe leeren Parkplatz eines Pubs abgebogen waren, blieb ich einen Moment sitzen und starrte über mein Lenkrad hinweg in die Dunkelheit.

Was mache ich hier? Eine alberne Frage, denn ich wusste es längst.

Er tauchte an meinem Seitenfenster auf, leibhaftig und echt, und zog mich aus dem Wagen. Er legte meine Hand in seine Armbeuge, als wären wir ein altes Ehepaar, und führte mich durch die Kälte hinein ins Warme. Es war ein Wochentag. Er steuerte das ruhige Hinterzimmer an und setzte mich dort an einen Tisch.

»Lassen Sie mich raten.« Er wedelte mit den Händen und tat so, als wäre er ein Zauberer, der meine Gedanken las. »Der Lieblingsdrink der Dame ist ... Port and Lemonade?«

Ich lachte. »Ganz falsch.«

»Guinness.«

Ich zog die Augenbrauen hoch. »Im Ernst?«

Er verschwand und kam mit zwei Gläsern Shiraz zurück. Sein Lieblingswein, wie ich bald herausfinden sollte.

»Ich würde ja eine Flasche bestellen, aber nicht heute.«
Er nickte durchs Fenster in Richtung Parkplatz. »Wir müssen noch fahren. Nächstes Mal.«

Nächstes Mal. Ich lächelte. Es war so aufregend und doch so einfach, so vertraut, von Anfang an.

Er war gute Gesellschaft. Ich brauchte mich bloß zurückzulehnen und mich selbst zu vergessen, zu spüren, wie der Wein mich auftaute, meine Schultern fallen zu lassen, zu lachen, meine unbeholfene Schwere abzulegen und eine weichere, leichtere Frau zu sein. Mehr wie er.

Er knisterte vor Lebendigkeit, erzählte lustige Geschichten über seine Schüler und seine verzweifelten Versuche, sie zum Lesen zu bewegen. Über die Streiche, die er ihnen spielte, und die Wetten, die er mit den Jungs abschloss, die sich weigerten, irgendetwas zu lesen, das vor ihrer Geburt geschrieben worden war.

Er war provokant, ungezwungen und mitreißend. Ich fragte mich nicht länger, was ich hier tat, wozu es führen würde und ob es wirklich eine gute Idee war, sondern ließ es einfach zu.

Als wir uns am Ende des Abends zum Gehen anschickten, hielt er mich auf der dunklen Veranda fest und drehte mich so vorsichtig zu sich, als wäre ich aus Porzellan, legte die Arme um mich und küsste mich ehrfürchtig, keusch auf die Lippen. Seine Augen funkelten im schummrigen Licht.

»Laura Dixon.« Diese Stimme, so tief und sinnlich. »Was machst du nur mit mir?«

Als wäre alles meine Schuld.

In seliger Benommenheit fuhr ich nach Hause, blickte hinaus auf die dunklen, leeren Straßen, als sähe ich sie zum ersten Mal. Mein ganzer Körper kribbelte. Noch immer spürte ich seine Lippen auf meinen und atmete flach vor Aufregung. Ich fühlte mich lebendig. Attraktiv. Ich war dabei, mich zu verlieben, und zwar Hals über Kopf.

Gerade als ich meine Wohnungstür aufschloss, piepte mein Handy. Ich fummelte mit dem Schlüssel herum. Der Versuchung, nachzuschauen, widerstand ich zumindest fürs Erste. Ich wollte den Moment auskosten, die Spannung steigern. Vielleicht war es eine Überziehungswarnung von meinem Bankkonto. Die automatische Erinnerung an einen Routinetermin beim Zahnarzt oder Optiker.

Lächelnd schloss ich die Tür hinter mir, zog den Mantel aus und hängte ihn an den Haken. Ging mit vor Alkohol und Adrenalin schwirrendem Kopf ins Schlafzimmer und holte dann erst das Handy hervor.

Gut angekommen?

Ich lächelte breit im Dunkeln und ließ mich aufs Bett fallen. Eilig schrieb ich zurück, ehe die Vernunft einschreiten und diese neue, wagemutige Frau daran hindern konnte.

Komm zum Essen vorbei. Freitagabend?

Ich drückte auf Senden, blieb auf dem Rücken liegen und starrte mit in der Stille rauschenden Ohren aufs Display.

Nichts.

Ich stand wieder auf, nahm es mit in die Küche, ließ es nicht aus den Augen, während ich mir ein Glas Leitungswasser einlaufen ließ und es austrank.

Nichts.

Panik stieg in mir auf. Was, wenn ich ihn falsch verstanden hatte? Ich hatte mich blamiert. *Oh, wie peinlich.* Was, wenn er es rumerzählte? Wie sollte ich je wieder zur Arbeit gehen?

Ich nahm das Handy mit ins Bad und legte es auf den Wannenrand, während ich mich wusch und mir die Zähne putzte. Immer noch nichts.

Vielleicht sollte ich noch eine Nachricht hinterherschicken: *War nur Spaß.*

Mein Gesicht im Spiegel sah angespannt aus. Bestimmt freundete er sich mit jeder neuen Teilnehmerin an. Ging mit ihr was trinken. So war er einfach. Redselig. Kontaktfreudig.

Ich hatte mich gerade verzweifelt wieder ins Bett gelegt, da piepte endlich das Telefon.

Sehr gern. Kein Guinness nötig.

Ich machte das Licht aus und stellte ihn mir hier vor. In meiner Wohnung. Mit seiner Energie, seiner Begeisterung würde er sie wieder zum Leben erwecken. Ich würde für ihn etwas aus einem meiner alten Kochbücher kochen. Das hatte ich seit Jahren nicht mehr getan, seit Matthew mich verlassen hatte. Und ein anständiges Dessert.

Jetzt musste ich mich nur noch entscheiden, was ich anziehen sollte.

KAPITEL 18

Am Ende der Trauerfeier wurde wieder Jazz gespielt. Der traurige Klang des Saxophons zerriss mir das Herz. Der Mann mit den von Grau durchzogenen Haaren half Helen beim Aufstehen und führte sie hinaus. Kaum war sie außer Sichtweite, veränderte sich die Stimmung. Die Gäste streckten sich und redeten leise miteinander, während sie dem Ausgang entgegenströmten.

Auch oben auf der Empore erklangen leise Stimmen um mich herum. Ich knickte das Heftchen einmal in der Mitte und steckte es in meine Tasche, dann folgte ich der Menge nach unten.

Blinzelnd traten alle hinaus in die Sonne. Die Kapelle war von sanft geschwungenen Rasenflächen und gepflegten Rosenbeeten umgeben. Eine breite, von Bäumen gesäumte Auffahrt führte zum Eingang, wo die Angehörigen aus dem Auto steigen konnten und – unter normaleren Umständen – der Leichenwagen hielt.

Als ich herauskam, zerstreute sich die Menge bereits. Einige schritten in kleinen Gruppen in Richtung Parkplatz am anderen Ende des Weges, die schwarzen Mäntel, überflüssig bei dem warmen Wetter, hingen ihnen schlaff über den Armen. Einige Versprengte begrüßten einander und blieben plaudernd stehen, dankbar für die Sonnenstrahlen.

Ich überflog die Gesichter. Diese Menschen repräsentierten die verschiedensten Bereiche aus Ralphs Leben. Verwandte, die einander offenbar selten trafen, erklärten laut, wer wer war und wie schnell doch die Zeit verging. Kinder, die beim letzten Mal noch in Kleidchen oder kurzen Hosen herumgesprungen waren, waren zu linkischen Erwachsenen herangewachsen. Einst kräftige Erwachsene waren nun gebeugt und kahlköpfig. Von *ihr* keine Spur, immerhin. Das hätte ich nicht ertragen.

Eine Autotür wurde zugeschlagen und ein Motor gestartet. Ich sah mich um. Ein glänzender schwarzer Wagen fuhr davon. Helen schaute mit leerem Blick aus dem hinteren Fenster.

Elaine Abbott, höflich wie immer, winkte mich zu einer Gruppe von Kolleginnen der Lower School heran.

»Es gibt noch einen Umtrunk in einem Restaurant die Straße hinunter. Kommst du auch? Bei Hilary ist noch ein Platz frei, falls du mitfahren möchtest.«

Ich zögerte. »Danke. Ich bin selbst mit dem Auto da.«

Sollte ich mit ihnen zu dem Leichenschmaus gehen? Ein Teil von mir wollte Helen sehen; ich wusste zwar nicht, wieso oder was ich ihr sagen wollte, aber es kam mir wichtig vor. Ich musste wissen, wie es ihr ging, ob sie mir bezüglich der polizeilichen Ermittlungen irgendetwas mitteilen wollte, ob sie irgendeinen Hinweis darauf hatte, was sie wirklich wussten.

Hilary raunte: »Komische Beerdigung, so ohne Sarg.«

»Das war keine Beerdigung. Es war eine Trauerfeier«, berichtigte Olivia sie.

Hilary verzog das Gesicht. »Ist doch das Gleiche.«

»Rechtlich kann er auch ohne Leiche für tot erklärt werden, wenn alles darauf hindeutet«, sagte Elaine. »Ich meine, ich will nicht herzlos sein …« Sie schaute sich um und senkte die Stimme. »Aber ganz ehrlich, selbst wenn sie eine Leiche finden, in welchem Zustand …« Sie führte den Satz nicht zu Ende.

»Heutzutage kann man doch fast alles identifizieren, oder? Einen Knochensplitter, das Gebiss …«, erwiderte Hilary.

»Also bitte.« Olivia verzog das Gesicht. »Wir sind hier nicht bei CSI.«

»Deswegen sind die Ermittlungen jedenfalls so entscheidend«, sagte Elaine. »Sobald die Polizei zu wissen glaubt, was passiert ist, kommen sie mit den Formalitäten weiter.«

»Auch ohne Leiche?«

»Offensichtlich.«

»Aber sie wissen doch gar nicht, was passiert ist«, wandte Olivia ein.

Elaine zuckte mit den Achseln. »Ich sagte ja auch, sobald sie es wissen.«

»Jayne meint, sie haben die ganze Heide abgesucht«, berichtete Hilary. »Sogar das Wasserreservoir. Nichts gefunden.«

Olivia schaute skeptisch drein. »Woher weiß sie das?«

»Von John Bickers«, fuhr Hilary fort. »Aber das Reservoir ist sehr tief. Vielleicht haben sie ihn einfach übersehen. Und wie du schon sagtest, inzwischen … Was? Guck nicht so. Ich mein ja nur.«

Elaine schauderte. »Gehen wir. Das wird mir zu makaber. Mir tut bloß seine Frau leid. Stell dir das mal vor. Diese Ungewissheit.«

»Ich brauch jetzt was zu trinken«, sagte Olivia.

»Sie bekommt ja Sterbegeld, weil er im aktiven Dienst verstorben ist.« Hilary war nicht zu bremsen. »Das ist schon mal was. Und Hinterbliebenenrente, irgendwann.«

»Nur, wenn er für tot erklärt wird.« Elaine sah nachdenklich aus. »Ich frage mich, ob Sarah Baldini sich mal diskret umhören könnte. Ob Helen zurechtkommt. Es geht ja nicht nur um sie, sie hat ja noch Anna.«

»Ich bin froh, dass sie heute nicht dabei war«, sagte Olivia.

Ich erkannte, dass sie an ein früheres Gespräch anknüpfte.

Hilary runzelte die Stirn. »Sie muss es erfahren.«

»Ich weiß«, sagte Olivia. »Irgendwann. Sie ist doch erst sieben.«

Um uns herum dünnte die Menge langsam aus. Nur die beiden Polizisten standen immer noch am Eingang auf der obersten Treppenstufe und beobachteten die Trauergäste. Ich bemühte mich, nicht in ihr Blickfeld zu geraten, nutzte Elaine als Deckung. Allein der Anblick der Polizistin, Inspector Johns, machte mich nervös.

Meine Kolleginnen setzten sich in Bewegung, und ich folgte ihnen den Weg hinunter. Mit halbem Ohr hörte ich zu, wie sie über andere Lehrer lästerten, wer sich die Mühe gemacht hatte, an einem Samstag hierherzukommen, und wer nicht, über Sarah Baldinis Lesung und die Rede, die Ralphs Verwandter, wer auch immer er war, so schlecht vorgetragen hatte, dass Elaine kein Wort verstanden hatte.

Ich blickte über das Gelände, während sie redeten, über den Friedhof mit seinen ehrwürdigen Grabsteinen, manche mit Blumen geschmückt, einer oder zwei mit angebundenen Ballons und Fähnchen, die an ein verlorenes Kind erinnerten. Es fühlte sich alles so unwirklich an.

Ich musste es mir immer wieder in Erinnerung rufen: *Das war Ralphs Trauerfeier. Er ist tot. Wirklich tot. Ich werde ihn nie wiedersehen.* Selbst jetzt noch kam es mir unmöglich vor.

Eine riesige Krähe landete vor uns auf dem Rasen und hüpfte hässlich und unheilvoll dort herum. Ich ließ den Blick schweifen. Zwischen den Bäumen am Ende der Auffahrt bewegte sich etwas. Ich kniff die Augen zusammen. Vielleicht weitere Vögel. Doch dann bewegte es sich erneut, und ich blieb stehen. Es war ein Mann. Er war zu weit weg, um sein Gesicht zu erkennen, aber er war groß und breitschultrig. Es kam mir vor, als würde er mich direkt ansehen. Ich keuchte auf. *Ralph?*

Noch während ich in seine Richtung starrte, verschwand er seitlich zwischen den Bäumen. Ich schüttelte den Kopf und versuchte, mich zu beruhigen. Wie albern von mir. Ich sah weiße Mäuse. *Nicht Ralph. Das war er nicht. Zu klein. Zu untersetzt.*

Meine Kolleginnen blieben stehen und drehten sich zu mir um. »Was ist los?«

Ich nickte in Richtung der Bäume. »Da stand jemand und hat uns beobachtet.«

Olivia blinzelte und reckte den Hals. »Ich sehe niemanden.«

»Das war bestimmt nur eine optische Täuschung.« Elaine tätschelte mir mit ihrer drallen Hand den Arm. »Wir sind alle ein bisschen angespannt.«

»Wahrscheinlich irgendein armer Kerl, der dringend mal musste«, entgegnete Hilary. »Ich könnte auch ein Klo gebrauchen.«

Elaine sagte sanft zu mir: »Komm auf einen Drink mit. Ich kann mit dir fahren, ich kenne den Weg.«

Ich schüttelte den Kopf. »Danke, aber …« Ich zögerte. Alle drei sahen mich an. Elaine wirkte besorgt. Die beiden anderen musterten mich mit hartem Blick. Sie mochten mich nicht. Ich dachte nicht gern darüber nach, aber tief im Inneren wusste ich es. Ich war nicht besonders beliebt. *Die abrupte Laura Dixon.* Ich blieb lieber für mich, versuchte, es nicht an mich heranzulassen. Aber nun hatte ich auch Angst vor ihnen. Ich konnte es mir nicht leisten, ihre Aufmerksamkeit zu erregen. Sie durften mich nicht verdächtigen. Wenn die Haie kreisten, wer würde mich dann vor ihnen beschützen?

Ich schluckte. »Mir geht's nicht so gut. Tut mir leid. Ich glaube, ich gehe lieber nach Hause.«

In meiner Wohnung entkorkte ich eine Flasche Shiraz und schenkte mir ein Glas ein. Ich strich das Liedblatt der Trauerfeier glatt und heftete es mit dem Shakespeare-Magneten, den er mir geschenkt hatte, an den Kühlschrank. Ich hatte ihn bei meiner wahnsinnigen Aufräumaktion übersehen und brachte es nun nicht mehr über mich, ihn auch noch wegzuwerfen. Ralphs tote Augen folgten mir durch die Küche. Auf dem Magneten stand: *Mein Herz ist allenthalben zu euern Diensten.*

Jetzt nicht mehr, dachte ich. *Dein Herz schlägt nicht mehr, Ralph. Kalt im Ozean. Und das ist meine Schuld.*

Ich schaltete den Fernseher ein, legte mich aufs Sofa, einen Arm auf der gepolsterten Armlehne, die Beine übereinandergeschlagen, und leerte die Flasche Wein. Das Fernsehbild verschwamm vor meinen Augen. Ich dachte daran, etwas zu essen, doch ich fühlte mich bloß hohl, nicht hungrig. Es war eine Leere, die Nahrung nicht füllen konnte. Stunden vergingen. Das Licht draußen wurde sanft und weich, als sich der Tag dem Ende neigte.

Als die frühen Abendnachrichten anfingen, kam ich schwerfällig auf die Beine und schwankte zum Fenster, um die Vorhänge zuzuziehen. Die Wand stützte mich. Ich lehnte die Stirn an das kühle Glas, dann drückte ich auch noch die Nasenspitze dagegen. Um gesehen zu werden, war ich zu weit oben.

Ich griff nach den Vorhängen, doch ich hielt inne. Auf der Mauer bei der Bushaltestelle ein Stück die Straße hinunter saß ein Mann. Er hatte den Kopf über eine Zeitung gebeugt, sein Gesicht war verdeckt.

Ich blinzelte, versuchte, etwas zu erkennen. Er kam mir bekannt vor. *Nicht Ralph. Zu klein. Zu stämmig.* Ich starrte weiter, klammerte mich am Vorhang fest. *War das die Gestalt, die ich im Schatten zwischen den Bäumen gesehen hatte, als wir aus der Kapelle gekommen waren?* Ich schüttelte den Kopf und hielt mich am Fensterrahmen fest. Mir war übel. Ich bildete mir das ein. Was würde Ralph dazu sagen? *Das bildest du dir ein.*

Vielleicht ist es mein Schutzengel, dachte ich, *der gekommen ist, um über mich zu wachen. Oder der Bote des Teufels, der mich für das, was ich getan habe, in die Hölle holt.*

Mein Handy piepte. Ich ging in die Küche und schaute aufs Display. Ich sah keinen Absender, nur: *Nummer unterdrückt.*

Es war eine schlichte Nachricht. Drei Wörter.

Fehle ich dir?

Ich ließ das Handy fallen und stolperte ins Bad. Säure stieg mir in der Kehle auf, mit den ausgestreckten Händen stieß ich gegen Wände und Türrahmen, während ich von einer Seite zur anderen taumelte.

KAPITEL 19

An diesem ersten Abend, als Ralph zum Essen kam, machte ich Lachs im Teigmantel. Gekaufter, fertig ausgerollter Blätterteig, gefüllt mit Butter und Mandelblättchen, Johannisbeeren und gehacktem Ingwer. Ich hatte alles am Abend vorher zubereitet, damit ich am Freitag nach der Schule Zeit hatte zu duschen und mich fertig zu machen.

Meine Hände zitterten vor Aufregung, als ich mich schminkte. Mit dem Eyeliner stach ich mir beinahe ein Auge aus. Ich probierte ein Outfit nach dem anderen an. Schwarze Hose und schwarze Seidenbluse. *Zu eng.* Die gleiche Hose mit einem lila Rüschentop. *Zu offenherzig.* Ein Shiftkleid. *Zu kurz.* Ein Wollkleid, das ich früher bei der Arbeit getragen hatte. *Zu bieder.*

Ich entschied mich für ein rotes durchgeknöpftes Baumwollkleid mit leuchtend gelben Blumen. Mit Gürtel, um meine Taille zu betonen, aber nicht zu tief ausgeschnitten. Selbstbewusst. Lässig.

Ich genehmigte mir einen Gin Tonic, um meine flatternden Nerven zu beruhigen, dann stellte ich eine Schüssel Chips bereit und aß jedes Mal eine Handvoll, wenn ich daran vorbeikam. Schon bald fiel mir auf, dass die Schüssel halb leer war. Ich füllte sie nach und machte mir noch einen Drink.

Als es klingelte, war mein Kopf ganz leicht vom Gin. Das Bild von der Türkamera war zu körnig, um ihn zu erkennen, aber ich drückte den Türöffner und rannte zurück ins Schlafzimmer, weil ich plötzlich Zweifel wegen meines Kleides hatte.

Mein Gesicht im Spiegel wirkte panisch. Das Make-up war zu grell. Ich war das nicht gewohnt. Es war zu lange her. Ich war nicht bereit. Was hatte ich mir nur dabei gedacht? Das war alles ein großer Fehler.

Ein Klopfen an der Wohnungstür ließ mich zusammenzucken. Er musste die Treppe hinaufgesprintet sein, immer zwei Stufen auf einmal. Ich holte tief Luft und riss mich zusammen. Ein dunkler Schatten lauerte hinter dem welligen Sicherheitsglas. Ich legte eine schwitzige Hand auf die Klinke und öffnete.

Da stand er. Er war es wirklich. Mit einem goldenen Herbstblumenstrauß. Dieses Lächeln.

Er reichte mir den Strauß, und ich versteckte mein Gesicht im Gelb und Gold.

»Darf ich reinkommen?«

Ich trat beiseite, im Flur kam er mir so nah, dass ich seine Körperwärme spüren konnte. Er war ein wenig außer Atem.

»Bist du nach oben gerannt?«

Er reichte mir eine Flasche Wein. Shiraz. »Musste ich einfach. Ich konnte es nicht abwarten. Ich wollte dich sehen, Laura Dixon.«

Er breitete die Arme aus, und ich ließ mich direkt hineinfallen, wobei ich den Blumenstrauß zerdrückte. Ich spürte seine festen Brustmuskeln durch sein Baumwollhemd, ließ mich von seinen Armen umfangen. Ich lächelte wie eine Irre. Ich war glücklich. Ich war zu Hause.

Er löste sich ein wenig von mir und blickte zu mir herab, ohne mich völlig loszulassen.

»Ich habe mir Sorgen gemacht.« Seine Augen lasen

meine, erleichtert und vielleicht ein wenig belustigt. »Ich war mir nicht sicher.«

Ich nickte. Ich verstand ihn genau. Aber nun war alles in Ordnung. Er war hier, und wir wollten einander, wir gehörten zusammen. Schon lange hatte sich nichts mehr so richtig angefühlt. Seine Arme um mich spendeten Geborgenheit, und auch sein Duft hüllte mich ein, diese berauschende, sexy Mischung aus Seife und Duschgel und frischem Schweiß, bei der sich mir der Magen verknotete. Sonst war nichts wichtig. Es war mir egal, dass der Lachs austrocknete, dass mir schon der Kopf schwirrte vom Gin, dass mein Körper nicht so schlank und fest war wie früher, dass in der Schüssel nur noch die krümeligen, salzigen Reste aus der Chipstüte waren.

Mit ihm zusammen zu sein, war genug. Ich war voller Hoffnung, voller Liebe, voller Verrücktheit.

An diesem Abend liebten wir uns zum ersten Mal. Später, viel später, nach dem Lachs und dem Shiraz – eine schlechte Wahl zu Fisch, aber das störte uns nicht – ging ich mit ihm ins Bett. Nein, genauer gesagt auf den Boden im Wohnzimmer. Wir ließen ein Kleidungsstück nach dem anderen fallen, und er küsste jeden Zentimeter meines Körpers.

Ich döste ein und stellte mir bereits vor, wie herrlich es sein würde, morgen neben ihm aufzuwachen – wir würden uns noch einmal lieben, wieder einschlafen und schließlich, am späten Vormittag, Kaffee und Croissants essen gehen, vielleicht in dem kleinen Café auf der High Street, uns voller liebestrunkener Schläfrigkeit auf der Sitzbank aneinanderkuscheln, mein Gesicht ganz gerötet von seinen Bartstoppeln, und uns gegenseitig Croissantkrümel von den Fingern lecken. Erst nach all diesen

Gedanken und Träumen von der Zukunft fiel mir auf, dass er sich von mir löste.

Ich schlug die Augen auf und spürte den Luftzug an meiner Seite. Vielleicht wollte er ins Bad. Oder in die Küche und ein Glas Wasser trinken.

Nein. Er sammelte seine verstreuten Sachen zusammen, drehte seine Unterhose wieder auf rechts und fing an, sich anzuziehen. Er wollte gehen.

Mein Magen zog sich zusammen. Die verträumte Schläfrigkeit verschwand innerhalb einer Sekunde.

»Ralph?«

Er kroch über den Boden zu mir und gab mir einen Kuss auf die Nasenspitze.

»Ich muss los«, wisperte er. »Tut mir leid.«

Ich zögerte, beobachtete seine flinken Bewegungen, sah, wie sein nackter Körper unter Kleidungsstücken verschwand, und fragte mich, wann und ob ich ihn wiedersehen würde.

Ich drehte mich um und warf im Halbdunkel einen Blick auf die Uhr. Halb eins.

Warum musste er gehen? Ich wagte es nicht, ihn zu fragen.

Inzwischen war er vollständig angezogen. In seiner Tasche klimperten Münzen und Schlüssel, während er die Falten seiner Hose richtete und den Gürtel schloss. Er wurde wieder sein öffentliches Ich.

Er setzte sich auf die Sofakante, um die Schuhe anzuziehen und zuzubinden, dann beugte er sich noch einmal zu mir herunter und küsste mich, diesmal auf den Mund.

»Nun gute Nacht! So süß ist Trennungswehe.«

Ich versuchte, mich zu erinnern, wie viel Wein er getrunken hatte. »Kannst du noch fahren?«

Er lächelte. »Das geht schon.«

Ich blinzelte. Er hatte mir immer wieder nachgeschenkt. Mir schwirrte der Kopf. War er selbst vorsichtiger gewesen? »Kannst du nicht bleiben?« Sofort bereute ich es. *Zu klammernd. Zu verzweifelt. Nein, Laura, erniedrige dich nicht.*

Er wirkte nicht verärgert, eher wehmütig. »Ich wünschte, das könnte ich. Glaub mir.«

Ich klappte den Mund auf. Beinahe hätte ich ihn ausgesprochen, diesen Gedanken, der mich gerade überschwemmt hatte wie eine Flutwelle. *Möchtest du mir irgendetwas sagen?*

Ich konnte es nicht. Ich schluckte die Worte hinunter. *Nicht jetzt. Nicht so.*

Er verabschiedete sich flüsternd und nahm alle Luft, alles Leben mit sich aus dem Zimmer. Ich hörte, wie die Tür klickend hinter ihm ins Schloss fiel.

Ich lag auf dem Boden, mein Körper kühlte aus, und für einen Moment war ich zu enttäuscht, um mich zu rühren und ins Bett zu kriechen. *Warum wollte er nicht bleiben?* Zweifel nagten an mir. Wir hatten so viel geredet – über Gedichte und Filme, über den Unterricht und die Schule, aber nur sehr wenig über ihn, sein Leben. *Ich war einfach davon ausgegangen …* Na ja, er war so ein Freigeist gewesen und so darauf aus, mich herumzukriegen.

Ich schloss die Augen. Das bildete ich mir nur ein. Ich sollte meinem Herz vertrauen, meinen Instinkten. Er war ein anständiger Mann. *Mein Mann.* Ich redete mir gut zu. Er war einfach rücksichtsvoll, ließ mir Freiraum. Das war es wahrscheinlich. Er wollte mich nicht bedrängen.

Ich regte mich, spürte noch immer seine Finger und Lippen auf mir, dann streckte ich mich und erlaubte mir, wieder zu lächeln.

Als ich mich endlich aufraffte und ins Badezimmer ging, um einen Schluck Wasser zu trinken und mir die Zähne zu putzen, piepte mein Telefon. Ich stürzte hin und seufzte. Die Nachricht war nicht von ihm. Ich sah keinen Absender, nur die Wörter *Nummer unterdrückt*.

Ich klickte auf die Nachricht und las: Vermisse dich jetzt schon. Wann sehen wir uns wieder?

Ich zögerte, war verwirrt.

Wer ist da?

Romeo. Parole: Lachs im Teigmantel.

Weshalb nutzt Ihr eine neue Nummer?

Julia-Hotline.

Darüber musste ich lachen.

Ich legte das Telefon weg und putzte mir weiter die Zähne. Mein Kopf schwirrte vom Wein und vor Müdigkeit, aber auch vor Euphorie.

Es war an der Zeit, nach vorn zu blicken und wieder zu vertrauen. Zeit, diese letzten bitteren Streite mit Matthew – er brauche seinen Freiraum und fühle sich eingesperrt – zu vergessen. Die Stille zu vergessen, nachdem er zum letzten Mal die Tür hinter sich zugezogen hatte. Die Verletzung und die Angst und die Leblosigkeit des Alleinseins zu vergessen.

Ich legte die Zahnbürste weg und griff wieder nach dem Telefon. *Julia-Hotline.* Wie kam er denn darauf?

Diesmal würde alles anders werden. Er war nicht Matthew. Er war Ralph. Er war etwas Besonderes.

Meine Finger tippten. Ganz bald. Vermisse dich auch. Deine Julia.

So ist das mit dem Verlieben. Wenn man es bemerkt, ist es schon zu spät.

Das ganze Wochenende strotzte ich vor Energie, beseelt von den ständigen Gedanken an Ralph. Ich putzte die Wohnung, stellte mir vor, wie er das nächste Mal hierherkommen würde. Es war ein goldener Oktober, mild und warm von der letzten Sonne. Ich machte einen langen Spaziergang am Fluss, sah das trockene Laub, die Eichhörnchen, das Licht, das auf dem Wasser funkelte, mit neuen Augen. Ich stellte mir vor, er wäre bei mir. Stellte mir vor, wir wären zusammen glücklich, Hand in Hand.

Ich ging einkaufen und kochte, überlegte, was wohl sein Lieblingsessen wäre, und hatte mein Telefon immer griffbereit, nur für den Fall.

Am Dienstag zog ich mich besonders sorgfältig für die Schule an, und während ich den Tag hinter mich brachte, unterrichtete, Stunden vorbereitete, ertappte ich mich immer wieder dabei, wie ich vor mich hinsummte. Kaum hatte die Upper School Schluss, eilte ich den Hügel hinauf zur Schreibgruppe. Vor Aufregung hatte ich kaum etwas gegessen. Ich flitzte über den Korridor. Die Tür zum Klassenraum stand offen, während die Teilnehmer plaudernd eintraten. Ich huschte hinein und suchte mir einen Platz in der Runde, dann erst wagte ich es, den Blick zu heben und nach ihm Ausschau zu halten, obwohl ich wusste, dass er das Gleiche tat.

Er war nicht da.

Ich holte tief Luft und versuchte, mir meine Enttäuschung nicht anmerken zu lassen. Auch andere nahmen Platz. Der bärtige Physiklehrer trat vor die Tafel.

»Leute, leider kann Ralph heute nicht. Ein Notfall in der Familie. Er lässt sich entschuldigen. Also« – er schaute erwartungsvoll in die Runde – »wer möchte anfangen?«

Ich starrte ihn ungläubig an. *Notfall in der Familie?*

Ich rutschte auf meinem Stuhl hin und her, beugte mich vor, zitterte am ganzen Körper. Wovon redete er? Welche Familie? Was zum Geier war hier los? Wäre ich ruhiger gewesen, wäre ich aufgestanden und gegangen, runter zum Parkplatz und hätte ihn angerufen. Aber ich konnte mich nicht rühren. Ich saß einfach da, mit glühenden Wangen, und konnte keinen klaren Gedanken fassen.

Irgendjemand hatte schon ein Notizbuch aufgeschlagen und marschierte nach vorn, hockte sich auf die Ecke des Lehrertisches, so wie Ralph immer, räusperte sich und begann vorzutragen.

Ich weiß nicht, wie ich es durchstand. Ich hielt den Blick auf meine Schuhe gerichtet, die neuen schwarzen Schuhe, die ich heute Morgen so sorgfältig ausgesucht hatte. Als ich sie aus dem Schrank nahm, hatte ich mich gefragt, ob Ralph die Nietenabsätze gefallen würden. Es kam mir vor, als wäre es eine Ewigkeit her.

Ich versuchte, interessiert zu wirken, als sie nacheinander vortrugen, aber ich hatte keine Ahnung, worum es in den Texten ging. Ich konnte nur an Ralph denken. Seine Augen. Sein Lächeln, so offen, so persönlich. An seine Hände auf meiner Haut.

Ganz ruhig. Ein Notfall in der Familie konnte alles bedeuten. Seine Eltern, sein Bruder. Eine Nichte oder ein Neffe. Also wieso fühlte sich das so unheilvoll an?

Ich glaube, tief im Inneren wusste ich Bescheid, wollte es jedoch noch nicht wahrhaben.

Ich blieb noch, als die anderen ihre Mäntel und Taschen nahmen und auf den Korridor hinausströmten, und stellte mich neben den Physiklehrer, der die Sitzung geleitet hatte.

»Das mit Ralph tut mir ja leid«, sagte ich, so ruhig ich konnte. »Hoffentlich ist es nichts Schlimmes?«

Er warf mir einen kurzen Blick von der Seite zu. »Anna hat sich am Arm verletzt. Sie sind mit ihr im Krankenhaus.«

Er wandte sich ab, um mit jemand anderem zu sprechen.

Olivia Fry tauchte hinter mir auf und fügte hinzu: »Sie ist vom Klettergerüst gefallen. Sie wollen nur checken, ob nichts gebrochen ist.«

»Anna?« Meine Gedanken rasten.

Olivia nickte. »Anna Wilson, zweite Klasse.« Sie musterte mein Gesicht. »Seine Tochter. Wusstest du das nicht? Seiner Frau bist du bestimmt auch schon mal über den Weg gelaufen. Mrs Wilson ist Lesepatin bei uns.«

Ich starrte sie mit leerem Blick an. *Mrs Wilson. Seine Frau.*

Stotternd brachte ich heraus: »Das ist ja schrecklich.«

»Bestimmt wird alles gut«, sagte Olivia. »Sie fanden es bloß besser, sie röntgen zu lassen.«

Sie drehte sich um und machte sich mit den anderen auf den Weg in den Pub. Ich starrte ihnen nach und kam mir vor wie eine Närrin, während mein Herz in tausend Stücke zersprang.

Anna Wilson. Seine Tochter.

Wieso hatte er sie nie erwähnt? Warum hatte er mir nicht gesagt, dass er verheiratet war?

Spät an diesem Abend rief er mich an.

»Habe ich dich geweckt?«, flüsterte er. Ich fragte mich, wo er wohl war. Irgendwo versteckt in seinem Haus, wo seine Frau nicht hörte, dass er mich heimlich anrief? Allein der Gedanke daran machte mich krank.

»Wie geht's Anna?«, fragte ich mit erstickter Stimme.

Er seufzte. »Es geht ihr gut. Nur eine böse Verstauchung. Liebling, es tut mir leid, ich muss es dir erklären.«

Liebling? Mein Herz zog sich zusammen. Ich wollte schluchzen, ihn anschreien. *Warum, Ralph? Warum hast du es mir nicht erzählt?* Er sollte wissen, wie betrogen ich mich fühlte, dass ich einfach hier gesessen und geweint hatte und mein Herz gebrochen war. Stattdessen sagte ich steif: »Ja, Ralph, das stimmt.«

Schweigen. »Es tut mir leid. Wirklich, Laura. Ich wusste nicht, wie viel du über mich weißt.«

Er klang erschöpft, und ich zögerte. Ein Teil von mir wollte es überhaupt nicht hören. Ich wollte ihm sagen, dass er mich in Ruhe lassen sollte, das Gespräch beenden. Aber er klang so einsam, so traurig, dass ich am liebsten durchs Telefon gegriffen hätte, um ihm die weichen Haare aus der Stirn zu streichen, ihn zu umarmen und zu trösten. *Ach, Ralph.*

Ich drückte mir das Telefon ans Ohr und wartete.

»Es ist kompliziert.« Er klang zögerlich. »Mit Helen ...« Er brach ab. Ich wagte kaum, zu atmen. »Es läuft nicht so gut. Schon seit einer ganzen Weile. Ich weiß, das ist keine Entschuldigung, aber ... Ach, Laura ...«

Ich hörte angestrengt zu. Seine stockende Stimme. *Weinte er etwa?* Ich biss mir auf die Lippe.

»Du verlässt mich doch nicht, oder?« Er klang reumütig. »Ich werde es wiedergutmachen, Laura. Wir passen so gut zusammen, wirklich. Wir kennen uns noch nicht lange. Ich möchte keine Versprechungen machen, aber ...«

Er brach ab. Ich fuhr mir mit dem Handrücken über die Augen.

»Warum hast du es mir nicht gesagt? Ich hatte keine Ahnung ...«

Seine Stimme klang so erstickt, dass es mir wehtat. »Das hatte ich vor, Laura. Ehrlich. Aber es ging alles so schnell. Und ich war mir nicht sicher. Ich dachte, vielleicht hättest du schon gehört, dass ich ... Na ja, du weißt ja, wie es an der Schule zugeht.«

Ich schüttelte den Kopf. Ich stellte mir Olivia vor, wie sie mit Hilary darüber tuschelte, dass wir beide die Gruppe zusammen verlassen hatten. Das Tratschen im Lehrerzimmer, auf den Fluren. Er hatte recht, ich wusste genau, wie es an der Schule zuging.

»Es tut mir leid. Ich habe alles falsch gemacht, stimmt's?«

Ich konnte nicht antworten.

»Laura? Bist du noch da?«

Ich schluckte. »Ich bin noch da.«

»Mit dir ist es anders, Laura. Wirklich. Du fühlst es doch auch, oder? Sag nicht, dass du es nicht fühlst.«

Ich wischte mir über die Augen.

»Wir passen gut zusammen. Wir gehören zusammen. Bitte verlass mich nicht.« Er klang so verzweifelt. »Tu das nicht, Laura. Bitte.«

Ich wusste nicht, was ich sagen sollte. Ich konnte das am Telefon nicht. Ich brauchte ihn hier bei mir. Ich musste ihm ins Gesicht sehen.

»Aber du bist verheiratet, Ralph.«

»Das stimmt. Gib mir einfach Zeit. Bitte. Ich will dich nicht verlieren.«

Das Zimmer drehte sich. Ich war so müde. Ich wollte nichts mehr hören. Noch nicht. Auch ich brauchte Zeit, zum Nachdenken. Ich lauschte der Stille, stellte mir ein Leben ohne ihn vor, eine Rückkehr in die Leere.

»Ich weiß nicht, Ralph.« Ich zögerte. »Versuch einfach, ehrlich zu mir zu sein. Bitte.«

Er stieß den Atem aus. »Ach, Laura. Ich möchte dich einfach sehen. Wann kann ich dich sehen?«

Ich seufzte. »Lass uns morgen reden.«

Nachdem wir aufgelegt hatten, saß ich ganz still da und war sogar zu müde zum Weinen. Eine Nachricht kam an, von *Nummer unterdrückt*.

Ich liebe dich, Laura Dixon.

Irgendetwas löste sich in mir, und auf einmal spürte ich, wie ich lächelte, trotz allem. Meine Finger tippten eine Antwort, ehe ich sie davon abhalten konnte.

Ich liebe dich auch.

KAPITEL 20

Nach der Trauerfeier verebbte das endlose Getuschel im Lehrerzimmer. Die Spekulationen über Ralph Wilson schienen endlich erschöpft. Das Leben ging weiter.

Irgendwann blickte ich nicht mehr hektisch und mit rasendem Herzen auf, sobald die Tür zum Lehrerzimmer aufging, aus Angst, dass es eine Vorladung wäre. Ich stotterte nicht mehr, wenn John Bickers auf dem Korridor neben mir stehen blieb, um mit mir zu plaudern, wunderte mich nicht mehr, wieso er das tat, ob die Polizei ihm aufgetragen hatte, mich zu beobachten, ob ich zu den Verdächtigen zählte.

Es gab Tage, herrlich gewöhnliche Tage, an denen ich über Stunden wieder völlig in meine Lehrtätigkeit versunken war, Ideen auf dem Whiteboard festhielt, der Klasse dabei half, 3D-Karten von Peru zu erstellen, oder ihnen dabei zuhörte, wie sie mit ihren hohen Stimmen eindringlich über die Frage der Woche debattierten: *Was ist besser, reich sein oder glücklich? Wenn du ein Tier sein könntest, was für eins wärest du?* An solchen Tagen glaubte ich beinahe, dass vielleicht doch alles gut war.

Vielleicht waren wir wirklich noch einmal davongekommen.

Doch ganz vergessen konnte ich es auch nicht. In manchen Nächten wachte ich noch immer um drei Uhr morgens schweißgebadet auf und starrte panisch an die Decke. Manchmal sah ich in der Dunkelheit noch immer Ralphs zerschmetterten Körper am Fuß der Treppe liegen, oder die alles wissenden, alles sehenden Augen von Detective Inspector Johns, die mich durchbohrten und mir meine Schuld ansahen. Ich trank Whisky und warme Milch, um die Dämonen zu vertreiben, und versuchte es mit Atemübungen.

Ich dachte an Helen. Ich stellte mir vor, wie sie wach lag, mit geröteten Augen, genauso gehetzt wie ich. Ich stellte mir vor, wie sie die Bettlaken wegstrampelte und von Schuld verfolgt durchs Haus schlich. Durchs düstere Wohnzimmer. Den verlassenen Flur. Wie sie vor der geschlossenen Kellertür stehen blieb und sich erinnerte.

Wie oft sie wohl an mich dachte, und wenn, mit welchen Gefühlen? Was wir getan hatten, verband uns. Wir waren die Hüter eines schrecklichen Geheimnisses, das uns beide zerstören konnte.

Ich dachte oft darüber nach, wie sie reagiert hatte, und kam irgendwann zu dem Schluss, dass ich es verstand. Sie hatte unter Schock gestanden, und wenn sie schon ihren Mann, den Vater ihrer Tochter, verlieren musste, dann war es besser, wenn er auf mysteriöse Weise verschwand, als die Witwe eines Ehebrechers zu sein, der im Kampf mit seiner Geliebten nackt die Kellertreppe hinuntergestürzt war. Sie hatte recht: Die Schlagzeilen, der Prozess, das endlose Gerede … das alles wäre unerträglich für sie und Anna, und auch mich würde es zerstören.

Dennoch wurde ich das Gefühl nicht los, dass dieser Deal zwischen uns noch nicht ganz abgeschlossen war. Ich stand in ihrer Schuld. Aber ich wusste nicht, welche Bezahlung sie verlangen würde.

Je mehr Zeit verstrich, umso mehr wollte ich wissen. Musste ich wissen.

Ungefähr zu dieser Zeit schickte Sarah Baldini eine neue Rundmail bezüglich des jährlichen Schulfotos herum. Nach Ralphs Verschwinden war es verschoben worden. Man musste kein Genie sein, um zu verstehen, dass es nicht besonders gut aussehen würde, wenn wir uns alle herausgeputzt in Reihen aufstellten, während in unmittelbarer Nähe polizeiliche Ermittlungen stattfanden.

Nun, da das alles vorbei war, wurde das Thema wieder aufgegriffen.

Mit ein paar Tagen Vorlauf gingen Mails an die Eltern raus.

Bitte frisch gebügelte Uniformen. Kein Schmuck, nur die üblichen Haargummis. Saubere, glänzende Schuhe.

Am Tag des Fotos war es windig, aber trocken. Nach dem Morgenappell begleitete Elaine die Grundschulkinder den Hügel hinauf. Eine Klasse nach der anderen liefen sie wie ein endloses Krokodil zur Upper School. Wie jedes Jahr war dort ein Podest mit mehreren Etagen aufgebaut. Die Schüler der Upper School, überwiegend phlegmatische, gehemmte Jugendliche, wurden bereits auf ihre Plätze in den hinteren Reihen gescheucht. Die Schüler des Abschlussjahrgangs, die statt der Schuluniform ihre eigenen Sachen tragen durften, brachten ein wenig Farbe in die hinteren Reihen, eingerahmt nur von der letzten Reihe bestehend aus Lehrern. Nicht nur wegen ihrer Größe wurden sie im Hintergrund versteckt.

Wir machten uns daran, die jüngeren Kinder in den vorderen Reihen zu platzieren. Die Erstklässler knieten, davor saßen im Schneidersitz die Vorschulkinder. Wir Lehrerinnen und Lehrer bildeten den Rahmen – die hinterste Reihe und zwei gerade Linien rechts und links –, der die Kinder in Position hielt. Nur Sarah Baldini und John Bickers, die beiden Schulleiter, saßen direkt vorne in der Mitte auf Stühlen.

Ich war eine der Letzten, die ihren Platz einnahm, denn ich half Elaine, die Vorschulkinder und Erstklässler näher zusammenzuscheuchen, damit alle aufs Bild passten. Wir ermahnten ein paar Größere, die es für witzig hielten, den Jüngeren vor ihnen die ordentlich gekämmten Haare zu zerzausen, und schlichteten Auseinandersetzungen, ehe sie sich zu Kämpfen auswachsen konnten.

Kurz stellte ich mich neben das Stativ des Fotografen und überflog die Menge, um jegliches ungehörige Verhalten auszumachen. Was für ein Anblick. Fast neunhundert Schulkinder, von den kleinsten Vierjährigen bis hin zu den coolsten, schlaksigen Achtzehnjährigen, alle versammelt auf dem jährlichen Schulfoto, alle außer den Ältesten in weißen Hemden und Blusen, dunkelblauen Krawatten und Jacketts, mit langen oder kurzen Haaren, gegelt oder mit blauen und weißen Haargummis zurückgebunden. Zur Linken war der Hügel dicht mit Bäumen bestanden, die die Grenze zwischen dem Gelände der Upper und der Lower School markierten. Hinter der letzten Reihe ragte imposant das Hauptgebäude der Upper School – der älteste Teil des Campus – auf. Meine Mundwinkel zuckten, als ich all das in mich aufnahm.

Schon mehrmals hatte ich genau hier gestanden, während die Schulkinder auf die finale Überprüfung durch Sarah Baldini warteten, ehe sie selbst mit schräg gestellten Beinen Platz nahm, die Hände auf den Schoß legte und dem Fotografen das Zeichen gab, dass alles bereit sei.

An manche der Viert- und Fünftklässler, die dort standen und das Selbstbewusstsein von Acht- oder Neunjährigen ausstrahlten, die langsam ihren Platz im Leben fanden, erinnerte ich mich noch von früheren Fotos als kleine, verängstigte Vorschulkinder, die mit überkreuzten Beinen im Gras saßen.

Das hatte mir einmal etwas bedeutet, diese enorme Präsentation all unserer Schulkinder. Es hatte mich gerührt. Aber nun, nach allem, was im letzten Jahr geschehen war, fühlte ich mich leer. Zum ersten Mal traf mich die Erkenntnis. Ich würde gehen müssen. Es machte mich fertig, der Welt vorzuspielen, es hätte sich nichts geändert. Jeden Tag, an dem ich hier war, in diesen Gebäuden, wo wir uns kennengelernt hatten, wurde ich von Schuld und Angst erdrückt. Und mehr noch, ich suchte nach ihm, sehnte mich nach ihm, vermisste ihn. In jedem Klassenzimmer, auf jedem Korridor, in jeder Ecke.

Wie sollte ich hier weitermachen, ohne ihn?

KAPITEL 21

An einem Donnerstag, als ich gerade den Kunstunter-richt meiner Drittklässler vorbereitete, sah ich Anna durch die Fenster über den leeren Korridor rennen. Es war Mittagspause, und die Kinder hätten alle draußen sein sollen. Ich stellte meine Dosen mit Wachsmalstiften auf dem Tisch ab und lief ihr nach.

Ich fand sie bei einem der Regale in der Schulbücherei, das Gesicht fleckig und tränenüberströmt. Als ich mich näherte, sah sie mich mit großen, ängstlichen Augen an. Ralphs Augen.

»Anna! Was ist passiert?«

Ich holte ein frisches Taschentuch hervor und reichte es ihr.

Ihr Atem ging abgehackt vom Weinen und Rennen, sie schluckte und putzte sich lautstark die Nase.

»Setz dich.« Ich ließ mich auf dem Ende eines Lese-sofas nieder und klopfte auf den leeren Platz neben mir. »Jetzt unterhalten wir uns mal.«

Sie zögerte. Anstatt mich anzusehen, richtete sie den Blick auf ihre schwarzen Schuhe. Das Leder glänzte frisch geputzt. Was auch immer Helen innerlich durch-machte, offenbar hatte sie ihre Trauer gut genug im Griff, um sich um ihre Tochter zu kümmern.

»Na los, erzähl es mir.«

Sie hockte sich so weit wie möglich von mir entfernt auf das Sofapolster und zwirbelte das Taschentuch zwi-schen den Fingern.

»Ich bin nicht böse, Anna. Ich möchte dir nur helfen.«

Stille, nur durchbrochen von ihrem schweren Atem.

»Anna?«

Ich stellte mich darauf ein, dass es irgendetwas mit Ralphs Tod zu tun hatte. Vielleicht hatte ein Kind auf dem Schulhof etwas Taktloses über sein Verschwinden gesagt, so wie Kinder das manchmal tun. Gemeine Sticheleien oder drängende Fragen, was passiert war.

Sie schluckte. Das Taschentuch zerlegte sich langsam in nasse Fetzen.

»Es ist schon gut, Anna. Du kannst mir alles erzählen.« Mein Ton war ruhig und freundlich.

Sie legte den Kopf schief und betrachtete flüchtig mein Gesicht. »Es ist wegen meiner Schultasche.«

Ich beugte mich vor. Hatte ich mich verhört? »Deine Schultasche? Hast du sie verloren?«

Sie nickte verzweifelt.

»Hast du das schon Mrs Prior gesagt?«

Sie schüttelte den Kopf und zog die schmalen Schultern hoch. Selbst ihre Zöpfe wirkten schlaff.

»Hast du Angst, dass sie böse sein könnte?«

Eine neue Träne kullerte ihr über die Wange, und sie wischte sie mit dem Handrücken weg.

»Anna. Hör mal.« Ich senkte den Kopf und rückte näher zu ihr. »Ich will deine Freundin sein. Verstehst du? Ich will dir helfen. Egal, was für Probleme du hast, ich bin für dich da. Okay?«

Sie rührte sich nicht. Kurz fragte ich mich, was sie über mich wusste, dann schob ich den Gedanken beiseite. Was auch immer im Kopf ihrer Mutter vorging, sie würde es nicht mit einer Siebenjährigen teilen. So war Helen nicht.

Sanft sagte ich: »Wie geht es dir, Anna? Du warst eine

Weile nicht in der Schule, stimmt's? Ist alles in Ordnung? Zu Hause, meine ich?«

Sie nickte, ohne mich anzusehen. Die Stille dehnte sich aus, während ich darauf wartete, dass sie weitersprach. Sie sagte nichts.

Draußen auf dem Schulhof klingelte es zum ersten Mal. Schon bald würden Horden von Kindern durch die großen Flügeltüren hereinströmen, die Treppen hinauf und die Korridore entlang zu ihren Klassenzimmern trampeln, immer begleitet von schimpfenden Lehrern: »Im Flur nicht rennen! Einer nach dem anderen. Edward, nicht schubsen.«

Mir blieb nicht mehr viel Zeit.

»Also, wegen deiner Schultasche, wann hast du sie zuletzt gesehen?«

Sie verzog das Gesicht. »Weiß nicht.«

»Hast du sie vielleicht zu Hause vergessen?«

Sie schüttelte den Kopf.

»Warst du heute Morgen bei der Lesestunde?«

Sie nickte.

»Wo? Hier? In der Zweitklässlerecke?«

»Hier«, murmelte sie.

»Bist du deshalb hierhergekommen, um danach zu suchen?«

Sie nickte.

»Na ja, eigentlich sollst du ja während der Pause nicht drinnen sein, nicht wahr, Anna?«

Draußen läutete es zum letzten Mal. Jeden Moment würden die anderen kommen.

»Pass auf, du gehst jetzt in deine Klasse, in Ordnung? Wenn Mrs Prior fragt, wo du gewesen bist, dann sag ihr einfach, dass du mit mir geredet hast. Sie wird nicht böse sein. Und ich schaue mich hier mal um.«

Sie sprang auf.

Als sie sich umdrehte und weglaufen wollte, legte ich ihr eine Hand auf den Arm. »Und denk dran, Anna, wenn du über irgendetwas reden möchtest, kannst du zu mir kommen. Okay? Ich verrate es auch niemandem. Ich bin deine Freundin, weißt du? Deine heimliche Freundin.«

Ohne eine Antwort rannte sie davon.

Ich durchsuchte rasch die Bibliothek und fand ihre Schultasche umgedreht, flach gedrückt unter einem Sitzkissen. Ihr Lesetagebuch war darin, und die Geschichte, die sie gerade las, sowie eine leere Pausenbox, beklebt mit lauter bunten Stickern, und ein halb fertiges Ausmalbild.

Ich zögerte. Dem Getrampel nach zu urteilen, waren auch meine Schüler schon auf dem Weg nach oben. Ich hatte keine Zeit mehr, mich gegen den Strom durchzudrängeln, um die Tasche zu Hilarys Klasse zu bringen und wieder in meiner eigenen zu sein, bevor die Stunde anfing.

Klar, ich hätte sie Anna einfach am Ende des Schultages geben sollen. Aber zu dem Zeitpunkt hatte ich eine viel bessere Idee.

KAPITEL 22

Als ich ging, war der Parkplatz der Lower School so gut wie verlassen. Annas Schultasche lag neben meiner Arbeitstasche auf dem Beifahrersitz. Ohne darüber nachzudenken, parkte ich in einer Nebenstraße, wo man mich vom Haus aus nicht sehen konnte, genau wie früher immer, wenn ich Ralph besucht hatte. Ich bemerkte meinen Fehler erst, als ich ihre Straße entlangging. Hoffentlich fiel es Helen nicht auf.

Ich lief am Nachbarhaus mit den offenen Vorhängen und dem riesigen Fernseher an der Wand – wie immer eingeschaltet – vorbei und war schon fast an Ralphs und Helens Gartentor angekommen, da sah ich ihn. Ein Stück vom Haus entfernt saß er in einem geparkten Wagen auf dem Fahrersitz, ein wenig abgewandt, so dass ich nur eine gebeugte Schulter zu sehen bekam. Er hatte den Kopf gesenkt, die Nase tief in eine Zeitung gesteckt. Ich blieb stehen und schaute. Mein Herz raste.

War es der gleiche Mann? Das konnte nicht sein. Der Mann, der in der Ferne zwischen den Bäumen verschwunden war, als wir von der Trauerfeier kamen. Der Mann, der vor meinem Haus auf der Mauer neben der Bushaltestelle gesessen hatte. Ich blinzelte. Er trug eine altmodische Kappe, die seine Haare verbarg. Die Jacke war eine andere als die, die er vor meinem Haus getragen hatte. Ich betrachtete das Auto, ein roter Kombi. Die Beifahrerseite war verkratzt und notdürftig mit weißer Farbe ausgebessert. Er saß zu still. Unnatürlich. Blickte viel zu lange auf dieselbe Zeitungsseite. Als wüsste er, dass ich ihn musterte, als wartete er nur darauf, dass ich das Interesse an ihm verlor und meinen Weg fortsetzte.

Ich riss mich los, machte das Gartentor auf und ging auf die frisch gestrichene Haustür zu. Dann drückte ich auf den Klingelknopf. Es fühlte sich seltsam an, nicht mit bloßen Fingern zu klopfen, wie Ralph es von mir verlangt hatte.

Während ich dastand und die Lichtreflexe auf dem glänzenden Schwarz betrachtete, schien sich auf einmal die Zeit zu krümmen, und mich überkam eine unangenehme Erinnerung an meinen letzten Besuch in diesem Haus. Als die Tür aufging, erwartete ich beinahe, es wäre Ralph, der sie verstohlen öffnete, auf der Türschwelle kaum zu sehen war und es eilig hatte, mich hereinzulassen.

Helen. Mit einem kleinen braunen Handtuch in der Hand. Ein genervter Ausdruck huschte flüchtig über ihr Gesicht. Nach einer kurzen Pause lächelte sie und heuchelte höfliche Überraschung.

»Miss Dixon!« Ihre Stimme klang zu laut, zu fröhlich. »Das ist ja eine Überraschung. Anna ist doch hoffentlich nicht in Schwierigkeiten?«

»Nein, gar nicht.« Ich hielt die Schultasche hoch wie eine Trophäe. »Ich wollte die hier bloß zurückbringen. Anna war in der Schule völlig aufgelöst, weil sie sie verloren hatte. Ich habe sie nach dem Unterricht gefunden und wollte sie ihr so schnell wie möglich zurückbringen.«

Wir starrten einander an, beide zögerlich, als warteten wir darauf, dass uns jemand hinter der Bühne ein Stichwort gab. Sie wollte mir die Tasche abnehmen.

»Haben Sie was dagegen, wenn ich Anna noch kurz

Hallo sage, Mrs Wilson? Ich bleibe auch nicht lange.« Die Tasche hielt ich fest in den Händen und schickte mich an, über die Türschwelle zu treten. »Ich möchte ihr noch kurz versichern, dass sie morgen keinen Ärger bekommt.«

Sie zögerte, dann öffnete sie widerwillig die Tür ein Stück weiter und ließ mich herein. Als sie hinter mir zufiel, kam ich mir vor, als säße ich in der Falle. Der Flur war erdrückend. Hier hatte Helen uns an jenem Abend aufgefunden, der eine tot, die andere lebendig. Mein Blick wanderte zum Treppenabsatz, wo ich gestanden hatte, und dann zu den Fliesen auf dem Boden.

Helens Blick ruhte auf mir, sie beobachtete mich genau. Als sie wieder sprach, lag eine künstliche Fröhlichkeit in ihrer Stimme, als ob sie für eine Rolle vorspräche. Ihr Körper erzählte eine andere Geschichte. Ihre Augen waren hart und unversöhnlich. Sie krümmte die Schultern, als trüge sie eine schwere Last.

»Anna ist mit ihrer Freundin im Wohnzimmer. Ich fürchte, sie wird nicht sehr gesprächig sein.«

Pflichtschuldig führte sie mich ins Wohnzimmer. Anna und Clara saßen nebeneinander auf dicken Kissen auf dem Teppich, die Beine überkreuzt, den Blick auf das iPad gerichtet, das vor ihnen auf dem Couchtisch stand. Sie schauten irgendeinen Cartoon, den ich nicht kannte.

»Hallo, Anna.«

Keine Antwort.

»Ich habe deine Schultasche gefunden.«

Helen lächelte. »Tut mir leid. Wenn Fernsehstunde ist, sind sie nicht ansprechbar. Sie freuen sich den ganzen Tag darauf.« Sie nahm mir die Tasche ab, öffnete sie und überflog den Inhalt. »Also dann, ich will Sie nicht aufhalten.«

Im Flur, wo sie förmlich versuchte, mich hinaus auf die Straße zu schieben, beugte ich mich vor und flüsterte: »Jemand observiert das Haus. Ein Mann.«

Sie schaute mich verständnislos an.

»Ein rotes Auto mit Kratzer, schauen Sie.«

Sie zögerte, dann ging sie zurück ins Wohnzimmer. Ich blieb im Flur stehen, sah, wie sie an den Mädchen vorbeiging, sich neben ein Fenster stellte und vorsichtig hinausspähte, ohne selbst gesehen zu werden. Sie kam zurück.

»Das bilden Sie sich ein.«

»Nein.« Ich stürmte an ihr vorbei und trat selbst ans Fenster, zog die Gardine zurück und blickte hinaus. Er war fort. Ich drehte mich zu ihr um. »Er hat genau dort gesessen, auf der anderen Straßenseite.« Nun war ich es, die zögerte. Wie viel sollte ich ihr erzählen? »Er war auch auf dem Friedhof und hat beobachtet, wie alle gegangen sind. Nach der Trauerfeier.«

Sie schürzte die Lippen. Ich dachte daran, wie gram-gebeugt sie ausgesehen hatte, als sie gestützt auf den Arm ihres Verwandten den Mittelgang entlanggeschlurft war. Sie hatte mich nicht gesehen. Sie hatte nicht gewusst, dass ich auch da gewesen war, um mich von ihrem Mann zu verabschieden. Meinem Liebhaber.

»Wie auch immer, ich will Sie nicht aufhalten.« Sie hielt die Tür zum Wohnzimmer auf, um mich erneut hinauszubegleiten. Mit falscher Freundlichkeit fügte sie hinzu: »Sehr nett von Ihnen, extra vorbeizukommen.«

Wem galt dieser seltsame, spröde Ton? Eindeutig nicht mir. Tat sie es den Mädchen zuliebe?

Ich wollte nicht gehen. Ich wollte mich mit ihr hin-setzen und sie so viel fragen. Wie es ihr ging, wirklich ging. Ob sie nachts schlafen konnte. Was die Polizei sie gefragt hatte. Hatten sie Verdacht geschöpft? Was hatte sie ihnen über Ralph und ihre Ehe erzählt? Was wussten sie über mich?

Und was sollten wir als Nächstes tun? Was sollten wir tun, wenn seine Leiche angespült wurde, was sicher irgendwann der Fall sein würde, in welchem Zustand auch immer, was sollten wir dann tun?

Ich beugte mich vor und flüsterte: »Ich denke ständig, was ist, wenn sie ihn finden? Was dann? Sie werden erkennen, dass er nicht ertrunken ist. So was kann man feststellen. Sie werden wissen, dass er schon tot war, als er ins Wasser gefallen ist. Was machen wir dann?«

Zorn flammte in ihrem Gesicht auf. Sie sagte nichts, packte mich bloß am Arm und schob mich Richtung Haustür. Bevor sie sie öffnete, zischte sie: »Kommen Sie nie wieder hierher. Kapiert?«

Ich nickte stumpf.

»Ich warne Sie. Sie halten den Mund, egal was passiert. Halten Sie sich fern von mir. Und von Anna.« Sie sah mich verächtlich an. »Sie sind nicht unsere ›heimliche Freundin‹, ist das klar?«

Helen öffnete die Tür und schob mich hinaus auf den Weg.

»Miss Dixon? Hallo!«

Eine Frau in einem Mackintosh-Mantel mit einer abgewetzten Ledertasche über der Schulter hatte die Hand auf dem Gartentor. Irgendwoher kannte ich sie. Ich brauchte einen Moment.

»Bea Higgins. Claras Mutter.« Sie kam den Gartenpfad hinauf und gesellte sich vor der Haustür zu uns. »Hi, Helen. Alles okay mit den Mädchen?«

»Alles gut«, sagte Helen hinter mir und schnitt mir so das Wort ab, als ich gerade zu einer Erklärung ansetzen wollte. »Miss Dixon hat Annas Tasche vorbeigebracht. Sie wollte gerade gehen.«

»Wie nett.« Bea sah mich nachdenklich an. »Clara verliert auch ständig irgendetwas. Im Moment fehlt uns eine Strickjacke. Da ist ein Namensschild drin.«

»Ich werde mich mal umsehen.« Ich bemühte mich, mitfühlend dreinzuschauen. »Haben Sie es schon mal bei Jayne im Sekretariat versucht?«

Bea schüttelte den Kopf. »Ich habe ihr eine Mail geschrieben, aber Sie wissen ja, wenn man nicht persönlich vorbeigeht ...«

Mir fiel wieder ein, wie Hilary erzählt hatte, dass Claras Mutter alleinerziehend war und Vollzeit arbeitete.

»Warum hast du denn nichts gesagt?«, fragte Helen. »Ich kann mich bei Jayne erkundigen.«

Bea lächelte. »Nur, wenn es dir wirklich nichts ausmacht. Ich möchte dir keine Umstände bereiten.« Sie wandte sich wieder an mich. »Gott sei Dank, dass es Helen gibt. Ehrlich, ich wüsste nicht, was ich ohne sie machen würde. Klar, es gibt die Ganztagsbetreuung, aber die geht auch nur bis fünf, und was dann? Wer ist da schon von der Arbeit zurück?«

»Komm doch rein, Bea«, unterbrach Helen sie. »Die Mädchen gucken noch was.« Sie zog ihre Freundin ins Haus und warf mir einen letzten finsteren Blick zu, bevor sie mir die Tür vor der Nase zuschlug.

Auf der Heimfahrt zitterten meine Hände am Lenkrad. Helens Wut ging mir nah. Ich weiß nicht, was ich erwartet hatte. Natürlich waren wir keine Freundinnen, da hatte sie recht. Und es stand mir nicht zu, in ihrem Haus aufzutauchen und mich in ihr Familienleben einzumischen. Ich hatte einfach nicht anders gekonnt.

Sie hatte mich von Anfang an gewarnt, in der Nacht, als wir Ralphs Leichnam entsorgt hatten.

Glaub bloß nicht, dass uns diese Aktion in irgendeiner Weise verbindet. Ich werde dich bis an mein Lebensende verfluchen.

Trotzdem machte ihre Unerbittlichkeit mir Angst, es fühlte sich an, als hätte sie mir gerade ins Gesicht geschlagen.

Während ich fuhr, schaute ich immer wieder nervös in den Rückspiegel und die beiden Seitenspiegel auf der Suche nach dem roten Kombi. Ich sah ihn nicht, wurde aber das Gefühl nicht los, dass mich jemand verfolgte. Dass unsichtbare Augen mich beobachteten. Vielleicht hatte Helen recht, und ich bildete mir das alles nur ein.

Vor der Haustür zögerte ich, bevor ich den Schlüssel ins Schloss steckte. Ich wartete, bis sich mein Atem beruhigt hatte, und schaute über die Schulter den Weg entlang und zwischen die Büsche, um mich zu vergewissern, dass dort niemand war. Was war los mit mir? Meine Gedanken wanderten zu den Tabletten, die die Ärztin mir verschrieben hatte, nachdem Ralph mich verlassen hatte. Ich wollte nicht, dass sie mir ausgingen, also würde ich wieder zu ihr gehen und sie um ein neues Rezept bitten müssen. Ich brauchte etwas, das meine Nerven beruhigte und mich besser schlafen ließ.

Der Hausflur war menschenleer. Ich wartete, bis die schwere Haustür hinter mir ins Schloss gefallen war. Jetzt war ich in Sicherheit. Allein.

Ich stieg die mit Teppich belegten Treppen hinauf. Die Wohnung unter meiner, wo der junge Mann lebte, lag im Dunkeln. Ich ging in den obersten Stock und steckte den Schlüssel ins Schloss.

Sobald ich die Tür öffnete, spürte ich, dass irgendetwas nicht stimmte. Ganz und gar nicht.

Es war die Stille.

Es dauerte eine Sekunde, bis ich es erkannte. Keine piepsende Alarmanlage. Ich schaltete sie immer ein, wenn ich die Wohnung verließ. Mein Herz hämmerte. Ich hatte sie doch heute Morgen eingeschaltet, als ich zur Schule ging. Oder nicht? Das machte ich doch automatisch.

Also warum piepste sie jetzt nicht?

KAPITEL 23

Ich schlug die Tür mit einem Knall hinter mir zu. Unnötig laut. Falls jemand hier drin war, irgendein Einbrecher, der in meinen Sachen herumwühlte, dann hatte er jetzt die Möglichkeit zu flüchten. Aus dem Fenster zu klettern und die Regenrinne hinunterzurutschen.

Stille. Nichts.

Ich ließ meine Tasche auf den Teppich fallen und durchsuchte die Zimmer. Es gab keine Einbruchsspuren. Nichts war durcheinander.

Auf halbem Wege durch den Flur bemerkte ich etwas. Es traf mich im Herzen und drückte es zusammen. Dieser Duft. *Ralphs Duft.*

Ich öffnete die Tür zum Bad. Die Badematte war verrutscht. Das Badschränkchen stand einen Spalt offen. Ein Hauch von Seifenduft hing in der Luft. Das war doch ein anderer als das Duschgel, das ich heute Morgen benutzt hatte?

»Ralph?«

Meine Stimme klang dünn, so allein in der Leere. Was dachte ich mir nur? Hatte ich wirklich geglaubt, er würde mir antworten, in der Tür erscheinen und Hallo sagen?

Ich stand auf der Schwelle und lauschte angestrengt. Stille. Meine Nerven waren gespannt.

Ich lief in die Küche. Alles war genau so, wie ich es verlassen hatte. Toastkrümel auf dem Brotschneidebrett. Teller und Messer im Spülbecken.

Also warum hatte ich das Gefühl, dass noch jemand hier gewesen war?

»Ist da jemand?«, rief ich.

Ich rannte durch die ganze Wohnung, riss Türen auf, schaute panisch in alle Zimmer. Nichts. Niemand. Mitten im Wohnzimmer blieb ich keuchend stehen, sah mich um. Nichts war verändert, und doch stimmte irgendetwas nicht. Ich wusste nicht, wieso. Ich wusste es einfach. Ich konnte das Gefühl nicht abschütteln, dass irgendjemand in meine Wohnung eingedrungen war.

Auf meinem Telefon kam eine Nachricht an.

Ich warf einen Blick auf das Handy, das in seiner Hülle auf dem Couchtisch lag. Meine Arme hingen schwer an meiner Seite. *Ich sollte nachschauen.* Aber irgendetwas hielt mich davon ab. Ich dachte an die seltsame Nachricht, die ich neulich bekommen hatte. Bestimmt ein Irrläufer, entschied ich. Jemand hatte die falsche Nummer eingegeben.

Aber meine Hände waren anderer Meinung. Sie zitterten, waren plötzlich eiskalt. Sie wollten nicht nach dem Handy greifen.

Ich zwang mich, die Hülle aufzuklappen und draufzuschauen, doch sobald ich die Worte las, ließ ich das Handy auf den Teppich fallen.

Wie beim letzten Mal war die Nummer unterdrückt und die Nachricht knapp.

Hast du wirklich geglaubt, ich wäre weg?

KAPITEL 24

Zu Weihnachten hatte Ralph mir einen Smart Speaker geschenkt, das Must-have-Geschenk der Saison. Er kam an Heiligabend vorbei, um ihn mir einzurichten, denn er wusste, wie skeptisch ich neuer Technologie gegenüberstand. Matthew hatte solche Gadgets geliebt. Mit ihm war ich immer up to date gewesen. Nachdem er ausgezogen war, hatte ich mich nicht mehr damit auseinandergesetzt.

Ralph fand mich amüsant.

»Mein altmodisches Mädchen«, sagte er immer, wenn wir uns vor den Fernseher setzten, so einen alten, der auf einer TV-Bank stand, mit einem Fach für den DVD-Player darunter. »Wollen wir uns eine von diesen – wie nennt Ihr das, Madame – DVDs aussuchen?«

Es störte mich nicht, dass er mich aufzog. Er und Helen streamten ihre Filme natürlich. Ich verstand die Vorzüge, sah aber nicht ein, warum ich ein Monatsabo abschließen sollte, wenn ich es nicht unbedingt brauchte. Ich versuchte, mein Gehalt zu sparen und kein Geld für etwas auszugeben, worauf ich verzichten konnte. Es gab eine gut ausgestattete Bibliothek. Dort konnte ich mir für ein Pfund eine DVD ausleihen, wenn ich mal was anderes sehen wollte.

Ich hatte eine ganze Schublade voll DVDs und wollte für die gleichen Filme nicht noch einmal bezahlen müssen. Von den Videokassetten, die ich in einer Schachtel unter dem Bett aufbewahrte, hatte ich ihm nie erzählt.

Ich haushaltete gut mit meinem Geld. Das war eines der Themen, über die Matthew und ich gegen Ende immer wieder gestritten hatten. Er wollte jedes Wochenende ausgehen, warf das Geld zum Fenster hinaus. Ich verstand nicht, warum man ständig auswärts essen musste, wenn man doch eine funktionierende Küche zu Hause hatte. Oder warum man in einer Bar trinken musste, wenn man dasselbe Zeug im Supermarkt für einen Bruchteil des Preises bekam.

Ralph und ich hatten beschlossen, Heiligabend zusammen zu verbringen, als wäre es unser Weihnachtstag. Ich verstand das. An Heiligabend musste er nicht zu Hause sein. Seine Frau würde keinen Verdacht schöpfen, wenn er sagte, dass er noch Einkäufe zu erledigen habe. Der erste Feiertag sei wichtig für seine Tochter Anna. Es gefiel mir nicht, aber ich respektierte es. Auch in Zukunft, dachte ich, wenn er Helen erst verlassen hätte, würde er besondere Feiertage mit Anna verbringen, zumindest solange sie noch klein war. Das würde ich ihm immer zugestehen.

Also briet ich an Heiligabend einen kleinen Truthahn, suchte einen guten Wein aus und öffnete eine Flasche Whisky. Ich deckte den Tisch mit einem weißen Leinentischtuch, wir ließen Knallbonbons platzen, trugen Papierhütchen, aßen und tranken zu viel und liebten uns schließlich auf dem Wohnzimmerteppich.

Ich dachte an das letzte Weihnachten, das ich mit der Familie meiner Cousine verbracht hatte. Ein Mitleidsgast, das fünfte Rad am Wagen, ein Ersatzteil inmitten des fröhlichen Familiendurcheinanders, akzeptiert, aber nicht wirklich gewollt.

Dieses Jahr hätte nicht unterschiedlicher sein können. Ich fühlte mich geliebt. Besonders. Verstanden.

Ich überreichte ihm meine Geschenke. Einen grauen Kaschmirschal und einen teuren Silberfüller für seine Gedichte.

Außer dem Smart Speaker schenkte er mir ein Goldkettchen. Er sagte, er habe es gravieren lassen wollen, aber noch nicht die Zeit dafür gehabt. Und ein Buch mit Gedichten von John Clare. Ohne Widmung. Ich lag in seinen Armen auf dem Teppich, eingekuschelt in eine Wolldecke, und lauschte ihm, als er mir vorlas.

»›I am‹ ist eines der tiefgründigsten Gedichte in englischer Sprache«, dozierte er, beugte sich hinunter und küsste mich auf die Nasenspitze. »Der arme John Clare. Als er es geschrieben hat, saß er in der Klapsmühle.«

Ich drehte mich in seinen Armen um, sah zu ihm auf, zu seinem stoppeligen Kinn, der langen Nase und den sanften braunen Augen.

»Ich liebe dich, Ralph Wilson.«

Er küsste mich auf den Mund. »Bist du glücklich?«

Ich nickte. »Sehr.« Das stimmte, aber wie immer war es bittersüß. Ich wollte nicht, dass er ging. Ich wollte nicht, dass er zu Helen und Anna zurückkehrte. Ich wollte, dass er hierblieb. Für immer der meine. »Geh nicht.«

Er antwortete nicht.

Der Nachmittag verstrich, draußen wurde es dunkel. Weihnachtsstimmung setzte ein. Wären wir ein richtiges Paar, dachte ich, würden wir jetzt einen Film schauen, uns vor dem Fernseher aneinanderkuscheln und nur aufstehen, um noch mehr Drinks oder Snacks zu holen.

Aber das waren wir nicht. Er löste sich aus meinen Armen, stand auf, streckte sich und fing an, sich anzuziehen. Ich blieb enttäuscht liegen und sah ihm zu, wie er seine Sachen zusammensammelte, in die Schuhe schlüpfte, die Schnürsenkel band.

Ich sagte es noch einmal: »Geh nicht.«

Er tat so, als hätte er mich nicht gehört. Ich setzte mich auf, die Decke um meinen nackten Unterkörper geschlungen, und versuchte, ihn mit meinem Blick festzuhalten.

»Verlass sie. Bitte, Ralph.«

Ich hatte zu viel getrunken. Natürlich hatte ich das immer wieder gedacht, in den letzten glücklichen, berauschenden Wochen. Aber ich war immer schlau genug gewesen, es nicht auszusprechen. Nun konnte ich mich offensichtlich nicht mehr zurückhalten.

»Nicht heute, nicht an Weihnachten«, fuhr ich fort. »Im neuen Jahr. Mach einen sauberen Schnitt. Zieh hier ein, bei mir.«

»Verdirb es nicht, Laura.« Er legte seine Armbanduhr an. »Sei zufrieden.«

Ralph ging ins Bad. Als er zurückkam, knöpfte er sich den Mantel zu und griff nach der Einkaufstasche, einer seiner üblichen Requisiten. Er beugte sich zu mir herab und gab mir einen Kuss auf die Lippen.

»Frohe Weihnachten.«

Es war kindisch, aber ich war so verletzt, dass ich mich abwandte und nicht antwortete.

Es änderte nichts. Er ging trotzdem.

In dem Moment, als ich die Wohnungstür zufallen hörte, lief ich ihm nach, die Decke um die Hüfte gewickelt.

»Ralph!«

In der Ecke vom Flur, wieder eingewickelt ins Geschenkpapier, lagen sein neuer Kaschmirschal und der

Silberfüller. Eine Sekunde lang glaubte ich, er hätte sie vergessen. Dann verstand ich.

Er konnte sie nicht mit nach Hause nehmen. Das würde er niemals können. Helen würde sie sehen.

KAPITEL 25

Am Tag nach dem seltsamen Vorfall in meiner Wohnung ließ ich zur Sicherheit die Schlösser auswechseln.

Ich verriet dem Schlosser nicht viel, nur ja, es sei absolut ein Notfall. Ich glaubte, ich hätte einen Eindringling in der Wohnung gehabt. Und ja, ich würde natürlich den Eilaufschlag bezahlen, damit es sofort gemacht würde.

Der Mann, der vorbeikam, war ein junger, stämmiger Typ, vermutlich aus Osteuropa. Er arbeitete effizient, tat, was getan werden musste, und schwieg ansonsten.

Ich erzählte es ihm trotzdem – zumindest einen Teil der Wahrheit. Ich erzählte ihm, ich mache mir Sorgen, weil mein Ex-Freund noch einen Schlüssel habe, und ich habe Angst, weil es zwischen uns nicht gut geendet habe. Ich erwähnte nicht, dass es überhaupt nur deshalb zu Ende war, weil ich ihn umgebracht hatte.

Anstatt zu antworten, klappte er seinen Werkzeugkasten auf und kramte darin herum, bis er gefunden hatte, was er brauchte. Seine Hände waren an den Knöcheln rau. Ein Ehering grub sich in die pralle Haut eines Fingers.

Er arbeitete schnell und entfernte die alten Schlösser in einem Regen aus rieselndem Lack, dann nahm er glänzend neue aus ihrer Plastikverpackung und passte sie mit seinem Akkuschrauber ein.

Er wirkte wie ein Mann, der keine Angst hatte, der Sachen erledigte, auch die Drecksarbeit. Während er da stand und sich um meine Schlösser kümmerte, fühlte ich mich versorgt. Ich fühlte mich wieder sicher.

Anschließend reichte er mir zwei Schlüsselsets, dann riss er eine Quittung von einem Block mit weißen und gelben Seiten ab. Ich zahlte bar und gab ihm ein Trinkgeld.

Er packte sein Werkzeug ein.

Ich fuhr mit den Fingern über die glänzenden neuen Schlösser.

»Sind die auch wirklich sicher?«

Er sah mich von der Seite an. »Natürlich.«

Ich wollte nicht, dass er ging und mich wieder allein ließ.

»Ich meine, ein Einbrecher würde Schwierigkeiten haben, die zu knacken, oder?«

Er klappte den Werkzeugkasten zu und sprach, ohne mich anzusehen: »Hast du Angst vor Ex-Freund, gehst du zur Polizei.«

Ich antwortete nicht.

Dann stampfte er die Treppen hinunter, schnell und mit schweren Schritten, um bei der nächsten verängstigten Frau die Schlösser auszutauschen.

Ich ging hinein und zog die Tür hinter mir zu, dann stand ich im Flur und schloss abwechselnd mit beiden Schlüsseln doppelt ab, übte, mich sicher zu fühlen. Die Tür roch noch flüchtig nach dem Schlosser, dem dunklen Ölfilm auf seinen Fingern und abgestandenem Kaffee. Das gefiel mir.

Ich fragte mich, wieso er mir geraten hatte, zur Polizei zu gehen. Hatte er Vertrauen in unsere Polizei, glaubte er an Recht und Ordnung? Oder wollte er mich bloß abwimmeln?

Das ist nicht mein Problem, Lady. Ich wechsle hier nur die Schlösser aus. Wenn Sie von irgendeinem Stalker verfolgt werden, rufen Sie die Polizei und zeigen ihn an. Und viel Glück dabei, übrigens.

Ich ging in die Küche. Stille. Leere.

Ich machte mir eine Tasse Tee, saß lange am Küchentisch und betrachtete die beiden neuen, frischen Schlüsselsets.

Das war ja das Problem. Was auch immer jetzt passierte, so groß meine Angst auch war, wie sollte ich mich jemals wieder an die Polizei wenden können?

Mein Ex-Freund stalkt mich, Officer. Der, den ich umgebracht und mithilfe seiner Frau ins Meer geworfen habe.

Von jetzt an war ich ganz auf mich allein gestellt, egal was kam.

Als ich ein paar Tage später das Lehrerzimmer betrat, diskutierten Hilary und Elaine gerade darüber, ob es angemessen sei, eine Karte zu besorgen.

Angemessen war eins von Elaines Lieblingswörtern.

»Ich finde bloß, wir sollten etwas sagen. Sonst ist es seltsam.« Hilary bestrich eifrig Käsecracker mit Butter, ihre neueste Vorstellung von einem gesunden Mittagessen. »Vielleicht wäre es besser, wenn es von dir kommt, Elaine. Oder von John.«

Elaine verzog das Gesicht. Ihre Bandbreite von ablehnenden Gesichtsausdrücken war das, was einer Kritik am Schulleiter der Lower School am nächsten kam.

»Eine Karte wäre einfacher«, sagte sie. »Ich habe ein paar neutrale in meinem Schreibtisch.«

»Aber was schreiben wir?« Hilary wickelte ein Stück gelben Käse aus, schnitt Scheiben davon ab und legte sie auf die Cracker. Sie schien entschlossen, keinen Millimeter unbedeckt zu lassen. »Ich meine, ich will nicht herzlos klingen, aber ist er überhaupt schon offiziell für tot erklärt worden?«

Elaine klappte ihr eigenes Sandwich mit Schinken und Gewürzgurke auf. »Wir müssen ja nicht ins Detail gehen. Wir können doch einfach ›Willkommen zurück‹ schreiben, oder? Das kann doch nicht schaden.«

Hilary biss von einem Cracker ab und verteilte Krümel. »Das ist vielleicht, na ja, ein bisschen zu fröhlich.«

»Nicht unbedingt. Kommt drauf an, wie wir es formulieren. Der Ton macht die Musik.«

Ich stellte mich zu ihnen.

Elaine drehte sich zu mir um. »Wir reden gerade über die arme Mrs Wilson. Annas Mutter. Heute Nachmittag kommt sie wieder zur Lesestunde. Zum ersten Mal, seit ...«

Ich wusste ganz genau, seit wann.

»Wie es ihr wohl damit geht«, sagte ich, »wieder hierherzukommen?«

Hilary erwiderte: »Na ja, sie kommt ja sowieso jeden Tag, um Anna abzuholen. Immerhin ist sie noch hier bei uns, da muss sie sich nicht zur Upper School hinaufwagen.«

In Gedanken lief ich über einen der Korridore der Upper School und betrat einen Klassenraum, in dem Ralph auf der Tischkante saß, ein aufgeschlagenes Buch in der Hand, und der Klasse vorlas. *Diese Stimme. Wie flüssiger Honig.*

»Also vielleicht eine neutrale Karte?«, sagte Elaine. »Mit einem schlichten Motiv drauf, vielleicht Blumen. Ich habe bestimmt eine. Ich schreibe einfach ›Alles Liebe‹, und dann lassen wir ein paar Leute unterschreiben.«

Olivia gesellte sich zu uns und rührte in einem Becher Instantsuppe herum. Würziger Tomatenduft hüllte uns ein.

Hilary blickte auf. »Gibt es schon irgendwas Neues darüber, was ihm zugestoßen sein könnte?«

»Nicht, dass ich wüsste«, sagte Olivia achselzuckend. »Jedenfalls haben sie ihn noch nicht ersetzt. Nicht dauerhaft.«

»Das muss nichts heißen«, schnaubte Hilary. »Du weißt doch, wie sie sind. Wahrscheinlich versucht Sarah, Geld zu sparen.«

»Wie auch immer, wir schreiben Mrs Wilson eine nette Karte. Sie kommt heute Nachmittag wieder. Die Geste zählt, richtig?«, sagte Elaine fröhlich.

Die Geste zählte, da waren wir uns alle einig.

KAPITEL 26

Ich sah, wie Helen auf einem der Sofas in der Schulbibliothek Platz nahm. Sie stellte den Korb mit den Vorlesebüchern und Lesetagebüchern auf den Beistelltisch, dann blätterte sie ihn mit klaren, präzisen Bewegungen durch und zog eines hervor, als das erste Kind, ein Mädchen mit wehenden Zöpfchen, aus dem Klassenzimmer zu ihr gelaufen kam.

Ich stand verborgen in einer Nische am Kopierer. Gerade war ich dabei gewesen, Arbeitsblätter zu vervielfältigen, als ich bemerkte, dass sie es war. Ich hielt inne und spähte um die Ecke.

Helen senkte den Kopf und ließ den Finger über die Seite wandern, als das Mädchen zögernd zu lesen anfing. Eine Weile sah ich zu. Sie war ruhig und geduldig, murmelte hin und wieder etwas Aufmunterndes. Als das Mädchen fertig war und das Buch zuklappte, blickte sie Helen erwartungsvoll an.

Helen hielt ihr einen Bogen mit Aufklebern hin, und das Mädchen ließ sich Zeit damit, einen auszusuchen, während Helen ein, zwei Zeilen in ihr Lesetagebuch schrieb, dann das Buch zuklappte und wieder zurück in den Korb einsortierte.

Das Mädchen heftete sich den Aufkleber sorgfältig an die Schuluniformjacke, sprang auf und lief zurück in die Klasse, um den nächsten Vorleser herzuschicken. Und so ging es weiter.

Helen saß da und wartete. Sie rutschte ein wenig auf

dem Polstersitz herum, schlug die Beine übereinander, wippte mit dem freien Fuß. Ihre Haare waren akkurat geschnitten, als wäre sie erst kürzlich beim Friseur gewesen.

Es war schwer zu glauben, dass das die gleiche Frau sein sollte, die vor fast drei Monaten ihren toten Mann in eine Surfbretthülle gesteckt hatte und mit einer Jolle hinaus aufs dunkle Meer gefahren war, um ihn über Bord zu werfen.

Das nächste Kind, ein stämmiger Junge, kam herübergeschlendert, eine Hand in der Hosentasche, in der anderen sein Buch und das Lesetagebuch. Helen begrüßte ihn – offenbar kannte sie alle Kinder mit Namen – und klopfte auf den leeren Platz neben sich auf dem Sofa. Er setzte sich hin, schlug sein Buch auf und begann stockend zu lesen.

Ich wandte mich wieder dem Kopierer zu und konzentrierte mich auf meine Arbeit. Als alle Arbeitsblätter sortiert und zusammengeheftet waren, blickte ich zurück zum Bibliothekssofa. Der Junge war fertig und klebte sich den Sticker an seinen Pullover, während er davonrannte.

»Mummy!«

Voller Aufregung kam Anna hereingestürzt. Helen lächelte, breitete die Arme aus, und Anna sprang aufs Sofa und warf sich ihrer Mutter in die Arme. Ich biss mir auf die Lippe. Ich hatte kein Recht, sie zu beobachten. Etwas so Eindringliches, so Intimes lag in dieser innigen Umarmung. Ich blinzelte. Sie hatten die Arme fest umeinander geschlungen, Helen wiegte ihre Tochter sanft, während sie sie an sich drückte. Sie hatte das Gesicht in Annas Haaren vergraben, als atmete sie ihren Duft ein. Die Augen hatte sie geschlossen. In ihrem Gesicht lag eine Gelassenheit, eine Weichheit, die ich dort noch nie gesehen hatte.

Ich fühlte mich, als wäre ein Schleier gelüftet worden und ich hätte zum ersten Mal dieses kostbare Etwas gesehen, etwas, das ich bis dahin nicht hatte zugeben wollen, nicht einmal mir selbst gegenüber. Eine Selbstlosigkeit, wie ich sie niemals erfahren würde. Ich sammelte meine Papiere zusammen und wandte mich ab, der Boden unter mir schwankte. Sie war die ganze Zeit da gewesen, diese Liebe im Zentrum ihrer Familie, das sah ich jetzt. Der Familie, an deren Zerbrechen ich einen entscheidenden Anteil hatte.

KAPITEL 27

Ich gab mir alle Mühe, aus der Ferne ein Auge auf Anna zu haben. Ralph hatte sie geliebt, daher war ich es ihm schuldig, auf sie aufzupassen, zumindest in der Schule. Ganz egal, was ihre Mutter von mir hielt.

Ich wollte, dass Anna mich mochte, dass sie erkannte, wie wichtig sie mir war, denn sie war meine letzte Verbindung zu ihm. Diese schönen braunen Augen. Das trotzig hochgezogene Kinn. Die flüchtige Verträumtheit in ihrem Gesicht, die so sehr an ihn erinnerte.

Es hatte mich enttäuscht, dass sie nach unserer kleinen Unterhaltung in der Schulbibliothek direkt nach Hause gegangen war und ihrer Mutter wortwörtlich erzählt hatte, was ich gesagt hatte. Das hatte mir Helens »heimliche Freundin«-Seitenhieb verraten. Ich war verletzt. Mein Versuch, mich dem Mädchen anzunähern, war freundlich gemeint gewesen. Ich hatte es für Ralph getan, genau wie alles andere.

Seit dem unangenehmen Besuch bei ihr zu Hause tat ich immer so, als bemerkte ich es nicht, wenn Anna in meine Richtung sah. Ich wollte ihr keinen Grund geben, mich ihrer Mutter gegenüber zu erwähnen. Also tat ich diskret, was ich konnte. Ich redete gegenüber meinen Kolleginnen gut über sie. Ich fand ihr verlorenes Sportshirt im Korridor und tat es im Umkleideraum zurück in ihre Tasche, ohne es ihr zu verraten. Einmal steckte ich ihr vor Schulschluss eine Tafel Schokolade in die Manteltasche und ließ sie in dem Glauben, es wäre ein Geschenk von Clara. Es waren anonyme Aufmerksamkeiten, im Namen von Ralph.

Natürlich lief sie mir oft über den Weg, selbst wenn ich es nicht darauf anlegte. So groß war die Lower School nicht. Ich hatte immer noch regelmäßig Pausenaufsicht und konnte nicht übersehen, wie sie und Clara Hand in Hand über den Schulhof rannten. Die beiden hatten eine enge Bindung. Das sahen alle. Sie waren unzertrennlich.

Mit Clara wollte ich als Nächstes sprechen, um herauszufinden, wie Anna mit dem Verlust ihres Vaters zurechtkam und ob sie zusätzliche Unterstützung benötigte. Was auch immer ich sie fragen würde, sie hätte höchstwahrscheinlich eine Antwort darauf und war vielleicht sogar eher bereit, sie mit mir zu teilen.

Die Gelegenheit bot sich schon bald. Ich hatte wieder einmal Aufsicht, als ich Clara in einer Ecke hocken sah. Das taten die beiden oft. Aber diesmal war Clara ganz allein. Sie hatte einen Stock in der Hand und rieb ihn auf dem Asphalt hin und her.

Ich lief zu ihr hinüber und hockte mich neben sie. »Hey, alles gut?«

Sie blickte kurz auf, dann konzentrierte sie sich wieder auf ihren Stock. »Hallo, Miss Dixon.«

Ihre Haare waren schulterlang, und obwohl ihre Mutter sich bemüht hatte, sie zu bändigen, lösten sie sich bereits in der ersten großen Pause aus ihrem Zopf. Am liebsten hätte ich mir eine Bürste geschnappt, sie gelöst und neu geflochten. Vielleicht war das ein weiterer Beweis dafür, dass Bea – hieß sie so? – als Mutter überfordert war.

»Ist Anna heute gar nicht da?«

Sie zuckte mit den Achseln. »Die ist krank.«

»Oje. Das tut mir leid.«

Keine Antwort. Clara zeichnete weiter unsichtbare Muster mit ihrem Stock. Ohne Anna wirkte sie in der johlenden, tobenden Kinderschar wie verloren.

»Die arme Anna. Ich mache mir Sorgen um sie.« Ich wartete ab. Clara neigte den Kopf und blickte zu mir auf. »Sie vermisst ihren Daddy bestimmt sehr. Sie hatte ihn sehr lieb.«

Sie sah nachdenklich aus, den Blick noch immer auf mich gerichtet.

Ich fuhr fort: »Redet sie mit dir darüber?«

Sie nagte an ihrer Unterlippe. »Nö.«

»Nicht?« Ich verzog das Gesicht. »Aber ihr seid doch so gute Freundinnen, Clara. Du und Anna.«

Sie murmelte: »Beste Freundinnen.«

»Na siehst du. Stell dir mal vor, wie sehr du eine Freundin brauchen würdest, wenn deiner Mummy irgendwas passieren würde.«

Sie antwortete nicht, aber ich merkte, wie sie sich anspannte.

»Du kannst mir alles erzählen, Clara. Ich bin Lehrerin. Hat sie erzählt, wie es ihrer Mummy geht? Vermisst sie ihren Daddy?«

Sie schüttelte den Kopf. »Nichts.«

Ich rückte näher, spürte ihre Befangenheit, spürte, dass sie etwas zu erzählen hatte und sich bemühte, es vor mir zu verbergen. »Clara, manchmal ist es in Ordnung, ein Geheimnis zu verraten.« Ich sprach leise und freundlich. »Vor allem wichtige Geheimnisse. Manchmal ist das etwas richtig Erwachsenes. So können wir den Menschen, die uns wirklich wichtig sind, helfen.«

Sie antwortete nicht. Ihre Wangen röteten sich.

»Ich wette, sie erzählt dir alles, oder nicht, Clara?«,

sagte ich. »Ihr seid so gute Freundinnen. Hat sie dir erzählt, wie traurig sie ist?«

Sie machte große Augen. »Sie ist nicht traurig.«

Ich blinzelte. »Wieso sagst du das?«

Clara nickte. »Sie hat gesagt, die Erwachsenen irren sich.« Sie unterbrach sich und wendete sich ab, als ich sie durchdringend ansah.

Mein Puls beschleunigte sich. »Warum sagt sie so etwas?«

Sie zuckte mit den Schultern, die Lippen fest zusammengepresst.

»Clara. Es ist wichtig. Was glaubst du, was sie damit meint?«

Ihre Lippen kräuselten sich unter der Anstrengung. Sie schüttelte den Kopf, und Tränen stiegen ihr in die Augen.

Es klingelte zum ersten Mal. Um uns herum strömte eine lärmende Horde Kinder vom Schulhof in Richtung der Eingangstüren, einige rannten mit ausgebreiteten Armen wie Flugzeugflügel, andere flatterten mit ihren Ärmeln und Handschuhen wie wilde Vögel.

Ich hielt Clara am Oberarm fest. Sie sah mich angsterfüllt an.

»Clara, sag es mir.«

Sie erstarrte.

»Warum hat Anna so etwas gesagt?«

Sie starrte mich an, dann riss sie sich los, bevor ich sie aufhalten konnte, und verschwand in der Menge, um ihren Platz in der Reihe einzunehmen.

Ich blickte ihr nach.

Wovon redete sie? Hatte Clara sich das ausgedacht, bloß um irgendetwas zu sagen? Oder war das Annas Bewältigungsstrategie? Vermisste sie ihren Vater so sehr, dass sie mit ihrer besten Freundin spielte, alles sei in Ordnung und am Ende sei er doch noch heile nach Hause gekommen?

Ich schluckte und schüttelte den Kopf. Und dann kam mir ein anderer Gedanke, er traf mich so heftig wie ein Schlag in den Magen.

Ich stellte mir vor, wie Anna, die vielleicht doch nicht so tief geschlafen hatte, vom Poltern geweckt wurde, als ihr Vater die Kellertreppe hinunterstürzte. Wie sie im Schlafanzug die Treppe hinunterschlich, noch halb im Traum hinunterschaute und mich mit großen, schreckgeweiteten Augen an der Kellertür stehen sah.

Was, wenn sie wusste, dass die Geschichte, ihr Vater sei eines Abends einfach ausgegangen und nicht nach Hause gekommen, nicht stimmte, weil sie gesehen hatte, was wirklich passiert war? Und was, wenn sie es jemandem erzählt hatte?

KAPITEL 28

Ralph und ich stritten nicht oft. Es war nicht meine Art, zu schreien und zu schimpfen, wenn ich mich ärgerte, normalerweise nicht. Ich fraß meinen Ärger eher in mich hinein. Manchmal schmollte ich, wenn mich etwas wirklich getroffen hatte.

Als im neuen Jahr die Schule wieder anfing, verlor er kein Wort darüber, wie ich ihn an Weihnachten angefleht hatte, seine Frau zu verlassen. Und ich sprach ihn auch nicht noch einmal darauf an. Ich hatte mir gut zugeredet. Wenn er mir wirklich wichtig war, musste ich schlau sein. Das redete ich mir ein. Ich brauchte einen langen Atem.

Es war nichts weiter als eine Geduldsprüfung. Meine Aufgabe war es, ihn glücklich zu machen. Wenn er an mich dachte, und das tat er sicher, sollten es positive Gedanken sein. Er sollte sich vor allem eine lustige, lebhafte Frau vorstellen, stets mit einem Lächeln auf den Lippen, eine sexy Frau, die sich freute, ihn zu sehen. Ich wollte ein Licht in seinem Leben sein, der Kontrast zu seiner Frau und den Problemen, die sie in ihrer Ehe hatten. Ich musste ihn anziehen, durfte es nicht riskieren, ihn mit Forderungen und Gejammer zu verschrecken. Das zwischen mir und Ralph war etwas ganz Besonderes, das ich nicht aufs Spiel setzen durfte.

Ich erinnere mich noch gut an die seltenen Male, in denen ich die Beherrschung verlor und wir uns doch stritten. Sie hoben sich ab wie Geschwüre. Hinterher schalt ich mich und schickte ihm entschuldigende Nachrichten, voller Herzchen und dem Versprechen, mich zusammenzureißen, wenn er mir nur eine zweite Chance gebe. Ich konnte nicht schlafen, bis er mir antwortete und ich sicher war, dass wir uns wiedersehen würden, dass ich nicht zu weit gegangen war und er mich nicht in die Dunkelheit verstieß.

Einen der schlimmsten Streite hatten wir Ende Januar. Ich hasste diesen Monat. Kalt, grau und dunkel. Weihnachten war nur noch eine blasse Erinnerung und der Frühling noch in weiter Ferne. Es war der Monat der Grippe und der Erkältungen, regnerisch und stürmisch, und in dieser Zeit waren die Kinder in der Schule besonders aufgedreht, weil sie nicht genug draußen an der frischen Luft waren und ihre überschüssige Energie loswurden.

Ralph und ich trafen uns ein- oder zweimal in der Woche, sooft er es einrichten konnte, ohne dass seine Frau Verdacht schöpfte. Ich fragte ihn nie, welche Lügen er ihr auftischte. Das wollte ich gar nicht wissen. Er tat es nur, so redete ich mir ein, weil er zu mir gehörte. Früher oder später würde er das auch erkennen.

Unsere Verabredungen waren meist spontan. Anfangs hatte das einen Teil des Reizes ausgemacht. Dieser köstliche Schauer der Erregung, wenn er mir plötzlich ohne Vorwarnung eine Nachricht schrieb.

Hast du Zeit? Kann ich vorbeikommen?

Es war aufregend, selbst an den Abenden, an denen ich ins Bett ging, ohne von ihm gehört zu haben, denn immer hoffte ich, dass er mir doch noch schreiben würde oder es an der Tür klingelte und er unangemeldet auftauchte.

Ich weiß nicht, ob es nur mir so ging, aber Ende Januar wirkte unsere Affäre auf einmal schal. Seine unangekündigten Besuche und kurzfristigen Absagen störten mich neuerdings und zehrten an meinen Nerven. Ich wollte ihn für mich allein. Und ich hatte Angst, dass auch für ihn der anfängliche Kitzel nachgelassen hatte. Ich fürchtete, dass er müde geworden war, sich vielleicht sogar langweilte.

Er benahm sich mir gegenüber zu sehr wie ein Ehemann. Meistens kam er zu mir, ich kochte für ihn, schenkte ihm ein Glas ein und versuchte, ihn aufzuheitern. Wir kuschelten uns aufs Sofa, während der Regen gegen das Fenster trommelte, und schauten Filme auf meinem alten Fernseher. Mehr als einmal hob ich den Kopf, um bei einer besonders rührenden Filmszene seinen Blick einzufangen, und musste mit Entsetzen feststellen, dass seine Augen geschlossen waren und ihm der Mund offen stand. Ich musste ein wenig hin- und herrücken, so tun, als wollte ich mich bequemer hinsetzen, um ihn vorsichtig wieder zu wecken. Hinterher machte ich mir Sorgen. Es war ein Unterschied, ob man sich bei jemandem entspannen konnte oder sich regelrecht langweilte. Ich bewegte mich auf dünnem Eis. Wenn diese Zeit mit mir nichts Besonderes mehr für ihn war, warum sollte er sich dann noch Mühe geben?

An diesem Abend, als wir uns an der Tür mit einem Kuss verabschiedeten, wagte ich etwas, worüber ich schon seit einer Weile nachgedacht hatte. »Lass uns nächste Woche ins Theater gehen.«

Er blinzelte verblüfft. »Ins Theater?«

Ich lächelte gezwungen. »Es wird eine Überraschung. Du sagst, an welchem Tag, und ich besorge die Karten.«

Er wirkte überrumpelt. »Nächste Woche? Also …«

Ich küsste ihn aufs Kinn. »Na los, sei kein Langweiler. Zu Hause bleiben können wir die ganze Zeit.«

»Es ist bloß …« Er wirkte verlegen, wandte den Blick ab.

»Es ist bloß was?« In meiner Enttäuschung klang ich beinahe zornig. Früher hatte er das Theater geliebt. Das wusste ich. Er hatte davon erzählt, wie oft er vor seiner Hochzeit ins Theater gegangen war. Als Anna geboren wurde, hatte er es aufgegeben, aus väterlicher Pflicht.

Er nahm meine Hände und löste sie sanft von seiner Schulter. »Es ist nicht so einfach. Tut mir leid. Ich kann nicht. Nicht jetzt.«

»Warum nicht?« Ich hatte schon alles genau geplant, ein neues Stück ausgesucht, das ihm bestimmt gefallen würde. Es hätte ein vorgezogenes Valentinstagsgeschenk sein können, denn natürlich würde er den richtigen Valentinstag mit seiner Frau verbringen.

Er wirkte nicht einmal, als täte es ihm leid. »Pass auf. Wir reden ein andermal darüber.«

Er machte sich los und streckte die Hand nach der Türklinke aus. Ich lehnte mich gegen die Tür, denn jetzt wurde ich wütend.

»Mach das nicht.«

»Was?«

»Geh nicht einfach. Tu nicht so, als wären meine Gefühle unwichtig, und geh nach Hause zu …« Ich brachte es nicht über mich, es auszusprechen, aber das war auch gar nicht nötig. Wir wussten es beide.

Er wirkte ungeduldig. »Jetzt nicht, ja? Ich bin müde. Ein andermal.«

»Ein andermal?« Irgendetwas flackerte in mir auf, irgendein Teil der wachsenden Angst, dass ich ihn verlieren würde und nicht wusste, wie ich das verhindern sollte. »Sag's mir jetzt«, zischte ich. »Genau jetzt, bevor du irgendwo anders hingehst. Warum können wir nicht zusammen ins Theater?«

Er spannte den Kiefer an. »Du weißt, warum. Weil uns jemand sehen könnte. Außerdem ist das Geld gerade knapp. Ich kann es mir nicht leisten, verstehst du? Darf ich jetzt gehen?«

Er schob mich zur Seite und stampfte hinaus und die Treppe hinunter, ehe ich etwas erwidern konnte.

Ich stellte mich ans Fenster und sah ihn in dem Labyrinth aus Nebenstraßen verschwinden, wo er normalerweise parkte. Mir zitterten die Hände. Was hatte ich getan? Ich hatte es kaputtgemacht. Hatte alles aufs Spiel gesetzt, bloß weil ich immer noch nicht gelernt hatte, den Mund zu halten und mich zu gedulden.

Schon bald hockte ich auf der Bettkante, das Handy in der Hand, und schrieb Entschuldigungsnachrichten.

Es tut mir leid. Wirklich. Natürlich verstehe ich das. XXX

Schweigen. Ich tigerte in der Wohnung auf und ab, räumte das Geschirr ab und spülte die Weingläser. Ich konnte nicht glauben, wie dumm ich gewesen war. Das war der Stolz, sonst nichts. Ich wollte einfach zu viel von ihm für mich allein. Ich wollte immer noch mehr, anstatt mich an dem zu erfreuen, was ich hatte.

Nachdem ich die Spülmaschine zugeklappt hatte, lief ich zurück zu meinem Handy. Keine Nachricht. Wahrscheinlich war er gerade auf dem Heimweg.

Ich schrieb ihm noch einmal:

Melde dich, wenn du zu Hause bist. Damit ich weiß, dass du gut angekommen bist. Ich liebe dich.

Keine Antwort.

Die ganze Nacht machte ich mir Sorgen. Warum war ich so auf ihn losgegangen? Was, wenn er jetzt wirklich sauer auf mich war? Was, wenn er mich leid war? Ich war so dumm, dumm, dumm. Ich lag da, starrte an die Decke und versuchte, die Schatten zu lesen.

Er trug eine große finanzielle Verantwortung. Darüber hatte ich vorher nie nachgedacht. Aber klar, er finanzierte alles allein. Helen arbeitete nicht. Lebensmittel, die Kosten für das Haus, Kleidung, Benzin, alles, was Anna brauchte. Es musste eine große Belastung sein. Wie hatte ich nur so selbstsüchtig, so unsensibel sein können?

Am nächsten Tag in der Schule konnte ich mich schlecht konzentrieren. Es gelang mir kaum, vor einer Horde unruhiger Drittklässler meine gute Laune zu bewahren. Während der Pausen schlich ich mich zu meinem Handy und schaute nach Nachrichten. Nichts. In der Mittagspause dachte ich darüber nach, kurz den Hügel hinauf zur Upper School zu gehen, um zu sehen, ob ich vielleicht einen Moment unter vier Augen mit ihm reden könnte, oder ihm zumindest aufmunternd zuzulächeln. Aber dafür war einfach keine Zeit.

Erst am Ende meines Schultags hatte ich endlich eine Nachricht.

Liebe dich auch. XXX

Gott sei Dank. Ich konnte wieder atmen.

KAPITEL 29

Es war ein Freitag. Ich hatte bereits eine Klassenversammlung geleitet, Bruchrechnen unterrichtet und dann den Bau eines Wikinger-Langboots überlebt.

Jetzt saß ich allein mit einer Tasse Tee in einer Ecke des Lehrerzimmers und las, als James Deacon, ein junger Sportlehrer, mit einem Papierstapel in der Hand zu mir herüberkam. Er blieb direkt vor mir stehen.

Ich blickte absichtlich zunächst nicht auf. Er war einer der sogenannten coolen Gang – junge Kollegen kurz nach dem Examen, die sich quer durchs Lehrerzimmer alberne Spitznamen an den Kopf warfen und einander Streiche spielten, während wir anderen froh waren, wenn wir einmal Pause vom kindischen Benehmen hatten. Sie gingen am Wochenende zusammen aus und sorgten mit ihren lauten Unterhaltungen dafür, dass alle anderen auch nur ja von ihren Eskapaden erfuhren. Olivia schloss sich ihnen hin und wieder an.

»Laura?«

Ich hob den Blick von der Seite, die ich gerade las, und hoffte, ich würde nicht rot.

Höflich lächelte er mich an. »Ich fürchte, ich habe schon wieder deine Post geklaut. Tut mir leid.«

»Schon okay.« Ich griff nach dem weißen Umschlag, den er mir hinhielt. Er hatte ihn versehentlich an einer Ecke aufgerissen, das war alles. Wir waren die beiden Einzigen an der Lower School, deren Nachname mit D anfing, und unsere Post landete öfter mal im falschen

Fach, da Jayne, die Schulsekretärin, nicht immer so sorgfältig arbeitete, wie sie sollte.

»Ich hoffe, er lag da nicht zu lange.« Er grinste, bevor er sich mit den anderen Umschlägen abwandte. »Mit dem ganzen Papierkram bin ich etwas im Rückstand, ich unterrichte lieber.«

Ich nickte ihm nach, riss den Umschlag mit dem Finger auf und holte den Inhalt heraus. Eine Broschüre vom Fotostudio, auf dem man aufgefordert wurde, alles Mögliche zu bestellen, von großformatigen Leinwänden bis hin zu Untersetzern und Bechern. Ich schüttelte den Kopf, doch ich konnte ihnen nicht wirklich vorwerfen, dass sie es versuchten.

Ich blätterte durch die Angebote und Flyer, bis ich schließlich zum Musterdruck des Schulfotos kam. Zwar bestellte ich nie die Bilder, aber es war schön, die Muster aufzubewahren, als Erinnerung an die vergangenen Jahre. Vor allem jetzt. Vielleicht wäre es mein letztes an dieser Schule.

Ich hielt das Bild ins Licht und ließ den Blick über die glänzende Oberfläche wandern, auf der in fetten Buchstaben »MUSTER« stand, damit ich nicht auf die Idee kam, selber ein paar Kopien davon zu machen und sie unter der Hand zu verkaufen.

Zuerst entdeckte ich mich selbst, an der Seite, auf Höhe der Erstklässler, den Körper der Kamera zugewandt, die Hände von Hilary verdeckt, die schräg vor mir stand. Ich mochte das Kleid, das ich anhatte. Es hatte einen schmeichelhaften Ausschnitt, sehr vorteilhaft für Fotos, aber selbst auf die Entfernung konnte ich erkennen, wie müde ich aussah. Irgendetwas an meinen hängenden Schultern und meinem angespannten Gesicht verriet, wie gehetzt ich war. Ich fragte mich, ob die

Polizei wohl auch einen Abzug von dem Bild hatte und es nach Anzeichen von Stress und schlechtem Gewissen absuchte.

Ich überflog die vorderste Reihe, die Vorschulkinder, die auf dem Rasen saßen, einige strahlend, andere schüchtern, und eins oder zwei, die Grimassen schnitten. Das würde Sarah Baldini nicht gefallen. Da saß sie, in ihrer gestärkten Bluse und dem wadenlangen Rock, mit tadellosem Make-up, thronte in der Mitte wie eine Königin zwischen ihren Untertanen.

Ich hielt das Foto etwas schräger, um die Lehrer besser zu erkennen, die rechts und links am Ende jeder Schülerreihe standen, bis sie schließlich ganz hinten ihre eigene Reihe bildeten. Dann wanderte mein Blick hinauf zum Gebäude der Upper School im Hintergrund.

Mir stockte der Atem. Mit zitternden Händen zog ich das Bild näher heran, fühlte mein Herz so heftig klopfen, dass mir die Brust wehtat. Ich blinzelte. Das war doch nicht möglich. War es das, was ich glaubte, oder spielten mir meine Augen einen Streich?

Ich blickte auf, sah mich mit trockenen Lippen im Lehrerzimmer um und erwartete, dass irgendjemand mich beobachtete und kicherte. Aber niemand schenkte mir auch nur die geringste Beachtung. Freitags herrschte immer eine entspannte, vorfreudige Stimmung, selbst hier im Lehrerzimmer. Ich sah nur Kollegen, die locker in kleinen Gruppen zusammenstanden, plauderten, mir den Rücken zuwandten. Manche saßen mit ihren Tee- oder Kaffeetassen am Tisch und teilten sich Snacks. Andere schauten auf ihre Smartphones und tippten oder wischten darauf herum. Niemand schien auch nur zu bemerken, dass ich überhaupt existierte.

Wieder beugte ich mich über das Foto und starrte es

an. Die undeutliche Gestalt da am Fenster, die von einem Klassenzimmer im zweiten Stock auf uns herunterblickte – war das nicht Ralph? Das Gesicht lag im Schatten. Unmöglich zu erkennen. Aber irgendetwas traf mich mit Macht, irgendwas an der Art, wie die Gestalt den Kopf hielt, der Haarschnitt, die Form der Schultern und des Oberkörpers. Wieso glaubte ich, er wäre es? Ich blinzelte. Es konnte nicht sein. Was stimmte nicht mit mir? Wurde ich langsam verrückt?

Das Foto verschwamm, ich rieb mir die Augen, dann konzentrierte ich mich wieder auf die unscharfe, nebulöse Gestalt, die sich in den Schatten versteckte und auf die versammelte Schule herabblickte.

Wie kam ich bloß auf diese Idee? Wieso glaubte ich, der Mann, den ich umgebracht hatte, sei von den Toten zurückgekehrt?

KAPITEL 30

Eine Weile saß ich einfach nur da und versuchte, mich zu beruhigen. Schließlich öffnete ich die Augen wieder und schaute das Foto noch einmal an.

Konnte es jemand manipuliert haben, nur diese eine Kopie? Ich las noch einmal das Adressetikett auf dem großen Umschlag. Die Adresse der Schule. Mein Name. Es war für mich bestimmt.

Ich untersuchte mit der Fingerspitze den Umschlag, den ich aufgerissen hatte. Es war einer von diesen selbstklebenden. Mir schwirrte der Kopf. Bestimmt war es möglich, dass jemand eine Kopie des Fotos nur für mich manipuliert hatte, den Umschlag in meinem Fach vorsichtig geöffnet und das Original gegen das bearbeitete Bild ausgetauscht hatte. Oder? Irgendjemand, der unter der Woche Zugang zur Schule hatte und sich den Postfächern vor dem Lehrerzimmer nähern konnte, ohne Aufsehen zu erregen. Jemand, der zu viel darüber wusste, was passiert war, und mich in Angst und Schrecken versetzen wollte.

Ich blickte auf meine Hände hinunter, die immer noch zitterten. Wenn das der Fall war, gelang es demjenigen ziemlich gut.

Das Foto und die anderen Zettel schob ich wieder in den Umschlag, stopfte alles in meine Tasche und flüchtete zur Tür. Dort wäre ich beinahe mit Hilary zusammengestoßen, die gerade hereinkam.

»Wo brennt's denn?« Ihre Zähne glänzten, aber ihr Lächeln erreichte nicht ihre Augen. Ich zögerte, starrte sie an. Was wusste sie? Was wussten die anderen?

Ich drückte mich an ihr vorbei, murmelte eine Entschuldigung, dann rannte ich, immer zwei Stufen auf einmal nehmend, die Treppe hinunter, zum Seiteneingang hinaus und zum Parkplatz der Lower School. Im Laufen fischte ich nach meinem Autoschlüssel, riss die Fahrertür auf und ließ mich auf den Sitz fallen, dann holte ich mein Handy und den Flyer mit den Kontaktdaten des Fotostudios heraus. Ich lehnte mich vor an das harte Lenkrad und starrte mit wildem Blick aufs Display, während ich die Internetadresse eintippte, den Code für das Schulfotoshooting und schließlich das Lehrerpasswort eingab.

Mit klopfendem Herzen und schweißnassen Händen saß ich da und starrte auf mein Handy, wartete eine Ewigkeit darauf, dass das Bild lud. *Mach schon, um Himmels willen. Bitte.*

Endlich formten sich die Pixel zu einem Foto. Ich tippte aufs Display und zog mit dem Finger das Bild größer, zoomte, so weit ich konnte, ans Schulgebäude im Hintergrund heran. Da war er. Der Schatten eines Mannes, einen oder zwei Schritte vom Fenster entfernt, der beobachtete, ohne gesehen zu werden. Ich merkte erst, dass ich den Atem angehalten hatte, als ich ihn wieder ausstieß wie ein angestochener Ballon. Er erinnerte mich an Ralph. Wirklich.

Der leicht geneigte Kopf. Die Haare, die ich so oft gestreichelt hatte. Die zarte Haut im Nacken. Er war es. Ich konnte es nicht beweisen. Es war zu verschwommen, zerfiel bereits in nichts als Pixel. Aber ich fühlte es.

In meiner Tasche kramte ich nach den Tabletten und schluckte ein paar. Ich wusste wirklich nicht, wie ich die so schnell durchbrachte, aber langsam gingen sie zur Neige. Online würde ich neue bestellen müssen.

Ich lehnte mich zurück, und als ich die Augen schloss, sah ich bunte Lichtpunkte in der Dunkelheit tanzen. Das Medikament breitete sich in meinen Adern aus und beruhigte mein rasendes Herz. Was jetzt? Es war nicht nur auf meinem Abzug. Es war auf dem Originalbild.

Aber was hieß das? War er da gewesen? Natürlich nicht. Das war Unsinn. Völliger Wahnsinn. Ich fing an, an meinem eigenen Verstand, meiner geistigen Gesundheit zu zweifeln. Es war ein Zufall. So wie die unzusammenhängenden Nachrichten von der unbekannten Nummer. Genau wie das seltsame Gefühl, das mich in meiner Wohnung überkommen hatte.

An diesem Abend konnte ich nichts essen. Ich saß still im Wohnzimmer, das Foto vor mir auf dem Tisch gegen ein aufgeschlagenes Buch gelehnt, und betrachtete die winzige, halb verdeckte Gestalt. Sie brannte mir in den Augen.

Auf einmal überfiel mich Hoffnungslosigkeit, Selbstmitleid für die Person, zu der ich geworden war. So schüchtern und gehemmt, vor allem, seit ich vor ein paar Jahren hierhergezogen war. Mein Leben war so nach innen gerichtet. Ich war so auf Matthew und unser gemeinsames Leben fixiert gewesen, hatte ihm alles so sehr recht machen wollen, dass ich ihn erdrückt hatte. Und nachdem er ein blutiges Loch in meinem Leben hinterlassen hatte, hatte ich mich zurückgezogen und nur auf mich konzentriert, meine Sprachlosigkeit und Unbeholfenheit gepflegt.

Dann war Ralph gekommen und hatte mich vor mir selbst gerettet. Und was hatte ich ihm angetan?

Wieder dachte ich an den seltsamen Schatten auf dem Foto, die Gestalt, die ihm so ähnlich sah, dass es mich quälte, an den Hauch seines unverwechselbaren Dufts in meiner Wohnung. Mir fiel nur eine Person ein, die so akribisch versuchen sollte, mich zu verletzen, in den Wahnsinn zu treiben.

Helen.

Ich schnappte mir meinen Mantel und den Autoschlüssel und fuhr, so schnell ich konnte, zu Ralphs Haus.

Die Sonne ging langsam unter, als ich an meinem üblichen Platz parkte und um die Ecke bog. Früher war ich wie ein Dieb über den Weg zum Haus geschlichen. Diesmal stürmte ich. Ich stieß das Gartentörchen auf und marschierte mutig auf die Haustür zu, dann drückte ich auf die Klingel. Das Herz hämmerte mir in der Brust. Mir war schwindelig, ich war wie außer Kontrolle, von einer seltsamen Entschlossenheit erfüllt. Stille. Mit den Knöcheln klopfte ich lautstark auf das glänzende Holz. Wartete. Lauschte auf Schritte, die aber nicht kamen.

Die Vorhänge waren aufgezogen, und ich trat ans Fenster, stellte mich auf den Schotter, wo ein niedriger Rosenstrauch nach meinen Socken und Hosenbeinen schnappte, und spähte hinein. Ich beugte mich vor und stützte mich mit den Händen auf dem weißen Holzfensterbrett ab. Drinnen war es dämmrig, Schatten krochen durchs Wohnzimmer und verschlangen es langsam. Der Fernseher war ausgeschaltet. Ein Lichtstrahl funkelte in dem großen Spiegel über dem Kamin.

Ich legte die Hände um mein Gesicht, presste die Nase ans Glas und strengte mich an, um mehr zu erkennen. Vom Wohnzimmer ging es in die Küche und zur Gästetoilette. Ich kannte das Haus nur zu gut. Aber auch dort war es dunkel.

Ich löste mich vom Fenster, wo mein warmer Atem einen feuchten Fleck hinterlassen hatte, lief über den Gartenpfad zum Tor zurück und starrte hinauf zum ersten Stock. Die Vorhänge waren offen. Ralphs und Helens Schlafzimmer lag über dem Wohnzimmer, Annas Zimmer daneben auf der gleichen Etage. Auch hier kein Lebenszeichen.

Ich war verwirrt. Es war noch zu früh, um im Bett zu sein, aber definitiv zu spät, als dass sie noch unterwegs wären. Ich blieb am Tor stehen und dachte nach. Der Adrenalinstoß, der mich dazu gebracht hatte, hierherzukommen und Helen zur Rede zu stellen, war Erschöpfung gewichen. Meine Beine waren plötzlich bleischwer. Eigentlich wollte ich doch bloß Ruhe, mich zu Hause im Bett einkuscheln, noch ein paar Tabletten nehmen, um meine Nerven zu beruhigen, und schlafen. Aber ich konnte nicht nach Hause, noch nicht. Dafür war ich zu aufgewühlt.

In der Nähe sprang ein Motor an. Ich drehte mich um. Ein Auto, das ein Stück entfernt auf der anderen Straßenseite parkte, ließ die Scheinwerfer aufblitzen. Galt das mir? Aufmerksam sah ich mich um. Die Straße war menschenleer.

Als ich mich vorsichtig näherte, gingen der Motor und die Scheinwerfer wieder aus, und das Auto, ein roter Kombi, stand erneut in der Dunkelheit. Ich schlich darauf zu.

Der Mann saß auf dem Fahrersitz und schaute mich direkt an. Ich hatte ihn schon früher gesehen, mit der Zeitung an der Bushaltestelle vor meiner Wohnung und hier, in dieser Straße, in genau diesem Auto. Ich hielt inne, sein Blick durchbohrte mich. So nah war ich ihm noch nie gewesen, und instinktiv hatte ich Angst.

Er musste um die fünfzig sein. Sein Gesicht war schmal und wettergegerbt, als wäre er ein aktives Leben im Freien gewohnt. Er war vollständig kahlköpfig. Falls er noch Haare hatte, musste er sie sorgfältig abrasiert haben. Die Ohren standen ab, das eine mehr als das andere, was seinen Kopf ein wenig schief erscheinen ließ. Dunkle Stoppeln wuchsen auf seinem Kinn und der Oberlippe. Aber das alles war nebensächlich. Ich war wie gebannt von seinen Augen, tiefliegend und dunkel, aus denen er mich ruhig und, ohne zu blinzeln, ansah. Sie wirkten, als hätten sie Dinge gesehen, von denen er niemals würde berichten können.

Ich verharrte stocksteif. Wollte nicht näher kommen. Ich erwartete, dass er jeden Moment den Motor starten und davonfahren würde und ich ihm nur noch hinterherstarren könnte.

Das tat er nicht. Stattdessen entriegelte er die Türen und winkte mich heran.

Ich zögerte. Er ließ mich nicht aus den Augen.

Einen Augenblick später surrte die Fensterscheibe herunter.

»Steigen Sie jetzt ein oder nicht?« Seine Stimme war tief und rau.

Ich konnte mich nicht rühren. Jetzt hatte ich richtig Angst, und ich fragte mich, wieso ich nicht einfach umdrehte und mich in meinem eigenen Auto in der Nebenstraße in Sicherheit brachte.

»Das Angebot steht.« Er zuckte mit den Achseln. »Wie Sie wollen.«

Das Fenster fuhr wieder hoch, und er bewegte sich auf dem Fahrersitz, richtete den Blick wieder auf das Buch in seinen großen, fleischigen Pranken, die auf dem Lenkrad ruhten. Sobald er den Blick von meinem Gesicht abwandte, durchströmte mich Erleichterung. Ich atmete tief durch und sah mich um. Niemand da.

Ich schlich auf ihn zu, öffnete die Beifahrertür und setzte mich vorsichtig neben ihn. Die Tür ließ ich einen Spalt offen, hielt die Hand auf dem Griff, damit er sie nicht verriegeln und meine Flucht vereiteln konnte.

Er legte sein Buch wieder ab und sah mich an. Er klang erschöpft. »Also, dann.«

Im Auto roch es nach altem Frittenfett und fadem, fettigem Fleisch. Ein dreckiger Kaffeebecher steckte im Getränkehalter. Auf dem Armaturenbrett klebte ein nickendes Plastikeinhorn mit einem glitzernden Regenbogen auf der Flanke. Vom Rückspiegel baumelte ein Kettchen mit einer Christophorusfigur. Mich überkam das Gefühl, dass ich nicht nur in sein Auto, sondern in seinen Rückzugsort, seine Welt eingedrungen war.

Ich leckte mir über die Lippen und überlegte, wie ich anfangen sollte. Ich fühlte mich unwohl und verunsichert. Wer war er, was wollte er hier, und warum sollte ich mit ihm reden? Er strahlte eine Kraft aus, die mich zugleich ängstigte und anzog. Ich wollte diesen Mann auf meiner Seite haben, was auch immer das hieß. Dieser Mann hatte die Antwort auf alle meine Fragen. Ich spürte seine Ungeduld. Offensichtlich bemühte er sich sehr, sich zurückzuhalten.

Ich holte tief Luft. »Was machen Sie hier?«

Er hielt sein Buch hoch. »Ich lese.«

Ich kniff die Augen zusammen. »Aber warum sind Sie hier? Ich habe Sie schon öfter gesehen. Sie lungern herum. Warten auf der Straße. Spionieren mir nach.«

Er verzog das Gesicht, wie um mir zu bedeuten, dass ich gerade etwas sehr Unhöfliches gesagt hatte.

»Glauben Sie mir, wenn ich nicht gewollt hätte, dass Sie mich sehen, dann hätten Sie das auch nicht.«

Ich runzelte die Stirn. »Was soll das heißen?«

»Genau das.«

Er sah mich fest an. Seine Augen waren von einem kühlen Grau mit blauen und grünen Sprenkeln um die Pupillen. Aus der Nähe wirkte er älter, als ich zunächst geschätzt hatte. Vielleicht sechzig. Seine Haut war runzlig, und obwohl er schlank und muskulös war, hatte er dunkle Ringe unter den Augen.

»Aber wieso?«

Er zog eine Grimasse und zuckte mit den Schultern. »Das ist mein Job, sonst nichts.«

Ich blinzelte. »Mir nachzuspionieren?«

Ungerührt sah er mich an. »Ihnen. Ihr.«

Ich zögerte. Alles an seiner Art war unverblümt. Es war unmöglich, ihm nicht zu glauben. Aber das Auto, die Art, wie er hier Stunde um Stunde ganz allein saß, das alles ergab für mich keinen Sinn.

»Sind Sie Polizist?«

Er zog eine Augenbraue hoch. »Nicht ganz, sagen wir so. Denen geht es um Gerechtigkeit. Das respektiere ich. So war ich auch mal. Aber jetzt nicht mehr. Jetzt geht es mir nur noch ums Geld. Verstehen Sie?«

»Ein Privatdetektiv?«, fragte ich.

»Wenn Sie so wollen. Das haben Sie gesagt.«

Ich biss mir auf die Lippen. Irgendetwas hatte er an sich, etwas Kantiges, Düsteres.

Ich nickte in Richtung Haus. »Wo sind sie?«

»Nicht da.«

Ich kniff die Augen zusammen und dachte an Anna. »Aber geht es ihnen gut? Sind sie in Sicherheit?«

Er nickte. »Einigermaßen. Heute kommen sie nicht

mehr nach Hause. Es ist Freitag. Sie übernachtet bei ihrer kleinen Freundin.«

»Clara?«

»Rattenschwänze. Ein dünnes Mädchen. Kommt jeden Tag nach der Schule mit hierher, bis ihre Mutter sie abholt.«

»Das ist Clara. Clara Higgins.«

»Okay.« Er wirkte, als machte er sich in Gedanken eine Notiz, archivierte eine neue Information. »Jedenfalls ist Freitag, da wird zurückgezahlt. Verstehen Sie? Sobald die Mutter von der Arbeit kommt, marschieren sie dorthin. Es gibt Wein, Pizza, einen Film, damit revanchiert sie sich fürs Babysitten.«

Die Ausdrucksweise missfiel mir. »Ich glaube nicht, dass sie das so sehen.«

»Das sollten sie aber«, sagte er. »Alles hat seinen Preis. Sogar Freundschaft. Vergessen Sie das nicht.«

Ich blinzelte nachdenklich. »Aber wenn die Wilsons nicht da sind, was machen Sie dann hier? Worauf warten Sie?«

»Auf Sie.«

KAPITEL 31

Schweigen.

Er schien meine Verwirrung zu bemerken. Er regte sich nicht, betrachtete mich bloß. Woher wusste er, dass ich heute Abend hierherkommen würde? Ich hatte es selbst nicht gewusst. Machte er sich über mich lustig? Ich verstand es nicht.

Nach einer Weile verlagerte er sein Gewicht auf dem Fahrersitz und sagte: »Sind Sie fertig? Bin ich jetzt dran mit Fragenstellen?«

Ich stieß mit dem Fuß gegen die Autotür, und sie ging einen Spalt weiter auf.

»Was für Fragen?«

»Was für eine Beziehung hatten Sie zu Mr Wilson?«

»Keine.« Ich sagte es zu heftig. Zu offensichtlich. Ich spürte, wie ich errötete. »Wir waren Kollegen, sonst nichts.«

»Nur Kollegen«, sagte er ruhig. Was wusste er? »Klar.«

Ich zögerte, stotterte. »Na ja, und irgendwie auch Freunde. Ich war manchmal bei seiner Schreibgruppe, und hin und wieder sind wir etwas trinken gegangen.«

Er schüttelte den Kopf und sah mich traurig an, als versuchte er mit aller Kraft, freundlich zu mir zu sein, und ich hätte ihn enttäuscht.

»Miss Dixon.«

Ich zuckte zusammen. Ich hatte nicht erwartet, dass er mich beim Namen nennen würde.

»Ich bin nicht die Moralpolizei. Ob Sie und Wilson

aufeinander abgefahren sind, ob Sie eine Affäre hatten, ganz ehrlich, das interessiert mich nicht. Man lebt nur einmal, stimmt's? Also, das hätten wir geklärt. Ehebruch ist keine Straftat, jedenfalls nicht, dass ich wüsste. Wir sind alle erwachsen. Aber verraten Sie meiner Frau nicht, dass ich das gesagt habe, okay?«

Seine Lippen verzogen sich zu einem schiefen Lächeln. Ich fragte mich, ob er wirklich eine langmütige Ehefrau hatte oder ob das nur ein Psychospielchen war. Wie es wohl war, mit ihm verheiratet zu sein? *Bestimmt fühlt man sich immer sicher.* Er hatte etwas Raues an sich, und ich war mir sicher, dass er nicht zögern würde, um seine Liebsten, seine Ehre zu verteidigen. Im Rahmen des Gesetzes oder außerhalb. Ich betrachtete das Einhorn mit der Regenbogenflanke. Vielleicht war er wirklich ein Familienvater. Vielleicht hatte er erwachsene Kinder oder sogar eine Enkeltochter.

Ich würde nichts zugeben. So dumm war ich nicht. Aber wie ich hier so neben ihm saß, hatte ich den Eindruck, dass ich ihm gar nicht viel zu erzählen brauchte. Er schien die Antworten alle schon zu kennen. »Ich weiß nicht, was Sie meinen«, sagte ich.

»Natürlich nicht.« Er seufzte, ließ das Buch ins Seitenfach der Tür gleiten und drehte sich vollständig zu mir um. »Ich frage mich, wie gut Sie Ralph Wilson kannten, Miss Dixon. Ich meine, wirklich kannten.«

Ich antwortete nicht.

»Haben Sie ihm vertraut?« Er schüttelte traurig den Kopf. »Er bedeutete Ärger, Miss Dixon. Manche Männer können einfach nicht anders, glaube ich. Eine Frau reicht ihnen nicht. Es ist ihnen egal, wen sie verletzen. Und je riskanter es wird, umso mehr Spaß macht es ihnen.«

Ich starrte ihn an. Ich wollte sagen, dass er Unsinn redete, dass Ralph nicht so war. Doch dann dachte ich ans Theater und unseren blöden Streit. Seine Ausrede, die mich ins Herz getroffen und nicht mehr losgelassen hatte. Er wollte in der Öffentlichkeit nicht mit mir gesehen werden. Ich war ein schmutziges Geheimnis, das seine Familie kontaminieren könnte. *Jemand könnte uns sehen und es meiner Frau erzählen.*

Warum hatte ich keinen größeren Aufstand gemacht? Ihn gefragt, woran ich bei ihm war? Ich wusste warum. Weil ich Angst hatte, ihn zu verlieren.

Ich stellte mir Ralph, meinen Ralph, mit anderen Frauen vor. Vielleicht mit Olivia. Ich hatte bemerkt, wie er sie ansah, wie sein Blick über ihre langen Beine wanderte. Und mit *ihr*, die sich schamlos an ihn herangemacht hatte, nachdem er mich verlassen hatte.

»Sie haben etwas Besseres verdient, Miss Dixon.« Er musterte mich. »Wirklich.«

Ich beugte mich vor, auf einmal war mir schwindelig. War Ralph wirklich ein *Typ*, ein notorischer Frauenheld, der nicht anders konnte? Das hörte ich nicht gern. Hatte er mich wirklich nie so sehr geliebt wie ich ihn?

Der Mann neben mir deutete auf den Gehweg, wo uns ein Greis mit einem Rollator entgegenschlurfte. »Sie sollten vielleicht die Tür zumachen«, sagte er. »Der arme Kerl kommt sonst nicht vorbei.« Er lächelte schief. »Außerdem zieht es fürchterlich.«

Ich schloss die Tür und saß still da, schaute auf die Windschutzscheibe und das Einhorn in meinem Blickfeld. Ich wartete, bis der alte Mann an uns vorbeigezockelt war, dann drehte ich mich wieder zu ihm um. Er sah mich an, beobachtete, wie sich die Rädchen in meinem Kopf drehten, und wartete darauf, was ich als

Nächstes sagen würde. Ich hatte das Gefühl, dass nichts und niemand ihn jemals überraschen konnte.

»Für wen arbeiten Sie?«

Er nickte, wie um zu sagen: *Das ist mal eine vernünftige Frage.*

»Versicherungsleute.« Er hielt den Blick auf mich gerichtet. »Lebensversicherung. Wie ich schon sagte, mir geht es nur ums Geld. Und ich verrate Ihnen ganz umsonst etwas über Versicherungsgesellschaften. Erstens: Sie zahlen, wenn sie gar nicht anders können, aber lieber ist es ihnen, wenn nicht. Zweitens: Sie sind nicht nett. Sie sind bereit, viel Geld auszugeben, wenn sie damit eine Auszahlung verhindern können. Tja, Pech.«

»Deswegen sind Sie also hier?« Ich zögerte. »Um zu verhindern, dass Helen Geld bekommt?«

Er sah mich nachdenklich an, als verwandelte ich mich in eine vielversprechende Schülerin. »Ist alles noch ganz am Anfang. Ich bin hier, um mich mal umzusehen. Sie hat die Beiträge für seine Police eingestellt, verstehen Sie? Hat eine Vermisstenanzeige aufgegeben. Das ist das erste Stadium. Also möchte die Versicherungsgesellschaft herausfinden, was passiert ist, bevor es weitergeht. Als Nächstes wird sie die Auszahlung beantragen.« Er zuckte mit den Achseln, als er meinen Blick auffing. »Ist ein hartes Business, aber ich muss ja auch essen. Fragen Sie meine Frau.«

»Aber Helen braucht das Geld, verstehen Sie? Sie arbeitet nicht. Und sie hat Anna.«

Er nickte. »Als ob ich das nicht wüsste.«

Ich biss mir auf die Lippe. »Selbst wenn er, na ja … nicht immer treu war …«

»Sprechen Sie weiter.«

»Was hat das mit seiner Lebensversicherung zu tun?

Sie würden trotzdem zahlen müssen, oder nicht? Irgendwann.«

Er riss die Augen auf. »Ach, wenn Sie wüssten. Es gibt jede Menge Schlupflöcher. Ich muss bloß eins finden.«

Meine Stimme wurde scharf. »Haben Sie kein Gewissen? Ist es Ihnen wirklich egal, wie Sie Ihr Geld verdienen? Würden Sie wirklich verhindern, dass eine trauernde Witwe und ihre kleine Tochter das Geld bekommen, das sie brauchen?«

»Wie ich schon sagte, ich muss auch essen.« Er wirkte nicht beleidigt, bloß nachdenklich, als versuchte er, meinen plötzlichen Wutausbruch einzuordnen und zu verstehen. »Und ich frage mich ... trauernde Witwe?« Er zog fragend eine Augenbraue hoch.

Ich zögerte, mein Puls beschleunigte sich.

»Irgendwas an dieser Vermisstengeschichte«, sagte er vorsichtig, »ich weiß nicht, irgendetwas stimmt da nicht. Verstehen Sie, was ich meine?«

Eine Weile hing die Stille schwer zwischen uns. Er saß reglos da, und obwohl ich ihm so nah war, gab er kein Geräusch von sich. Das war seine Superkraft. Er konnte sich minutenlang, stundenlang, tagelang in einen Stein verwandeln, wenn es sein musste. Wie sachlich er war, wie wissend. Es ging ihm nicht um Gerechtigkeit, hatte er gesagt. Nur ums Geld. War er ein Mann, der alles tun würde, wenn der Preis stimmte und das Risiko gering genug war? Ich vermutete Ja.

Mir hingegen pochte der Puls in den Ohren, und meine Finger zuckten auf dem harten Sitz.

Schließlich sagte er: »Erstens wurde immer noch keine Leiche gefunden. Bis dahin werden wir nicht wissen, was tatsächlich passiert ist. Und dann ist da die Ehefrau, Mrs W.«

»Was ist mit ihr?«

»Ihr Alibi.« Er machte eine Pause. »Es ist ein bisschen windig, wenn Sie den Ausdruck verzeihen.«

Ich blinzelte und wandte mich ab. Das war zu viel. Ich wollte aussteigen, nach Hause fahren, mir ein großes Glas Wein eingießen und einfach nur den allwissenden Augen dieses Mannes entkommen. Aber ich musste es wissen. Ich musste verstehen, wie viel er wirklich wusste. Sonst würde ich mich nie wieder sicher fühlen.

Ich dachte an Helen, wie sie in der Tür stand und mich ungläubig ansah – wie sie sich heulend über seinen Körper geworfen hatte. Wie sie sich gezwungen hatte, sich zu beruhigen, ihren Verstand zu benutzen, während ich mich in die Gästetoilette übergab. Wie wir mit Ralphs Leiche an die Küste gefahren und hinausgesegelt waren, um sie zu entsorgen.

»Was für ein Alibi?«, fragte ich.

Er seufzte. »Sie war bei einer Abendveranstaltung in der Schule. Das steht außer Frage. Dutzende Leute haben sie gesehen. Ihr Mann war mit der Tochter zu Hause. Dann kam sie zurück und hat übernommen. Eine andere Mutter hat sie nach Hause gebracht. Die Mutter von der Freundin. Clara Higgins, sagten Sie?«

Ich nickte.

»Also, Mrs W. sagt, ihr Mann sei gegangen, sobald sie zur Tür hereingekommen sei. Er musste schon auf sie gewartet haben, bereit, gleich aufzubrechen. Sie war eine hingebungsvolle Mutter, das sagen alle. Hyperkorrekt. Kein Risiko. Alles wie im Lehrbuch. Sie hätte eine Siebenjährige niemals zu Hause alleingelassen, stimmt's?«

Ich nickte wieder. Er musterte mich scharf. »Und dann sind da diese Nachrichten?«

»Nachrichten?«

»Seine Frau hat ihm eine Flut von Nachrichten geschickt, manche nicht einmal zehn Minuten auseinander. Wir haben sie alle. Sie fängt höflich und ein bisschen entschuldigend an, fragt, wohin er gegangen und ob alles okay sei. Typisch Ehefrau eben.« Er verzog wissend das Gesicht. »Dann fängt sie an, sich Sorgen zu machen. Am Ende wird sie sogar richtig panisch.«

Ich rührte mich nicht. Mein Mund war staubtrocken.

Er zögerte, ließ mich nicht aus den Augen. »Die Sache ist die, sie wurden alle von zu Hause aus verschickt, beginnend ungefähr zwanzig Minuten, nachdem Mrs Higgins sie abgesetzt hat. Alle vom gleichen Sendemast. Also war sie den ganzen Abend zu Hause. Die Polizei hat sie als Verdächtige ausgeschlossen. Sie werden bald das Interesse an dem Fall verlieren. Sie werden es zum Selbstmord oder Unfall erklären, ob mit Leiche oder ohne, und den Fall zu den Akten legen. Der Kerl ist ein bisschen deprimiert, trinkt zu viel, macht einen langen Spaziergang und irgendetwas geht schief. Und wissen Sie, was das bedeutet? Dann dauert es nicht mehr lange, bis das Gericht ihn für tot erklärt, und Mrs W. bekommt das Geld ausgezahlt, verstehen Sie?«

Es fiel mir schwer, das alles aufzunehmen. Wie konnte Helen all diese Nachrichten von zu Hause schreiben, wenn sie doch mit mir an der Küste war? Selbst wenn Anna wach gewesen war und dieses Spiel mitgespielt hätte, sie war sieben und eine mittelmäßige Schülerin. Sie konnte kaum schreiben. Und Bea Higgins musste schon längst zu Hause gewesen sein und die Babysitterin abgelöst haben, die auf Clara aufpasste.

»Aber wissen Sie, was mich an der Sache am meisten stört?«

Ich schüttelte den Kopf.

»Er war ein Mann, der es mit der Treue nicht so genau nahm.« Er hob eine Hand, als wollte er mich zum Schweigen bringen. »Nichts für ungut. Ich verurteile ihn nicht. Es tut mir leid, aber nach allem, was ich gehört habe, nach dem Gerede an der Schule, scheint mir die Sache völlig klar. Warum also sollte seine Frau so überrascht sein, wenn er mal für ein paar Stunden verschwindet? Machte er das nicht ständig? Bestimmt.«

Er beugte sich vor, seine grauen Augen funkelten im schwachen Licht. »Also warum schickt sie so viele Nachrichten? Es fühlt sich einfach ein bisschen zu glatt an, finden Sie nicht? Als ob sich jemand zu große Mühe gibt. Verstehen Sie?«

Galle stieg mir in der Kehle auf. Ich musste hier weg, allein sein, in Ruhe über alles nachdenken, was er gesagt hatte, und versuchen herauszufinden, was er wirklich wusste. Ich wandte mich ab und stieß die Autotür auf.

»Ehe Sie gehen«, sagte er und legte mir eine warme, starke Hand auf die Schulter. »Sind Sie sicher, dass es nichts gibt, was Sie mir sagen möchten?«

Ich drehte mich mit weit aufgerissenen Augen zu ihm um und schüttelte den Kopf.

Er nickte, langsam und bedächtig, dann nahm er die Hand von meiner Schulter. *Diese Augen!*

»Habe ich mich eigentlich vorgestellt? Ich glaube nicht. Mike. Mike Ridge.«

Er hielt mir die Hand hin. Sie war fest und stark, eine Hand, mit der er mich problemlos hätte erwürgen können. Ich schauderte.

Er griff in seine Innentasche und holte eine Visitenkarte hervor. »Falls Sie in Schwierigkeiten stecken sollten, so wie der gute alte Ralph – in irgendeinem Loch, das so tief ist, dass Sie fürchten, nie wieder herauszukommen –, rufen Sie mich an. Vielleicht kann ich Ihnen helfen.« Er schenkte mir ein letztes, schmales Lächeln. »Zumindest wenn der Preis stimmt.«

Ich schnappte mir die Karte. Das Letzte, was ich sah, als ich panisch aus dem Auto kletterte, war der heilige Christophorus, der an seiner Kette baumelte, und das Einhorn, das ununterbrochen mit dem behornten Kopf nickte.

KAPITEL 32

Ich betrank mich, mehr konnte ich nicht tun. Nachdem ich nach Hause gerast war, hatte ich mit den glänzenden neuen Schlüsseln die Wohnungstür verriegelt und die Sicherheitskette eingehängt. Jetzt hockte ich mit einer Decke auf dem Sofa und trank Rotwein.

Mikes Visitenkarte lag auf dem Couchtisch neben der sich leerenden Flasche und dem Schulfoto. Ich hatte es umgedreht, damit ich es nicht ansehen musste. Im Moment konnte ich es nicht ertragen, wollte nicht darüber nachdenken, was es zu bedeuten hatte.

Ich dachte an Helen und Bea, die zusammen zu Abend aßen, vielleicht einen Film schauten. Ralphs Frau war so eine Loserin, so ein Kontrollfreak, mit ihrem hübschen Haus und den thematisch sortierten Bücherregalen, jede Abteilung alphabetisch geordnet. *Einmal Bibliothekarin, immer Bibliothekarin*, hatte Ralph einmal gesagt, als ich ihn darauf angesprochen hatte. Viel mehr hatte er nie über sie gesagt, er hatte von Anfang an deutlich gemacht, dass sie ein Tabuthema war.

Zu dieser Zeit war ich bloß froh gewesen, dass die beiden so unterschiedlich waren. Ich hatte nie verstanden, was ein romantischer Bohemien wie er jemals an dieser verklemmten Frau mit dem Geist eines Buchhalters gefunden hatte.

Und auch jetzt wunderte ich mich wieder über sie. Wie oft schon hatte ich sie in der Schule gesehen, diese Frau mit den gepflegten Haaren, immer etwas altmodisch, aber vorzeigbar gekleidet, die mit geradem Rücken auf dem Sofa der Schulbibliothek saß und einer Prozession von Kindern beim Vorlesen zuhörte. Und zur Belohnung ihre kleinen Aufkleber verteilte.

Ich hatte sie als unwichtig abgetan. Eine Kleinstadt-Bibliothekarin, die zu einer Hausfrau und Mutter mit Eheproblemen geworden war. Ich machte sie für Ralphs Affäre mit mir verantwortlich. Es war ihre Schuld, wenn sie ihm nicht genug war.

Ich setzte das Glas an die Lippen und trank. Der Wein war schwer und berauschend. Mein leerer Magen protestierte gluckernd. Wie hatte sie nur ihre Spuren verwischt, wenn Mike recht hatte? Und wie um alles in der Welt hatte sie diese Nachrichten verschickt?

Als ich mich im dunklen Zimmer umschaute, sah ich Mikes Augen vor mir, kühl und grau und allwissend. Konnte ich ihm trauen? Nein, »trauen« war nicht das richtige Wort. Natürlich traute ich ihm nicht. Er war ein Diener der Finsternis, ein Mann, der für Geld alles tat. Das hatte er selbst gesagt.

Aber ich glaubte ihm. Er war einschüchternd, weil er so direkt, so authentisch war. Er verschwendete keine Energie mit Finten. Ich weiß nicht, wieso ich mir da so sicher war, ich wusste es einfach.

Eindeutig verdächtigte er mich. Er wusste schon viel zu viel über mich und meine Affäre mit Ralph. Ich fragte mich bloß, was er noch wusste. Ob er eine Ahnung hatte, was Ralph noch getan hatte.

Ich hatte oft darüber nachgedacht, wie alles geendet hatte. Was er kurz vor seinem Tod getan hatte, war falsch, schrecklich falsch. Ich hätte es ihm niemals zugetraut. Aber ich hätte zu ihm gehalten, wenn er bloß ehrlich zu mir gewesen wäre. Wenn er mich reumütig um Verzeihung gebeten hätte, dann hätte ich ihm geholfen, einen Ausweg zu finden.

Das Gefühl, es könnte enden, hatte ich zum ersten Mal dort, wo alles angefangen hatte, bei der Schreibgruppe.

Es sollte eine Gruppe nur für Lehrkräfte sein. Das war von Anfang an klar gewesen. Ich weiß noch, wie ich Ralphs Ankündigung am Schwarzen Brett der Lower School las, als sie zu Beginn des Schuljahrs dort aufgehängt worden war. Sie fiel ins Auge, mit den kleinen Fotos von berühmten Schriftstellern, die ein großes Fragezeichen bildeten, hinter den Worten: *Schreibst du gern?* Die Schülerinnen und Schüler hatten ihre eigenen Clubs und Gruppen und Workshops. Die hier war für uns, fürs Kollegium. Sie fand nur deshalb in einem Klassenraum statt, weil es so praktischer war.

Seit Ralph und ich zusammen waren, kam ich nur noch unregelmäßig zu den Treffen. Zum einen, weil ich nur Augen für Ralph hatte, und er für mich, und ich befürchtete, alle anderen würden uns unser Geheimnis sofort anmerken, vor allem, wenn er vorlas. Er gab mir immer das Gefühl, als hätte er alle seine Liebesgedichte allein für mich geschrieben. Dazu kam die unangenehme Tatsache, dass ich selbst nicht schrieb. Es war keine Voraussetzung, und ich war nicht die Einzige, die nur zum Zuhören kam, aber ein- oder zweimal waren wir auch schon aufgefordert worden, unsere Schüchternheit zu überwinden und selbst etwas vorzulesen – und irgendjemand hatte sogar einmal eine Stegreif-Schreibsession vorgeschlagen. Allein bei dem Gedanken wurde mir heiß vor Scham.

Aber gegen Ende Januar bekam ich Angst. Ralph hatte

sich mir gegenüber verändert. Seine Nachrichten kamen seltener, und wenn ich ihm schrieb, dauerte es manchmal Stunden oder sogar Tage, bis er antwortete. Wenn er mich besuchte, legte ich mich für ihn ins Zeug, besorgte das teuerste Essen und den besten Wein, den ich mir leisten konnte, und wenn er sich mit stumpfem Blick aufs Sofa setzte, massierte ich ihm die Schultern oder die Schläfen, um seine Verspannungen zu lösen. Sein Interesse, mit mir zu schlafen, schien auch nachgelassen zu haben. Ganz eindeutig hatte er anderes im Kopf.

Ich litt darunter und beschloss schließlich, wieder regelmäßig zur Schreibgruppe zu gehen, einerseits, um Zeit mit ihm zu verbringen, und andererseits, um ihm zu zeigen, wie sehr ich seine Gedichte liebte, eine seiner großen Leidenschaften. Davon verriet ich ihm vorher nichts. Ich wollte sein Gesicht sehen, wenn ich hereinkam, wollte seine Überraschung genießen.

An dem Morgen wählte ich meine Kleidung besonders sorgfältig aus, meinen schönsten Bleistiftrock und eine rosa Bluse. Den ganzen Tag lang hatte ich Schmetterlinge im Bauch, während ich versuchte, mich auf den Unterricht zu konzentrieren. Freudig erregt, genau so sollte eine Frau sich vor einem besonderen Date fühlen. Mehrmals griff ich nach meinem Telefon und dachte darüber nach, ihm eine Nachricht zu schreiben. Jedes Mal schob ich es zurück in meine Tasche und lachte mich aus. Ich war so schlecht darin, Überraschungen zu machen, aber ich war entschlossen, diese durchzuziehen.

Nach der letzten Stunde blieb ich im leeren Klassenraum zurück, anstatt ins Lehrerzimmer zu gehen. Es roch nach Kleber und Desinfektionsmittel, nach Wachsmalstiften und Farbe. Ich schloss die Tür, räumte die Leseecke auf und wischte die Basteltische sauber. Anschließend verzog ich mich an mein Lehrerpult und korrigierte einen Stapel Drittklässler-Aufsätze, bis auch an der Upper School endlich Schulschluss war und ich den Hügel hinaufeilen konnte.

Ich zwang mich, langsam zu laufen, damit ich frühestens nach der ersten Lesung eintraf, eine Ehre, die meistens Ralph vorbehalten war, weil es seine Gruppe war. Den ganzen Weg über den Korridor pochte mein Herz. Es war eine schmerzhafte Nervosität, wie wenn man nach jemandem sucht, der sich versteckt. Jemand, der jeden Moment hervorspringen und dich erschrecken könnte. Aber auch Vorfreude. Ich dachte daran, wie ich das allererste Mal nach der Gruppe gesucht hatte, wie er seine Lesung unterbrochen hatte und an die Tür gekommen war, nach mir gerufen hatte und mich so herzlich hereingebeten hatte. Und dann für mich gelesen hatte. Nur für mich.

Als ich beim Klassenraum ankam, passierten mehrere Dinge zugleich. Ich griff nach der Türklinke und bemerkte mit Schrecken, dass nicht Ralph las, sondern eine junge Frau mit einem blonden Bob. Sie saß auf der Kante des Lehrertisches und trug einen absurd kurzen Rock, der durch ihre Haltung noch höher rutschte und unter dem endlos lange Beine zum Vorschein kamen. Die Füße in den flachen Schuhen hatte sie unbekümmert auf die Sitzfläche eines Holzstuhls gelegt. Ralph, der direkt neben ihr saß, wirkte gefesselt. Er betrachtete sie mit einem hingerissenen Ausdruck, geradezu verzückt.

Als ich hereinkam, drehte er sich um, doch statt Freude sah ich Verärgerung über sein Gesicht huschen. Er bedeutete mir ungeduldig, mich zu setzen, dann drehte er sich wieder um und bewunderte die junge Frau.

Ich ließ mich auf einen Stuhl fallen und unterzog sie

einer ausführlichen Musterung. Ich hatte sie noch nie gesehen. Vielleicht eine Tutorin oder eine Lehramtsanwärterin? Ihre Stimme war stark und selbstbewusst, als sie ihr Gedicht vorlas, ihre Haut so rein, dass sie beinahe durchscheinend wirkte. Sie trug kein Make-up. Die Hand, in der sie das Gedicht hielt, zitterte ein wenig. Sie hatte lange, schmale Finger und ordentliche Nägel. Kein Nagellack. Keine Ringe.

Als sie zum Ende kam, ließ sie das Blatt sinken und schaute mit einem verhaltenen Lächeln in die Runde, ihre großen blauen Augen wirkten nervös.

Sofort riss Ralph die Hände hoch und klatschte. »Bravo!«

Die etwa sechs anderen im Raum fielen halbherzig in den Applaus ein. Ich schüttelte den Kopf, angewidert und peinlich berührt. Wir applaudierten in der Gruppe nicht. Nie.

Ralph streckte eine Hand aus und half ihr vom Tisch, als wäre er ein Ritter, der ihr beim Absitzen half.

»Wunderbar, Meg. Ganz toll.«

Meg? Meine Eingeweide verknoteten sich.

Er geleitete sie zu einem Platz neben Olivia, als überreichte er ihr einen Schatz, auf den sie aufpassen sollte. *Wozu dieser Aufwand?*

Als er sein eigenes Gedicht vorlas, sprach er zu der gegenüberliegenden Wand, erklärte seine unerwiderte Liebe irgendeinem Punkt oberhalb der Karte der Vereinigten Staaten von Amerika. Ich war wie erstarrt, hörte elend zu und kam mir völlig missachtet vor. Nicht einmal Olivia, die hin und wieder der jungen Frau neben ihr etwas zuflüsterte, ließ sich dazu herab, in meine Richtung zu schauen.

Am Ende der Sitzung blieb ich an meinem Platz und

wartete ab, was passieren würde. Ich wollte nicht gehen, ohne mit ihm gesprochen zu haben, ohne herausgefunden zu haben, wer diese junge Frau war.

Ralph, ganz Gentleman, half ihr in den Mantel und fragte sie, wie es ihr gefallen habe.

Ich sah zu, ging nicht. Als er sie zur Tür begleitete, folgte ich ihm.

»Ralph?«

Endlich drehte er sich um, gezwungen, mich zu beachten.

Ich streckte der jungen Frau die Hand hin. »Hi. Laura Dixon. Ich glaube, wir kennen uns noch nicht?«

Immerhin errötete sie und zögerte, schaute auf meine Hand, als wüsste sie nicht, was sie tun sollte. Ralph schaltete sich ein: »Das ist Megan aus meinem Englischkurs. Sie ist gerade in Edinburgh angenommen worden, zum Englischstudium, natürlich.« Er lächelte sie an. »Sie ist eine sehr talentierte Dichterin.«

Sie blickte zu ihm auf, als er sie lobte, als wäre er ein Prinz. *Ihr Prinz.* Ich ballte die Hände zu Fäusten.

»Schön, Megan.« Ich brachte die Worte kaum heraus. »Gut gemacht. Du hast bestimmt hart dafür gearbeitet.«

Ralph gelang es, den Blick lange genug von ihr zu lösen, um mich anzusehen.

»Tut mir leid. Wir müssen los.« Er schaute mich entschuldigend an. »Ich habe Megan versprochen, sie nach Hause zu bringen.«

Ich starrte ihnen nach, als sie zusammen den Parkplatz ansteuerten, wo Ralphs Auto stand. Ich stellte mir vor, wie sie mit diesen langen Beinen auf den Beifahrersitz glitt, der Rock noch ein Stück höher rutschte und er die Hand ausstreckte und darüberstreichelte. *Ah, sie hat Beine!*

Auf der Heimfahrt legte ich das Telefon auf den Beifahrersitz und wartete auf eine Nachricht. Nichts. Zu Hause marschierte ich in meiner Wohnung auf und ab, öffnete eine Flasche Wein und trank. Mein ganzer Körper war steif vor Wut. Wie konnte er mich nur so demütigen? Mit einer Schülerin! Einer Schülerin aus seinem Kurs. War er verrückt geworden? Was dachte er sich dabei? Wenn das herauskam, würden sie ihn auf der Stelle feuern.

Nach und nach, als der Wein sich meiner Sinne bemächtigte, schmolz der Zorn dahin und wich Elend. Ich wälzte mich auf dem Sofa, auf dem Bett, auf dem Boden, in Tränen aufgelöst, verzweifelt. *Ralph, war es das jetzt? Bist du tatsächlich weitergezogen?*

Um zwei Uhr morgens, ich hatte noch nicht geschlafen, knickte ich ein und schickte ihm eine Reihe unzusammenhängender Nachrichten.

Ich liebe dich. Tu das nicht.

Sie ist so jung, viel zu jung für dich.

Verstehst du das nicht? Die machen dich fertig, wenn das rauskommt. Du wirst nie wieder unterrichten.

Bitte, tu das nicht.

Ich liebe dich so sehr.

Schweigen und noch mehr Schweigen.

KAPITEL 33

Die Liebe machte mich unvernünftig. Vielleicht hätte ich mehr wie Helen sein und einfach abwarten sollen. Wenn ich nichts gesagt hätte, wenn ich nichts getan hätte, dann wäre seine Schwärmerei vielleicht einfach verflogen. Megan hätte sowieso bald ein neues Leben in Edinburgh angefangen.

Aber ich konnte nicht. Außerdem war es einfach falsch. Sie war ein Kind, eine Schülerin. Er war ihr Lehrer. Das war Missbrauch, schlicht und einfach. Es würde ihn noch ruinieren.

Nach diesem Abend hörte ich tagelang nichts von ihm. Jede Minute tat mir weh. Ich konnte nicht schlafen. Ich konnte kaum essen. Das Gesicht, das mir jeden Morgen aus dem Spiegel entgegenblickte, war verhärmt.

Elaine und Hilary tuschelten miteinander, wenn ich allein im Lehrerzimmer saß und so tat, als würde ich ein Buch lesen. Irgendwann nahm Elaine mich beiseite und sagte, sie mache sich Sorgen um mich. Ob alles in Ordnung sei?

Ich ging zu meiner Ärztin, nur um Elaine zu beruhigen und ihnen keinen weiteren Grund zum Reden zu geben.

»Ich kann nicht schlafen«, sagte ich zu der Ärztin. »Ich habe Panik. Ich brauche etwas, um meine Nerven zu beruhigen.«

Sie untersuchte mich oberflächlich, setzte sich dann schwerfällig hin, sah mich nüchtern an und gab in den verbleibenden zwei Minuten des zehnminütigen Gesprächs ihr Bestes, eine Verbindung zu mir aufzubauen.

»Ich kann Ihnen etwas verschreiben, das Ihnen vielleicht hilft«, sagte sie. »Aber das ist keine Dauerlösung. Wenn es tieferliegende Ursachen gibt …«

Das Wort »Depression« hing unausgesprochen zwischen uns.

Ich ging mit einem Rezept, dem Versprechen, in drei Monaten wiederzukommen, und einem Stapel Broschüren über gesunde Ernährung, Stressbewältigung und Beratungsangebote. Beim Hinausgehen warf ich sie in den Papierkorb.

Ich schrieb ihm jeden Abend. Nach einem oder zwei Gläsern Wein wurde der Schmerz unerträglich. Meine Nachrichten waren unzusammenhängend. Flehend. Ich erniedrigte mich selbst. Das wusste ich, und ich hasste ihn dafür. Ich hasste sie. Meine Vorstellungskraft zeichnete Bilder von den beiden zusammen. Sein kräftiger, mittelalter Körper, ihr unreifer, die reine weiße Haut, die festen Brüste, die Beine. Es war obszön.

Ich quälte mich. Das konnte er nicht machen. Es wäre schon schlimm genug gewesen, wenn er mich für eine andere Frau verlassen hätte, eine Erwachsene. Aber das hier, dieser Wahnsinn, das war keine Liebe, das war strafbar.

Ich schickte ihm alle möglichen Nachrichten. Wütende. Drohende. Bettelnde. Aber meistens, spät in der Nacht, verzweifelte und liebevoll vergebende.

Bitte. Ich liebe dich. Ich tue, was du willst. Antworte mir. Komm her und besuch mich. Wir müssen darüber reden. Bitte.

Ein endloser Kreislauf aus Tadeln und Schmeicheln. Eine Nachricht nach der anderen, in den luftleeren Raum. Ich fragte mich, ob er seine Romeo-Nummer überhaupt noch benutzte oder ob er sie weggeworfen hatte. Vielleicht hatte er sich für sie ein neues Prepaid-Handy zugelegt. Für Megan. Ich fragte mich, welchen Namen er bei ihr benutzte.

Sein Schweigen war Folter.

Das Einzige, was mich aufrecht hielt, waren die Tabletten. Ich stockte auf, bat um Folgerezepte, bevor ich sie aufgebraucht hatte, und deponierte sie überall, immer in Reichweite, in meiner Handtasche, im Auto, im Badezimmerschrank, im Nachttischchen.

Ich war nicht dumm, nahm nie mehr als zwei auf einmal. Ich hatte die Warnungen im Beipackzettel gelesen. Aber ich brauchte sie. Sie waren die einzige Möglichkeit für mich, nachts ein wenig Schlaf zu bekommen.

KAPITEL 34

Mitte Februar. Trimesterferien. Eine Woche schulfrei.

Ich wusste schon, dass Ralph mit seiner Familie Urlaub in Portugal machen wollte. Helen mit ihrer Bibliothekarinneneffizienz buchte immer mindestens ein Jahr im Voraus. Seit letztem Herbst, als Ralph und ich zusammengekommen waren, hatte ich mich davor gefürchtet. Ich hatte mir vorgestellt, wie verlassen ich mich fühlen würde, während sie zusammen weg waren, bei Kerzenschein zu Abend aßen, sich eine Flasche Wein teilten und mit Anna einen auf glückliche Familie machten. Obwohl ich wusste, dass ihre Ehe nur Fassade war, würde es mir wehtun.

Inzwischen war ich beinahe froh darüber. Wenn er eine Woche fort von mir war, dann war er immerhin auch fort von ihr, von Megan. Wenigstens etwas.

Ich verbrachte die Woche zu Hause, las, machte lange Spaziergänge am Fluss und im Park, versuchte, nicht zu viel darüber nachzugrübeln, was passiert war, nicht an Ralph zu denken.

Die Narzissen sprossen, gelbe Spitzen unter den Bäumen entlang der Parkwege. Bald würden überall Knospen an den Büschen sein. Die noch schwachen Sonnenstrahlen lockten die Menschen hinaus ins Freie nach dem langen, kalten Winter. Ältere Ehepaare, dick eingepackt in Mantel und Schal, saßen auf den Bänken, behandschuht Hand in Hand, und sahen den Fluss vorbeiziehen. Junge Mütter ermutigten ihre Kleinkinder, aus den

Kinderwagen auszusteigen und auf dem Gras herumzu-
tollen, die Erde zu riechen. Dabei holten sich die Kleinen
runde nasse Flecken an den Knien, wenn sie hinfielen.

Ich war gerade auf dem Weg zurück zu meiner Wohnung, müde nach einem erfrischenden Spaziergang, und
überlegte, womit ich die verbleibenden Tage, ehe die
Schule wieder anfing, noch füllen könnte, da sah ich sie.
Megan. Ich blieb stehen, noch immer in einiger Entfernung, und trat vom Parkweg hinter einen großen be-
laubten Busch, um sie heimlich zu beobachten.

Mit einer Gruppe junger Leute in ihrem Alter saß sie
auf dem Gras. Sie hatten eine wasserabweisende Decke
und darüber einen Flickenteppich aus Jacken und Sweat-
shirts ausgebreitet. Etwa ein halbes Dutzend, Jungen und
Mädchen gemischt, saßen dort, umgeben von ihren Taschen, Dosen in der Hand. Softdrinks oder vielleicht
Alkohol, die Marke sagte mir nichts. Sie lachten und
redeten.

Um sie herum lagen aufgeschlagene Schulbücher, als
versuchten sie, sich selbst weiszumachen, dass sie zum
Lernen hier waren. Ganz eindeutig arbeiteten sie nicht.

Megan saß im Schneidersitz, die langen Beine mühe-
los gekreuzt, ohne Schuhe. Ihr blonder Bob wippte,
wenn sie sich ihren Freunden zuwandte, das Gesicht
fröhlich und voller Leben. Sie trug ein Trägertop, das für
die Jahreszeit viel zu dünn war, und ausgefranste Jeans.
Megan wirkte nicht wie eine Schülerin, sondern wie eine
junge Frau, bereit für die Uni, Unabhängigkeit, die Welt.

Ich zögerte, so viele Gefühle durchströmten mich bei
ihrem Anblick, sie war so jung, so unbeschwert, so selbstbewusst. Ich konnte mich nicht losreißen. Es war nicht
nur ihre Jugendlichkeit. Ich war auch einmal jung gewesen. Aber niemals war ich so gewesen wie sie. So ent-

spannt gegenüber den Menschen um sie herum, so natürlich, und – wie ich zugeben musste – so bezaubernd. Ich konnte nicht direkt an ihnen vorbeigehen, ich konnte es einfach nicht, aber ich war auch nicht bereit, mich zurückzuziehen und mir einen anderen Weg zu suchen, der etwas weiter oben zurück auf die Straße führen würde.

Ich stand immer noch da, zwischen den Bäumen und Büschen, als sie aufsprang, in ihre Schuhe schlüpfte, ihre Tasche nahm und gefolgt von einer anderen jungen Frau den Weg entlang direkt auf mich zukam. Ich konnte mich nicht rühren. Egal, was ich tat, sie würde mich sehen. Wenn ich aus dem Gesträuch hervortrat und versuchte, in irgendeine Richtung davonzugehen, würde sie wissen, dass ich mich dort versteckt hatte. Ich erstarrte.

Sie war schon fast auf meiner Höhe, als ich abrupt aus dem spärlichen Blattwerk trat. Ich hatte nicht geplant, sie anzusprechen. Später, als ich darüber nachdachte, kam ich zu dem Schluss, dass uns das Schicksal an diesem Nachmittag zusammengeführt hatte. Dass es hatte sein sollen.

Sie erschrak, als sie mich sah, und schlug sich eine Hand vor den Mund. Ihre Freundin, die hinter ihr lief, wäre fast in sie hineingerannt. Die beiden starrten mich an.

»Miss Dixon?« Ihre Augen waren groß und blau und glänzten in der Sonne.

»Megan«, sagte ich in meiner strengen Lehrerinnenstimme. Ich konnte nicht anders. Sie war eine Schülerin, nicht meine Freundin.

Das andere Mädchen, mit scharfen Gesichtszügen und kurzem Stoppelhaar, sagte: »Ist alles in Ordnung, Miss Dixon?«

Ich errötete. »Könnte ich kurz mit dir sprechen, Megan? Allein?«

Die Freundin grinste amüsiert. »Sollen wir uns da treffen?«

Megan nickte und schaute ihr nach, wie sie in Richtung Parkcafé davonging. Dann wandte sie sich wieder an mich. »Was ist denn los?«

Ich biss mir auf die Lippe. »Ich mache mir Sorgen um dich, Megan. Große Sorgen.«

Sie zog die Augenbrauen einen Millimeter hoch. Ich musste unglaublich alt auf sie wirken. Jenseits von Gut und Böse. Eine verbitterte alte Jungfer. Ich stellte mir vor, wie sie mich ihren Freunden gegenüber nachmachte, hier auf dem Gras. Vielleicht sogar Ralph gegenüber. Mein Magen verkrampfte.

»In welcher Beziehung stehst du zu Mr Wilson?«

Sie legte den Kopf schief. »Er ist mein Englischlehrer, Miss Dixon.«

»Das ist mir bewusst.« Mir war klar, wie absurd ich mich anhörte, wie verklemmt. Aber ich konnte nicht anders. Ich ballte an den Seiten die Hände zu Fäusten.

»Er wirkt dir … sehr zugetan.«

Sie zuckte die Achseln und wandte den Blick ab. Ich weiß nicht, was ich erwartet hatte. Vielleicht, dass sie verlegen wäre oder sogar reumütig. Dass sie in Tränen ausbrechen würde, weil ich sie durchschaut hatte, und mich anflehen würde, es niemandem zu verraten. Sie richtete die Augen wieder auf mich. Sie waren kalt.

Ich schluckte. »Du solltest vorsichtig sein. Du bist eine Schülerin. Ein Kind. Du weißt nicht, was du tust.«

Ihr Ausdruck wurde hart. »Ich bin fast siebzehn.« Sie zögerte. »Und außerdem geht Sie das nichts an.«

Mir zitterten die Knie. Ich sah sie vor mir, nackt, kühn

und verführerisch, wie sie sich um seinen Körper schlang. Ich wollte in ihr selbstzufriedenes Gesicht schlagen. »Verstehst du das nicht? Er ist dein Lehrer. Das ist Missbrauch. Dafür kann er ins Gefängnis kommen. Wenn das herauskommt, hast du ihn ruiniert.«

»Wenn was rauskommt? Wovon reden Sie eigentlich?« Sie drehte sich um und sah nach ihren Freunden, als wollte sie abschätzen, wie weit sie entfernt waren. »Was machen Sie hier überhaupt?«

»Ich gehe spazieren. Ich wohne hier in der Nähe.«

»Was für ein Zufall.« Sie presste die Lippen zusammen. »Für mich sieht es eher so aus, als spionierten Sie mir nach.«

Ich schnalzte ärgerlich mit der Zunge. »Mach dich nicht lächerlich.«

Sie warf ihr Haar zurück, das in der Sonne funkelte. »Dann stimmt es also, dass Sie in ihn verknallt waren? Er ist so was von über Sie hinweg. Fragen Sie ihn doch selbst, wenn Sie es nicht glauben.«

Sie schwebte davon, und ich starrte ihr nach, viel zu schockiert, um zu weinen.

KAPITEL 35

An die folgenden Wochen erinnere ich mich kaum. Die meiste Zeit war ich betrunken, denn nüchtern hielt ich es nicht aus.

Wenn ich die Augen schloss, sah ich Megan. Sie war eine Sirene, die ihn ins Verderben lockte. Das musste ein Ende haben.

Ich schrieb ihm immer häufiger. Flehte ihn an, mich zu besuchen, nur um zu reden.

Ich muss dich sehen, tippte ich. Ignoriere mich nicht. Ich liebe dich.

Doch als er aus dem Urlaub zurückkam, blieben meine Nachrichten nicht bloß unbeantwortet, er las sie nicht einmal mehr.

Ich tat alles, um ihn zu sehen. Wenn ich keinen Unterricht hatte, rannte ich den Hügel hinauf und wanderte durch die Korridore der Upper School, nur um einen Blick auf ihn zu erhaschen. Ich lungerte nach Schulschluss auf dem Parkplatz herum, um ihn abzufangen. Irgendwie gelang es ihm immer, mir aus dem Weg zu gehen.

Ich schrieb ihm an seine Privatadresse. Was blieb mir anderes übrig? Ich drohte ihm, Sarah Baldini zu informieren. Und dann würde ich der Schulbehörde schreiben und alles erzählen. Ich würde ihn auffliegen lassen. Er stehe unter großem persönlichen Druck, das verstehe ich, doch was er getan habe, sei trotzdem falsch. Er sei schließlich Lehrer und habe eine Fürsorgepflicht für seine Schüler. Er müsse die moralischen Standards auf-rechterhalten. Ob er das nicht sehe?

Endlich, nach ein paar Wochen, bekam ich eine Ant-wort von ihm. Kurz, aber genau das, worauf ich gehofft hatte. Er bat mich zu sich. In sein Haus.

Mir zitterten die Hände, als ich mich bereitmachte.

Ich tauchte nicht unangemeldet auf. Er hatte mich zu sich bestellt, mit einer Nachricht. Ich hatte ganz sicher nicht vor, ihn umzubringen.

Nun ja, Sie wissen, wie es weiterging.

KAPITEL 36

Meine Begegnung mit Mike Ridge am Freitag hatte mich bis ins Mark erschüttert.

Er kannte die Wahrheit. Das spürte ich. Ich wusste nicht woher, aber er wusste es. Er ließ sich Zeit, beobachtete uns beide, Helen und mich, zermürbte uns, wartete, bis wir zusammenbrachen.

Am nächsten Tag verließ ich meine Wohnung nicht. Ich versteckte mich an einer Seite des Wohnzimmerfensters und hielt Wache, immer ein Glas Wein oder Whisky zur Hand.

Gegen Abend, als es dunkel wurde, schwirrte mir der Kopf. Ich dachte nicht ans Essen, schenkte bloß mein Glas wieder voll und wankte zurück zu meinem Aussichtspunkt. Bisher war von ihm nichts zu sehen.

Ich spähte wieder hinaus. Keine Spur von seinem Auto. Ich ließ den Blick über die Mauer bis zur Bushaltestelle schweifen. Sie war verlassen.

Ich schloss die Augen und vergrub das Gesicht in den Händen. Ich war erschöpft, mir war schwindelig und übel.

Tu das nicht, hatte ich Ralph wieder und wieder geschrieben. Hör auf damit. Ich liebe dich. Ruinier dich nicht.

Ich hatte gedacht, ich könnte ihn retten. Wie sehr ich mich geirrt hatte. Am Ende war ich diejenige, die ihn auf dem Gewissen hatte.

Ich streckte eine Hand aus, versuchte, sie ruhig zu halten, sah sie zittern. Also wer ruinierte sich hier jetzt?

Ich war betrunken. Es war spät. Ich sollte ins Bett gehen. Aber ich hatte Angst. Die Nächte waren so dunkel, so lang, so trostlos, selbst mit einer oder zwei Tabletten.

Wie war ich jemals auf die Idee gekommen, ich könnte jemanden umbringen und damit durchkommen? Sie waren hinter mir her. Heute oder morgen oder demnächst, wer wusste das schon? Aber sie würden es herausfinden, früher oder später.

Ich brach in Tränen aus. Alkoholisiertes Schluchzen, gefühlsduselig und erbärmlich. *Ach, Ralph, es tut mir leid. Es tut mir so leid. Ich wollte nicht ...*

Mein Telefon piepte. Ich richtete mich auf. Lauschte. Es piepte noch einmal.

Ich wischte mir die Augen an meinem Ärmel ab und schüttelte mich, dann kroch ich auf Händen und Knien über den Teppich, um nachzuschauen.

Fehle ich dir? Komm zum Bootshaus. Ich warte auf dich.

Mir zitterten die Hände, als ich die Autotür öffnete, auf den Sitz glitt und den Motor anließ. Ich stellte den Rückspiegel ein und blinzelte mich an, fuhr mir mit einer Hand über das gerötete Gesicht und schob mir eine verirrte, feuchte Haarsträhne hinters Ohr.

Ich hatte zu viel getrunken. Das wusste ich. Es war gefährlich. Aber was sollte ich sonst machen? Es war so weit. Nach all dem Warten, all dem Schmerz würde ich endlich die Wahrheit herausfinden und erfahren, wer mich so quälte. Mein Magen verkrampfte.

Ich ließ die Fenster herunter und bog auf die Straße,

sog die warme Abendluft ein. Die Straßen waren leer. Ich summte beim Fahren vor mich hin, versuchte, ruhig zu bleiben. Meine Gedanken rasten.

Als ich den Parkplatz hinter der schwarzen Reihe von Bootshäusern erreichte, war ich den Tränen nahe. Ich war vernebelt und schläfrig vom Wein, aber auch voller Adrenalin. Ich musste das jetzt durchziehen. Ich musste wissen, wer mich hierherbestellt hatte und wieso.

Aber ich hatte auch Angst, mich zu rühren. Ich schaltete den Motor aus und blieb im Auto sitzen, dachte an Ralph, spürte die kühle, salzige Brise, die vom Meer herüberwehte, lauschte auf das stete Rauschen der Brandung und das leise Rasseln der losen Steine, wenn die Wellen sie zurück ins Meer zogen.

Mein Handy klingelte. Ich holte es aus der Tasche und starrte benommen vor Müdigkeit darauf.

Nummer unterdrückt.

Mit pochendem Herzen zögerte ich, dann nahm ich das Gespräch an.

Einen Moment Schweigen. Atmen.

»Hallo?«

»Ich sehe dich.« Die Stimme war fast ein Flüstern. Eine Männerstimme.

»Wer ist da?«

Er sprach so leise, dass ich ihn kaum hörte. »Hast du mich schon vergessen? Ach, Laura.«

Mir blieb fast das Herz stehen. Wer war das? Er klang nach ihm, nach Ralph, aber das konnte nicht sein. Ich umklammerte das Handy, presste es mir fester ans Ohr, zitterte.

Die Stimme flüsterte: »Du siehst bezaubernd aus, Laura.«

Ich fuhr auf meinem Sitz herum, versuchte zu erkennen, ob mich jemand beobachtete. Nichts als Schatten, am Kiesstrand von silbrigen Streifen Mondlicht durchzogen, doch zwischen den Bootshäusern undurchdringlich schwarz.

»Wo bist du?« Ich stieß die Autotür auf und stieg aus. Der Boden war weich unter meinen Gummisohlen. Verloren stand ich da, drehte mich um mich selbst und suchte nach ihm. »Bist du das, Ralph?«

Er seufzte. Das Rauschen der Wellen im Hintergrund klang wie das Klappern blanker Knochen. *Ist er es? Ist er wirklich hier? Unmöglich.*

»Ich warte. Komm her. Komm zum Bootshaus.«

Ich stotterte. »Bist du da?« Stille. Ich sehnte mich danach, ihn zu sehen, ihn zu berühren. »Ralph? Geh nicht.«

Die Leitung war tot. Ich heulte enttäuscht auf, schaltete unbeholfen die Taschenlampe an meinem Smartphone ein und bahnte mir stolpernd einen Weg über den Grünstreifen, über eine Felskante und zwischen zwei Gebäuden hindurch auf den offenen Kies. Fernab vom Schutz der Bootshäuser erwischte mich der Wind und kühlte meine Wangen. Ich blinzelte und kämpfte mich weiter zum Bootshaus ihrer Freunde ein Stück die Reihe hinunter. Der Kies knirschte bei jedem Schritt.

»Ralph? Bist du das?« Meine Stimme war dünn und schwach und wurde sofort von der Brise weggerissen.

Ich kämpfte mich weiter. Feuchtigkeit drang mir in die Schuhe und kühlte meine Füße.

In meinen Ohren dröhnte das Rauschen der Wellen. Ich eilte weiter, keuchte und kämpfte gegen die Kiesel und den Wind an. Die Tür zum Bootshaus stand einen Spalt offen. Schwaches Licht drang heraus und zeichnete einen dünnen Bogen in die Schwärze. Gespenstisch. Wie aus dem Jenseits.

Mit ausgestreckten Armen rannte ich los.

»Ralph?«

Ich stürmte zur Tür hinein, blinzelte gegen das Licht und versuchte, mich zu konzentrieren.

Der Geruch des Bootshauses traf mich wie ein Schlag in den Magen. Benzin und der scharfe Chemikaliengeruch von Holzlasur. Das weckte sofort Erinnerungen an Ralph und daran, wie wir uns hier geliebt hatten, nachdem wir das Boot zurückgebracht hatten. An den Körper des anderen geschmiegt, war uns endlich wieder warm geworden.

Die Jolle stand im Schatten an der rückwärtigen Wand, wieder in ihrem Gestell. Im Vordergrund stand ein schmaler Holztisch, auf dem eine Reihe dicker Kerzen brannte, jede durch einen Glaskolben vom Wind geschützt. Ich erschauerte. Ralph liebte Kerzen. Zitternd trat ich näher und schaute mich um.

Ich nahm meinen Mut zusammen und spähte in die Ecken, in denen sich Picknick- und Strandutensilien, ein verlassenes Kinderfahrrad und eine Angelausrüstung türmten, alles von der Dunkelheit verhüllt, die das Kerzenlicht nicht durchdrang.

Ich ging zurück zum Holztisch. Darauf standen eine Flasche Wein und zwei Gläser. Die Flasche, natürlich Shiraz, war bereits entkorkt. Ein Glas war benutzt, aber leer. In dem anderen waren ein paar Fingerbreit Wein.

Daneben ein Zettel.

Trink auf uns. Und dann komm und finde mich. Ich warte auf dich, Liebste.

Ich strich mit den Fingerspitzen über die Worte. Es war Ralphs krakelige Handschrift. Ich hätte sie überall erkannt. Meine Laune besserte sich. Hoffnung durchflutete mich. Konnte das wahr sein? Ich lachte, als ich mir anschaute, wie sorgfältig er alles inszeniert hatte.

Typisch Ralph. *Trink auf uns.* Das Theatralische sah ihm so ähnlich.

Ich griff nach dem Glas, fragte mich, ob er mich irgendwie sehen konnte, und prostete der Stille zu.

»Auf uns, Ralph, mein Liebster. Auf das Glück.«

Der Wein schmeckte bitter, aber ich trank ihn aus, dann ging ich zurück zur Tür, stieß sie weit auf und trat hinaus in den Wind.

»Ralph? Bist du da?«

Hinter mir bewegte sich die Tür, knallte zu und löschte das schwache Licht aus dem Bootshaus. Der Strand lag nun in völliger Dunkelheit. Das Meer, so unendlich laut, war kaum noch zu erkennen, seine wellende Oberfläche glänzte hier und da im blassen Mondlicht.

Ich stolperte vorwärts, unsicher, welche Richtung ich einschlagen sollte. Mein Atem ging flach und stoßweise. Der Alkohol brannte mir im Magen, Flammen züngelten meine Arme hinunter bis in die Fingerspitzen. Ich stellte mir Ralphs Wärme vor, seine starken Arme, die er um mich schlang, die Erleichterung, zu ihm zurückzukehren.

»Ralph?« Meine Stimme war schrill vor Nervosität. Ihr Klang erschreckte mich. *Wo ist er? Warum spielt er solche Spielchen?* Ich näherte mich dem Ufer. Blieb stehen, versuchte, zu Atem zu kommen, während der zunehmende Wind mir entgegenpeitschte. Mein Körper war schwer, meine Füße taub. Ich blieb stehen, eine kleine, einsame Gestalt am Ufer, winzig vor dem riesigen Meer. Ich schauderte und drehte mich um mich selbst, kniff die Augen in der Dunkelheit zusammen, um einen Blick auf ihn zu erhaschen.

Erinnerungen stürmten auf mich ein. Helen, wie sie mit entschlossenem Gesicht das Boot auf seinem Rollgestell über den Kies zog. Die beiden Polizisten, die nebeneinandersaßen, Kaffee tranken und aufs Meer hinausblickten. Ralph, immer wieder Ralph. Ich schüttelte den Kopf. Ich verlor den Verstand. Was machte ich hier, wieso stand ich hier in der Dunkelheit? Er war tot. Das wusste ich. Seine Leiche musste inzwischen verwest sein, aufgequollen und in Stücke zerfallen vom Salz im Wasser.

Irgendetwas bewegte sich. Dort, weiter unten, in der Nähe des Wellenbrechers. Eine kauernde Gestalt.

»Ralph!« Konnte das sein? Ich hob den Arm, um ihm zu winken, aber die Gestalt war bereits wieder verschwunden, verschmolz mit der Schwärze des felsigen Wellenbrechers, ein schlafender Drache, der seinen Kopf in die Wellen streckte.

Aber ich hatte ihn gesehen. Hatte ich wirklich. Ich zwang mich zum Rennen, stolperte und rutschte, auf den Wellenbrecher zu – meine Haare flatterten im Wind in alle Richtungen.

Die Entfernung schien unendlich. Auf einmal wurden mir die Beine schwer, gehorchten mir kaum. Ich nahm alle Kraft zusammen, um in Bewegung zu bleiben, hielt den Kopf oben, damit mir nicht die Augen zufielen.

Vor mir veränderte sich die Dunkelheit.

»Ralph. Bist du das?« Inzwischen klang meine Stimme verzweifelt.

Die Gestalt war immer noch da, zeichnete sich vor den Steinen ab.

Warum kommt er nicht zu mir? Meine Beine waren bleiern, ich kam kaum noch voran. Jeder Schritt war eine Qual. Die Füße schienen nicht mehr mit dem restlichen

Körper verbunden, fühlten sich geschwollen und taub an.

Die Gestalt trat vor. Ich fing an zu schreien, hob die Hände, nicht um ihn zu umarmen, sondern um ihn abzuwehren, mich zu schützen.

Wer immer es war, er war nicht lebendig. Ein Mann stand vor mir, tropfnass, die Arme schlaff an den Seiten. Die Kleidung hing ihm in Fetzen vom Körper, zu seinen Füßen bildeten sich Pfützen aus Meerwasser.

Die durchnässten Haare klebten ihm am Kopf, Spuren von Meerwasser rannen ihm übers Gesicht. Seine Haut glänzte tödlich weiß.

Ich blinzelte, versuchte, ihn zu fokussieren, aber alles verschwamm. *Ralph* ... Waren diese blauen Lippen dieselben, die ich einst geküsst, mit meiner Zunge geteilt hatte? Die Augen, weit und glotzend, blutunterlaufen, richteten sich auf mich.

Ich stolperte, die Beine gaben unter mir nach, und ich krachte auf die Steine, ehe ich ihn erreichte. Dort krümmte ich mich, beinahe gelähmt. Der Strand drehte sich. Der Schrei blieb mir im Hals stecken.

Es war vorbei. Ich schloss die Augen. Schwärze.

TEIL 2
HELEN

KAPITEL 37

Ich hatte gedacht, die Lehrer würden annehmen, dass ich dieses Jahr, nach allem, was passiert war, nicht die Frechheit besitzen würde aufzutauchen. Und deswegen war ich umso entschlossener.

Ich kannte diese Schuljahresendstammtische. Sie lebten vom Tratsch. Und ich wusste, dieses Jahr würde über Miss Dixon getratscht werden und über das, was mit Ralph passiert war, also indirekt auch über mich.

Außerdem war es eine Frage des Stolzes. Ich ging zu allen Schulveranstaltungen. Ich war eine engagierte Mutter, auf die man sich verlassen konnte. Eine Vorlesepatin.

Bea, die solche Veranstaltungen eigentlich verabscheute, hatte ebenfalls zugesagt. Moralische Unterstützung. Wir hatten uns auf eine Strategie geeinigt: Spät kommen, früh gehen.

Wir trafen uns auf dem Parkplatz und betraten den Pub zusammen. Bea blieb dicht an meiner Seite, als wir an der Bar und den Stammgästen vorbeigingen und den schmalen Veranstaltungsraum betraten.

»Alles okay?«, fragte sie zum hundertsten Mal.

Ich rang mir ein Lächeln ab. »Alles gut.«

»Ein Glas«, flüsterte sie, wie um sich selbst Mut zuzusprechen. »Und dann gehen wir.«

Ich hielt auf der Schwelle inne und überflog den Raum. Schon jetzt hatten sich Grüppchen gebildet. Ich erkannte mehrere Trauben von Zweitklässlereltern, die am anderen Ende des Raums zusammenstanden, bei den

Tischen mit billigen Sandwiches, Chips und Würstchen im Teigmantel. Ich konnte mir die Unterhaltung ausmalen. Jobgeplauder. Urlaubspläne.

Die Lehrer, die ihre Pflicht erfüllt und Small Talk mit den Eltern ertragen hatten, hatten sich am anderen Ende versammelt, näher an der Theke.

Ich tätschelte Beas Arm, und herbeigewinkt von einer Mutter, die sie offensichtlich kannte, gesellte sie sich zu den anderen Eltern. Ich wandte mich den Lehrern zu, die mir am nächsten standen. Wann immer ich konnte, unterhielt ich mich mit ihnen, Anna zuliebe. Deswegen engagierte ich mich ehrenamtlich. Und vermutlich war ich auch ein wenig starrsinnig. Ich wollte allen zeigen, dass es mir nicht unangenehm war, hierherzukommen, dass mich die unausgesprochene Verbindung zwischen Miss Dixon und meinem Mann nicht demütigte.

Sie lächelten und machten mir Platz, als ich ein Glas Orangensaft von der Theke nahm und mich zu ein paar Lehrerinnen stellte, die ich kannte.

»Ich kann es immer noch nicht glauben«, sagte Mrs Prior gerade. Ihr Gesicht war gerötet. »Andererseits war sie ja schon seit einer Weile merkwürdig. So gereizt. Das sagte ich ja schon, oder?« Sie wandte sich an Miss Abbott. »Hast du sie nicht mal drauf angesprochen?«

Ich seufzte innerlich. Sie sprachen schon über Miss Dixon. Ich fragte mich, wie viel ich ertragen würde.

Miss Abbott nickte. »Sie war sehr zurückgezogen.« Ihr Blick senkte sich auf ihr Weinglas. »Ich habe sie einmal gefragt, ob alles in Ordnung sei, aber sie wollte nicht darüber reden.«

»Angeblich hat sie seit Wochen Schlaftabletten genommen«, warf Miss Fry ein. »Man sollte meinen, sie hätte wissen müssen, dass sie da besser die Finger vom

Alkohol lässt. Das ist ja das Gefährliche, wenn man das mixt.«

»Sie hat Glück, dass sie noch lebt.« Miss Abbott schüttelte traurig den Kopf. »Ich habe gehört, es war knapp.«

Mrs Prior senkte die Stimme. »Jayne sagt, sie mussten ihr den Magen auspumpen. Nicht schön.«

»Wie geht es ihr denn?«, fragte ich. »Gibt es irgendetwas Neues?«

Sie drehten sich zu mir um, als hätten sie schon wieder vergessen, dass ich da war, und setzten ihre öffentlichen Mienen auf.

»Aus dem Krankenhaus entlassen«, sagte Miss Abbott. »Immerhin das. Es ist noch früh, aber sie glauben, dass sie keine bleibenden Schäden davongetragen hat.« Sie wirkte beschämt. »Also, körperlich.«

Miss Fry sagte: »Aber ich kann mir nicht vorstellen, dass sie zurück an die Schule kommt, oder?«

»Auf jeden Fall nicht vor Ende des Schuljahres«, sagte Mrs Prior. »Aber wer weiß, was nächstes Jahr ist?« Sie zuckte theatralisch mit den Achseln.

Miss Abbott wandte sich wieder an mich: »Es heißt, dass sie eine Zeit lang Hilfe braucht. Sie wissen schon, Therapie.« Sie zögerte, wie auf der Suche nach einem fröhlicheren Thema. »Jayne hat ihr von uns allen Blumen geschickt, als sie aus dem Krankenhaus entlassen wurde.«

Miss Fry verzog das Gesicht. »Ich finde, jemand sollte sie besuchen.«

Sie sahen einander fragend an. Offensichtlich wollte sich niemand freiwillig melden.

»Ich habe mich immer gefragt, ob sie vielleicht, na ja, ein Alkoholproblem hatte«, sagte Mrs Prior. »Klar, wir trinken alle hin und wieder mal etwas. Zum Runterkommen. Aber ich weiß noch, einmal, da kam sie zu spät und sagte, sie hätte verschlafen. Das passte gar nicht zu ihr. Sie war ganz blass und ihre Hände haben gezittert.« Sie streckte eine Hand aus und machte das Zittern nach. »Sie hat gesagt, sie hätte eine Grippe. Aber man macht sich ja schon Gedanken.«

»Tja, es gibt solche und solche«, sagte Miss Abbott etwas wohlwollender.

Mrs Prior wandte sich an Miss Fry. »Du hast gesagt, sie sei so seltsam gegenüber der Polizei gewesen, nachdem Mr Wilson verschwunden war.«

Miss Fry warf ihr einen warnenden Blick zu, um sie zu bremsen. Ich stellte mich ein wenig aufrechter hin und wappnete mich. Immerhin sprachen sie jetzt über meinen Mann.

»Oh, ich wollte nicht …«, sagte Mrs Prior hastig. »Aber es ist einfach so schrecklich. So kurz nacheinander.« Sie hielt inne und versuchte, mein Schweigen zu deuten. »Sie finden uns bestimmt schrecklich.«

»Gar nicht«, log ich.

Ich hatte sie schon oft in Aktion erlebt. Miss Fry und Mrs Prior musterten mich seit Wochen verstohlen, jedes Mal, wenn ich ihnen in der Schule begegnete.

Miss Fry sagte: »Laura war so etwas wie ein unbeschriebenes Blatt. Aber das gibt einem schon zu denken. Da arbeitet man jeden Tag mit jemandem zusammen und hat keine Ahnung, was in ihm vorgeht.«

Miss Abbott wandte sich einer anderen Mutter zu, die den Raum durchquert hatte, um ein Wort mit ihr zu reden.

Kaum war Miss Abbott weg, senkte Mrs Prior die Stimme. »Es war bestimmt kein Unfall. So viele Pillen? Und der ganze Wein.«

Miss Fry sagte: »Angeblich hat sie die Autotür offen

gelassen. Habt ihr das gehört? Jayne hat es mir erzählt. Auf dem Parkplatz. Fenster unten und alles. Das sagt ja einiges über ihren Gemütszustand aus, findet ihr nicht?«

»Aber das bedeutet ja nicht, dass sie vorhatte … na ja … sich das Leben zu nehmen«, warf ich ein. »Sie war eindeutig nicht sie selbst.«

»Ein Hilferuf?« Mrs Prior zögerte, die Augen auf Miss Fry gerichtet. »Vielleicht. Aber man muss sich ja schon fragen, wenn man gefunden werden will, wieso fährt man dann so weit an den Strand?«

Miss Fry sah Mrs Prior vielsagend an und wandte sich fröhlich an mich. »Wie dem auch sei, Mrs Wilson, wie geht es Ihnen? Anna ist so ein liebes Mädchen. Und macht sich so gut.«

Ich zwang mich, ihr in die Augen zu sehen, und nickte. »Danke, ich bin sehr stolz auf sie. Das war Ralph auch.«

Mrs Prior nutzte die Gelegenheit, uns zu verlassen, und ging an die Bar.

In honigsüßem Ton sagte Miss Fry: »Es tut uns allen so leid. Was passiert ist.«

»Das ist nett von Ihnen.« Ich nickte nachdenklich. *So viel, wie die Damen tratschen, könnten sich ein paar wohlplatzierte Worte als nützlich erweisen.* »Anna geht so gern zur Schule. Sie werden ihr fehlen.«

Miss Fry spitzte die Ohren. »Ziehen Sie weg?«

Ich lächelte wehmütig. »Es ist keine leichte Entscheidung. Aber ja, ich habe das Gefühl, das sollten wir. Ich sondiere noch unsere Möglichkeiten. Aber hier … hier gibt es einfach zu viele Erinnerungen. Das verstehen Sie sicher.«

Sie nickte. »Nun, wir werden Anna auch vermissen. Und Sie, Mrs Wilson. Aber natürlich müssen Sie tun, was Sie für das Beste halten.« Sie warf einen Blick zur

Bar, wo Miss Prior mit ein paar jungen Kollegen plauderte. Sie wirkte, als könnte sie es nicht abwarten, ihr die Neuigkeiten zu erzählen. Ihr Blick fand mein fast leeres Glas. »Noch etwas trinken?«

»Danke.« Ich lächelte verkniffen. »Aber ich glaube, ich hatte genug.«

Bea hatte recht. Wir hätten nicht kommen sollen, nicht dieses Jahr. Es ist zu viel.

Ich suchte Bea, sagte ihr, dass ich gehen würde, und verabschiedete mich eilig.

KAPITEL 38

Ich schloss gerade mein Auto auf, als ich eine raue Männerstimme hörte. »Wie geht es Ihnen, Mrs Wilson?«

Ich fuhr zusammen und drehte mich um. Der Mann im Auto nebenan hatte die Scheibe heruntergelassen und sah mich direkt an. Er saß auf dem Beifahrersitz, ein aufgeschlagenes Buch in den Händen, als hätte er sich die Zeit vertrieben, während er auf jemanden wartete. Sein Auto war ein verbeulter alter Kombi, an der Seite verkratzt.

»Entschuldigung, kennen wir uns?« Ich schaute ihn genauer an.

Jemand aus der Schule? Vielleicht ein Hausmeister?

Er hatte den Ellbogen ins Autofenster gelegt. Die Oberarm- und Brustmuskeln zeichneten sich unter dem zerschlissenen Sweatshirt ab. Sein Körper wirkte gepflegt und jünger als sein Gesicht, das schlank, aber wettergegerbt war.

Er lächelte verschmitzt, als wollte er sagen: *Natürlich kennen wir uns, wieso fragen Sie?*

Ich blinzelte. Er sah mich durchdringend an. Seine Augen waren eine schlammige Mischung aus Grau, Blau und Grün und leuchteten in der Dämmerung wie Katzenaugen. Ich zögerte. Verspürte den Drang, ins Auto zu steigen und wegzufahren, ihm zu entkommen, solange ich noch konnte, aber irgendetwas – vielleicht Unsicherheit – hielt mich davon ab.

»Waren Sie bei dem Umtrunk?«

Er überlegte. »In gewisser Weise.«

Ich schürzte die Lippen. »Sind Sie ein Vater?«

Er neigte den Kopf. »Bin ich, aber nicht hier.« Er seufzte, als ermüdete es ihn, mir seine Glaubwürdigkeit beweisen zu müssen. »Sie sind mit Mrs Higgins hineingegangen. Claras Mutter. Sie haben einen Orangensaft getrunken. Sie haben mit den Lehrerinnen gesprochen, aber nicht lange. Zugehört, sollte ich wohl eher sagen.« Er schwieg und blickte mich an. »Sie waren in Gedanken woanders, hab ich recht, Mrs Wilson?«

Ich sah ihn an. »Sie scheinen eine Menge über mich zu wissen, Mr ...«

Er streckte eine kräftige Hand aus dem Fenster. »Ridge. Mike Ridge.« Er zerquetschte mir fast die Hand. »Das ist mein Job, Mrs Wilson. Über Leute Bescheid zu wissen.«

Panik flackerte in mir auf. Mir fiel wieder ein, dass er dagesessen und auf jemanden gewartet hatte. Auf mich.

Er öffnete die Tür und stieg aus. Er war kleiner, als ich erwartet hatte, aber kräftig gebaut. Stark.

»Ich hatte mich gefragt, ob wir uns unterhalten könnten. In Ihrem Auto, wenn Sie möchten?«, sagte er ruhig.

Ich zögerte. Wir waren direkt vor dem Pub. Der Parkplatz war belebt, Gäste kamen und gingen. Schon bald würden die Teilnehmer des Schulumtrunks herauskommen. Wenn es sein musste, könnte ich um Hilfe schreien.

Ich umklammerte meinen Autoschlüssel. »Was genau wollen Sie, Mr Ridge?«

Er ging bereits um mein Auto herum zur Beifahrerseite und stieg ein. Ich setzte mich hinter das Lenkrad, drehte mich, so gut es ging, zu ihm hin, um ihn anzusehen. Sein massiger Körper nahm den Raum ein. Er roch nach

Duschgel und Frittenfett. Als er sich vorbeugte, roch ich seinen Kaffeeatem.

»Ich bin Ermittler, Mrs W.«

Ich versuchte, mir nichts anmerken zu lassen, aber innerlich verkrampfte ich. Ich dachte an Ralph, wie er dort gelegen hatte, stumm und still, am Fuß der Kellertreppe. Das Entsetzen auf dem Gesicht der Frau. Ich holte tief Luft und fummelte mit dem Autoschlüssel herum, beugte mich hinunter, um ihn ins Zündschloss zu stecken, spielte auf Zeit.

Als ich mich wieder aufrichtete, fragte ich: »Sind Sie von der Polizei?«

Er schüttelte den Kopf. »Nicht mehr. Ich habe mich selbstständig gemacht. Man kann mich buchen. Sie wissen schon, ein Mann fürs Grobe.«

Meine Augen schnellten zu seinem Sweatshirt hinüber, und ich fragte mich, ob er darunter eine Waffe verbarg. Schnell schaute ich wieder weg.

»Also, Mr Ridge. Was kann ich für Sie tun?«

»Mich interessiert, was mit Ihrem Mann passiert ist.« Er sah mich durchdringend an, als versuchte er, meine Gedanken zu lesen. »Schrecklich, einen geliebten Menschen auf so eine Weise zu verlieren. Nicht zu wissen, was ihm zugestoßen ist.«

Ich nickte. Mein Mund war trocken. *Er weiß es!* Ich hatte keine Ahnung, woher oder wie viel, aber irgendwas wusste er. Ich riss den Blick von ihm los und saß steif da, starrte zur Windschutzscheibe hinaus. Ein junges Paar stieg aus dem Auto direkt vor meinem aus, redete und lachte.

Eine Weile saßen wir schweigend da. Es fiel mir schwer, ruhig zu atmen, zu schlucken. Das junge Paar schloss das Auto ab und ging Hand in Hand in den Pub.

Endlich sagte er: »Die Versicherung hat mich engagiert. Wenn es keine Leiche gibt, ist ein genauerer Blick immer hilfreich. Lose Enden, verstehen Sie? Es tut mir leid, aber so etwas mögen sie gar nicht.«

Ich schwieg. Was sollte ich auch sagen?

»Die Polizei schließt den Fall irgendwann ab. Eher als ich. Kann ich ihnen nicht verübeln. So viele Fälle warten darauf, gelöst zu werden. Ich kenne das selbst.«

»Die Polizei hat bis jetzt sehr gründlich ermittelt«, brachte ich heraus und schluckte. »Aber sie haben keine Spur von meinem Mann gefunden. Es tut mir leid, aber ich weiß nicht …«

Er nickte und rieb sich sanft das Kinn, als dächte er darüber nach. »Ich verstehe Sie, Mrs W. Tue ich wirklich. Und wahrscheinlich war es richtig, einen Schlussstrich zu ziehen, eine Trauerfeier abzuhalten und so. Sehr stilvoller Gottesdienst, übrigens.«

Ich blinzelte, als mir klarwurde, was er da gesagt hatte. Er war auch da gewesen.

Er redete weiter. »Also spielen Sie auf Zeit. Lassen ihn irgendwann für tot erklären. Und dann: Bingo! Schäfchen im Trockenen. Die Chancen stehen gut, dass die Versicherung Sie auszahlt. Wie viel ist die Police wert?«

Ich konnte ihn nicht ansehen. »Mein Mann hat sich um das alles gekümmert.«

»Ein Klassiker. Meine Frau ist auch so. Vertrauen ist die Basis einer guten Ehe, nicht wahr?« Er machte eine Pause. »Im Falle Ihres Mannes reden wir allerdings über mehrere Hunderttausend. Es wäre doch schön, die zu haben. Auch wenn die ihn nicht zurückbringen.«

Ich riss mich zusammen und drehte mich zu ihm um. »Mr Ridge, ich fürchte, ich muss …«

Er nickte. »Die Babysitterin ablösen. Natürlich. Zeit

ist Geld. Sie zahlen zehn Pfund die Stunde, richtig? Sehr großzügig.«

Ich starrte ihn an, versuchte, mir nicht anmerken zu lassen, wie schockiert ich war. »Wollten Sie mich nicht etwas fragen?«

»Ah.« Er griff in seine Fleecejacke. Ich erstarrte, dachte an eine Waffe. Stattdessen wühlte er in der Innentasche herum, holte eine Visitenkarte heraus und reichte sie mir. »Die wollte ich Ihnen geben. Nur für den Fall.«

Er stieg aus dem Auto und schloss sacht die Beifahrertür. Kaum war er weg, sackte ich vor Erleichterung zusammen, als hätte jemand die Luft aus mir herausgelassen.

Ich beugte mich vor und legte die Arme aufs Lenkrad. Gleich würde ich den Motor anlassen, nach Hause fahren und die Babysitterin bezahlen, genau wie ich gesagt hatte. Aber erst einmal musste ich meine zitternden Hände beruhigen.

Ich erschrak, als er plötzlich vor meinem Fenster auftauchte. Er trommelte an die Scheibe, und ich ließ sie hinunter.

Lächelnd beugte er sich zu mir herein, sein Ton war voller Bewunderung, als hätte er gerade einen harten, aber fairen Kampf verloren.

»Eins muss ich Ihnen lassen, Mrs W.«, sagte er mit seiner leisen, rauen Stimme. »Wie auch immer Sie es getan haben, Sie haben es richtig gut gemacht.«

KAPITEL 39

In den letzten Wochen hatte ich viel Zeit gehabt, an Ralph zu denken.

Wie wir uns kennengelernt hatten. An unsere überstürzte Hochzeit. Unser gemeinsames Leben.

Ich hatte ihn wie wahnsinnig geliebt. Das ist die Wahrheit. Er hatte mich lebendig gemacht, meine schwarzweiße Welt in Regenbogenfarben erstrahlen lassen. Seine Energie machte mich schwindelig. Sein Licht. Blendendes Licht. Ich wünschte bloß, er wäre mir so treu gewesen wie ich ihm.

Ich hatte ihn über Mimi, meine verrückte Chefin, kennengelernt.

Wir leiteten gemeinsam die Hauptabteilung der örtlichen Bibliothek, die das gesamte Erdgeschoss einnahm. Wie ich herausfand, hatte sie mich eingestellt, um frischen Wind in die Belegschaft zu bringen. Mimi mit den stacheligen, blau und pink gesträhnten Haaren und den wehenden Vintagekleidern führte den Kampf gegen die drohende Schließung mit den einzigen Mitteln, die uns zur Verfügung standen: Leidenschaft, Energie und Ideen.

Zuerst überzeugte sie örtliche Unternehmen, neue Stühle, Tische und die Regale in der Kinderabteilung zu sponsern. Eine Computerwerkstatt spendete uns ein paar gebrauchte Computer mit der Zusage, sie für uns zu warten.

Und dann verkündete Mimi, dass sie an den Abenden,

an denen wir ohnehin lange aufhatten, eine Veranstaltungsreihe plante. Ehe ich michs versah, war ich dafür zuständig.

Ich gab mein Bestes. Ich rief einen monatlichen Lesekreis ins Leben, auch wenn zum ersten Treffen nur drei Leute kamen, von denen nur einer das Buch tatsächlich gelesen hatte. Außerdem organisierte ich Filmvorführungen und trieb Geld für billigen Wein und Snacks auf. Das Durchschnittsalter lag bei etwa siebzig, aber immerhin war es ein Anfang. Eine örtliche Künstlerin durfte eine Woche lang ihre Werke in der Bibliothek ausstellen und hielt anschließend einen Vortrag über ihre Technik. So weit, so öde.

Dann rief mich Mimi eines Tages zu sich, als ich gerade dabei war, zurückgebrachte Bücher einzusortieren. »Du hast eine Veranstaltungsanfrage.« Sie sah mich schelmisch an. »Die wird dir gefallen.«

Ein junger Mann stand am Tresen, stützte sich mit drei Fingern einer Hand daran ab, während er zur Decke hinaufblickte. Die Bibliothek war zwar nicht besonders groß, aber ein viktorianisches Gebäude mit den typischen Spielereien jener Zeit: von der Holzvertäfelung des Studierzimmers im Obergeschoss bis hin zu den Deckenbalken in unserer Etage. Die meisten Menschen bemerkten sie nicht einmal.

Er wirkte in Gedanken versunken, ein großer Mann mit weichen Haaren und locker sitzender Kleidung. Ich verstand, was Mimi an ihm gefiel. Ein Rebell. Ein Romantiker. Genau ihr Typ.

Als ich näher kam, drehte er sich um, lächelte und streckte die Hand aus. »Ralph Wilson.« Diese Stimme. Tief und sanft. Er hatte eine warme Hand und schlanke Finger. Die Hand eines Künstlers. »Dichter.«

Ich starrte ihn überrumpelt an. Ich war sechsundzwanzig, hatte seit ein paar Jahren keinen festen Freund mehr gehabt und freundete mich gerade mit dem Gedanken an, solo zu bleiben. Auf einmal war ich mir da nicht mehr so sicher.

»Lyrikabende.« Seine Augen waren tiefbraun, sein Lächeln wurde breiter. »Mimi sagte, Sie seien diejenige, an die ich mich wenden sollte. Helen, richtig?«

Ich führte ihn in eine ruhigere Ecke der Bibliothek, wo wir uns unterhalten konnten, ohne die Gäste zu stören. Mimi tat so, als ginge sie die Vormerkungen durch, war uns aber nah genug, um uns im Auge zu behalten. Jedes Mal, wenn ich zu ihr hinüberblickte, beobachtete sie uns mit einem lästigen Grinsen.

Kaum hatte er mit einem Stapel Papiere über die Hausordnung und die Anmeldung einer Veranstaltung die Bibliothek verlassen, kam sie zu mir.

»Und?«

»Freu dich nicht zu früh.« Ich schloss den Ordner mit den Informationsblättern und stellte ihn zurück. »Er möchte Lyrikabende veranstalten, aber er wirkte ziemlich abgeschreckt, als ich ihm gesagt habe, wie viel wir dafür berechnen.«

Sie wischte meinen Einwand mit einer Handbewegung weg. »Na und? Wir können eine Ausnahme machen. Lyrik! Das ist genau das, was eine Bibliothek anbieten sollte.«

Ich kniff die Augen zusammen. »Wirklich? Hast du dem Mann von der St. John's Ambulance nicht gesagt, dass wir keine Ausnahmen machen?«

»Das war etwas anderes.« Sie blinzelte mir zu. »Ralph Wilson. Was für ein Name. Ehering?«

»Hab ich nicht drauf geachtet«, log ich.

»Du bist ein hoffnungsloser Fall.« Sie schnalzte mit der Zunge. »Ist er hauptberuflich Dichter?«

»Englischlehrer. An einer weiterführenden Schule.«

»Perfekt.« Mimi strahlte. »Kooperation mit Bildungseinrichtungen. Das ist doch eins unserer Ziele. Also, du machst jetzt Folgendes: Ruf ihn an. Sag ihm, wenn er garantieren kann, dass, sagen wir mal, zwanzig Leute kommen, kann er den Raum haben. Kostenlos. Wir sagen, es ist ein Test.«

Ich nahm die Ordner und ging damit ins Büro. Kurz darauf kam Mimi mir nach. »Ich dachte gerade«, sagte sie, »falls du dir von mir für die Lesung was zum Anziehen leihen möchtest, brauchst du nur zu fragen. Okay?«

Ich blickte an meinen schwarzen Jeans und dem blauen Sweatshirt hinab, eine Variante meiner Arbeitskleidung, die ich jeden Tag trug, und dann auf Mimis buntes Outfit.

»Danke, Mimi«, erwiderte ich. »Das ist nett, aber nicht nötig.«

Vor der ersten Dichterlesung wirkte Ralph nervös. Er fuhr sich mit den langen Fingern durch die Haare. Seine Lippen waren trocken. Ich machte kein Aufhebens darum, bemerkte es bloß und unterstützte ihn, wo ich konnte.

Ein kleines Tischchen neben dem Lesepult mit Gläsern und einer Kanne Wasser. Ich plauderte mit den Ankommenden, damit er noch ein wenig Zeit für sich hatte. Sagte ihm, kurz bevor es losging, wie gut er aussah.

Er las als Letzter. Ich, die schlichte Bibliothekarin Mitte zwanzig, saß in der letzten Reihe und war wie gebannt. Er trat ans Pult, blätterte in seinen Papieren, räusperte sich nervös und trank einen Schluck Wasser. Als er schließlich zu lesen anfing, war es, als übernähme ein Dirigent die Kontrolle über ein Orchester. Im Raum wurde es still. Nicht nur seine Stimme war ein Vergnügen, auch seine Worte. Sie flossen hervor, tief und wohlklingend, und weckten Gefühle, die ich in meinem zufriedenen kleinen Leben längst vergessen geglaubt hatte. *Leidenschaft. Reue. Sehnsucht.*

Als er zu lesen aufhörte, herrschte Stille. Jemand hustete. Eine Frau rutschte auf ihrem Sitz hin und her. Ich applaudierte, ein langsames, theatralisches Klatschen, das ich sofort bereute. Was dachte ich mir bloß? In der ersten Reihe drehte sich jemand nach mir um.

Dann fiel irgendjemand weiter vorn in den Applaus ein, und plötzlich klatschten alle, und ich wurde vor Erleichterung ganz schwach. Glücklich verschwand ich wieder in der Anonymität, in der Menge.

Hinterher lud Ralph ein paar von uns in die Weinbar um die Ecke ein. Er war so überschwänglich, wie er zuvor nervös gewesen war. Ralph bestellte Champagner und erklärte den Abend zu einem wunderbaren Neuanfang. Er brachte einen Trinkspruch aus, nannte mich einen »Engel der Barmherzigkeit«. Einer seiner Lehrerkollegen johlte.

Ich weiß noch, wie ich mich am Tisch umsah, in all dem fröhlichen Geplauder, dieser wilden Mischung aus Lehrern und Dichtern und Freunden, die ich vor heute Abend fast alle noch nie gesehen hatte. Ich fühlte mich mitgerissen von ihrer Kameradschaftlichkeit, ihrer Begeisterung für das Leben.

Später setzte sich Ralph, der mich den ganzen Abend kaum aus den Augen gelassen hatte, neben mich. Sein Oberschenkel drückte warm und fest gegen meinen.

»So, Madam«, sagte er mit dieser tiefen, sexy Stimme,

»offensichtlich muss ich mich bei Ihnen bedanken.« Als er mich ansah, schien der Rest des Raumes zu verblassen. »Wie lange wird es wohl dauern, dir meine Dankbarkeit zu erweisen? Stunden? Tage? Jahre? Vorausgesetzt, du lässt es mich versuchen?«

Meine Wangen wurden heiß, mein ganzer Körper fühlte sich wie aufgeladen an.

Das lag natürlich am Champagner. Am Reiz des Neuen. Aber vor allem lag es einfach an Ralph.

KAPITEL 40

Er hörte nie auf. So war Ralph einfach. Mit ihm zusammen zu sein war, wie von einer Flutwelle hinweggespült zu werden, hin und her geworfen zu werden und den Boden unter den Füßen zu verlieren. An manchen Tagen war ich so müde, dass ich mir wünschte, er würde nicht anrufen, mich in Ruhe lassen, damit ich mir zu Hause einen ruhigen Abend machen und früh ins Bett gehen konnte. Selbst dann rief er immer an, manchmal sehr spät.

»Sei nicht so langweilig«, sagte er, wenn ich einwendete, es sei bereits Mitternacht und ich schon im Bett. »Leb doch mal ein bisschen!«

In anderen Nächten wachte ich vom Klopfen an der Tür auf, und dann stand er da, leicht angetrunken, und erklärte mir seine Liebe.

»Du bist doch nicht böse, mein Engel?« Er spielte den kleinen Jungen, der Angst davor hatte, Ärger zu bekommen. »Ich musste dich einfach sehen. Ich musste dich einfach im Arm halten. Sonst wäre ich gestorben.« Er machte eine Kunstpause, damit ich lachte. »Wirklich!«

Ich konnte ihm unmöglich lange böse sein. Es war schmeichelhaft, so angehimmelt zu werden. Und das Leben war aufregend, auch wenn es mir manchmal schwerfiel, bei der Arbeit wach zu bleiben.

Seit vier wahnsinnigen Monaten waren wir zusammen, als er mich bei einer seiner Lesungen in der Bibliothek, die inzwischen regelmäßig stattfanden, überraschte.

Er sagte, er habe an ein paar Gedichten gearbeitet. Es war mir ein Rätsel, wann er die Zeit dafür gehabt hatte. Vermutlich mitten in der Nacht. Sie bildeten den Auftakt einer neuen Sonettenreihe über Liebe und Vergänglichkeit.

Manchmal las er mir vor einer Veranstaltung zu Hause seine Gedichte vor, um den Vortrag vor Publikum zu üben, vor einem bewundernden Publikum bestehend aus mir. Diesmal nicht. Diese waren mir völlig neu.

Ich saß an meinem üblichen Platz in der hintersten Reihe, sah und hörte zu, nahm den Rhythmus, die Worte in mich auf. Und ich war stolz auf sein Talent und Charisma.

Erst verstand ich nicht, was er tat. Ich war schläfrig und überlegte bereits, wie ich es anstellen sollte, heute einen ruhigen Abend zu haben. Vielleicht würde ich ihn überreden können, den Umtrunk zu überspringen und mit zu mir zu kommen? Und so nahm ich seine Worte nur am Rande wahr.

Dann bemerkte ich, dass er zum Ende gekommen war und mich auf meinem versteckten Platz anlächelte. Während mir Hitze in die Wangen stieg, drehte sich das Paar in der ersten Reihe zu mir um. Schließlich fing sein bärtiger Freund, der Physiklehrer, an zu klatschen. Die Atmosphäre im Raum war völlig neu aufgeladen.

Eine Frau mittleren Alters, die zwei Plätze von mir entfernt in der letzten Reihe saß, eine völlig Fremde, beugte sich mit glänzenden Augen über den leeren Stuhl zwischen uns und flüsterte mir zu: »Was für ein Antrag!«

Ralph machte eine dramatische Pause, kostete seinen großen Moment voll aus, dann kam er hinter dem Pult hervor und schritt entschlossen auf mich zu, seine rechte Hand wanderte in seine Hosentasche.

Ich weiß noch, dass ich dachte: *O nein, bitte nicht. Wie peinlich. Mach das nicht.*

Aber natürlich war Ralph nicht aufzuhalten, das war er nie, ganz egal, was mein Gesicht sagte.

Er musste Stühle aus dem Weg schieben, damit er vor mir auf die Knie fallen konnte. »Helen, meine Muse, mein Engel, wirst du mir die Ehre erweisen und mich heiraten?«

Er klappte ein Schmuckschächtelchen auf, und darin steckte ein schmaler Silberring mit einem großen Rubin. Ungewöhnlich. Künstlerisch. Angeberisch. Überhaupt nicht ich.

Ich wollte weglaufen und mich verstecken. Er wirkte ein wenig lächerlich, so wackelig. Ich spürte, wie die Leute näher rückten, sich um uns scharten, flüsterten, lächelten. *Ich kenne dich doch kaum,* dachte ich und betrachtete seine weichen Haare, die ihm über ein Auge fielen, sein nervöses Lächeln.

Dann schoss mir ein Gedanke durch den Kopf. *Wenn wir verheiratet sind, bekomme ich vielleicht ein bisschen mehr Schlaf.*

Ich konnte mich nicht rühren. Ich konnte nicht sprechen. Die erwartungsvolle Stille war erdrückend.

Hinter mir sagte jemand: »Nun mach schon!«

Hatte ich überhaupt eine Wahl?

Ich beugte mich vor und murmelte: »Ich weiß nicht, was ich sagen soll. Wieso jetzt?«

Er nahm den Ring aus der Schachtel, griff nach meiner Hand und schob ihn mir auf den Finger. Jemand pfiff. Jemand jubelte. Stühle wurden gerückt, Mäntel angezogen.

Die Spannung verflog so schnell, wie sie entstanden war. *Das wäre also geklärt. Zeit, was trinken zu gehen. Zeit, nach Hause zu gehen.*

Ralph, der mich nun in den Armen hielt, lachte. »Wieso jetzt?« Er zog mich fester an sich und flüsterte mir ins Ohr: »Wieso nicht? Worauf warten wir? Na los, Miss Bibliothekarin, tu einmal in deinem Leben etwas Verrücktes.«

Was soll ich sagen? Ich habe ihn geheiratet.

Und er hatte recht. Es war das Verrückteste, was ich jemals getan habe.

KAPITEL 41

»Lass los!«

Anna war schmächtiger als Clara und musste heftig kämpfen, um Clara ihre Jacke zu entwinden. Dann rannte sie weg, Clara hinterher.

Ich lief ihnen nach, der Rucksack hüpfte auf meinem Rücken.

»Anna, warte!«

An der Ecke, dort, wo wir in eine schmalere, weniger befahrene Straße einbogen, holte ich sie ein.

»Schluss jetzt, alle beide!« Zornig wandte ich mich an Anna, die mürrisch zu mir aufblickte. »Was soll das? Du kannst nicht einfach auf der Hauptstraße weglaufen. Das ist gefährlich.«

Sie warf Clara einen hasserfüllten Blick zu und stampfte davon, ein paar Schritte voraus. Clara gestattete mir, sie an die Hand zu nehmen, und wir folgten ihr.

»Also«, fragte ich Clara, um die Ordnung wiederherzustellen. »Wie war es in der Schule?«

»Gut.«

»Was habt ihr angestellt?«

»Nichts.«

»Was gab es zum Mittagessen?«

»Weiß nicht mehr.«

Anna, die mit den Schuhen an einer Mauer entlangschabte, wartete darauf, dass wir zu ihr aufholten.

»Riech mal!« Sie hielt Clara die Hand hin, in der eine verwelkende Blume lag. »Ich wette, du traust dich nicht.«

»Iiih. Das ist ja eklig.«

»Kommt jetzt, Kinder. Gehen wir. Wir sind fast zu Hause.«

Es war nicht weit, aber an schlechten Tagen war der Heimweg von der Schule der anstrengendste Teil des Tages. Sie waren müde und überdreht, und ihre Freundschaft wechselte minütlich zwischen Liebe und Hass.

Andere Kinder schienen pflegeleichter. Ich sah Mädchen, die folgsam an der Hand ihrer Mutter nach Hause gingen und in der anderen Hand die Schultasche schwangen. Nur diese beiden waren jeden Nachmittag außer Rand und Band. Ich hasste diesen Wahnsinn, vor allem in Anna. Er erinnerte mich viel zu sehr an Ralph.

Als wir zu Hause ankamen, waren sie schon wieder Freundinnen. Sie stolperten in den Flur, schubsten und rempelten, zogen sich die Schuhe aus und streiften die Jacken ab, als häuteten sie sich.

»Habt ihr Hausaufgaben?«

Keine Antwort. Sie stürmten in die Küche. »Können wir was zu essen haben?«

»Ihr schreibt morgen ein Diktat, oder? Ich übe mit euch.«

Ich schnitt Äpfel und eine Banane klein und machte Milch in der Mikrowelle warm, und während sie aßen, holte ich Stifte und Papier.

»Wir üben zuerst Schreiben, okay? Das dauert auch nicht lange. Dann könnt ihr spielen, während ich das Abendessen mache.«

Anna stöhnte. »Mum-my!«

Clara murmelte etwas gedämpfter: »Dickes Diktat.«

Darüber mussten sie beide kichern. Anna machte mit ihrem Strohhalm Blasen in die Milch, Clara machte es ihr nach, und als wir schließlich mit der Schreibübung anfangen wollten, war die ganze Tischdecke voller Flecken, und ich wurde wieder streng.

Anschließend schickte ich sie zum Spielen ins Wohnzimmer, kochte Wasser für die Nudeln und wärmte eine Bolognesesoße auf.

Die Tür zum Wohnzimmer war angelehnt, und ihre Stimmen drangen zu mir in die Küche. Sie spielten Tierarzt mit Annas Arztkoffer und waren abwechselnd Ärztin oder besorgte Besitzerin, die ein krankes Stofftier mitbrachte. Ich hörte mit halbem Ohr, wie sie sich uneinig über die Regeln des Spiels waren, ihre Stimmen wurden lauter, doch dann fanden sie einen Kompromiss und beruhigten sich wieder.

Nach dem Essen schaltete ich ihnen eine Kindersendung ein, und sie legten sich bäuchlings auf den Teppich, die Fersen in der Luft, das Kinn auf die Hände gestützt.

Als es klingelte, blickte Clara kurz zu mir, verkündete: »Das ist Mummy«, und wandte sich wieder dem Bildschirm zu.

Bea wirkte gestresst, sie war spät dran. Sie wollte mir nie glauben, wenn ich ihr versicherte, das mache gar nichts. Ich wusste, wie privilegiert ich war, nur Hausfrau und Mutter zu sein, anstatt die Kinderbetreuung und eine Vollzeitstelle unter einen Hut bringen zu müssen. Gern nahm ich ihr ein wenig Arbeit ab, und sie zahlte es mir weiß Gott mehr als zurück.

Ich machte die Tür weit auf. »Komm rein. Schau nicht so besorgt. Magst du einen Tee?«

Mit kalten, trockenen Lippen gab sie mir einen Kuss auf die Wange. Sie roch nach der Welt draußen, nach Benzin und Arbeit.

»Alles in Ordnung?« Sie blieb in der Küche stehen und

warf einen Blick ins angrenzende Wohnzimmer, auf ihre Tochter und Anna. Die beiden lagen reglos auf dem Boden, vollkommen gefesselt von ihrem Cartoon.

»Alles gut.« Ich schaltete den Wasserkocher ein und wuselte in der Küche herum.

Bea ließ sich auf einen Stuhl sinken. Sie sah erschöpft aus.

»Wie war die Arbeit?«

Sie verzog das Gesicht, ohne mich anzusehen.

»Einer von diesen Tagen?«

Sie nickte. »Leider ja.«

Ich stellte ihr einen Becher Tee hin und setzte mich mit einem eigenen dazu. Ich wartete. Aus dem Wohnzimmer drangen Musikfetzen von dem Cartoon, hin und wieder unterbrochen vom Kichern der Mädchen. Es klang hoch und unbeschwert.

»Was geht dir durch den Kopf?«

»Ach, ich weiß nicht.« Bea schüttelte den Kopf. Ihr Gesicht war müde. »Letzte Woche hat mir Clara Sorgen gemacht, weil sie mit Mathe nicht klarkam. Und jetzt ist es Megan. Irgendwas ist immer. So ist das als Mutter.« Sie versuchte zu lachen, aber es klang nicht überzeugend.

»Was ist mit Megan? Ich dachte, sie freut sich auf Edinburgh?«

»Das hat sie auch.« Bea zögerte. »Aber jetzt denkt sie darüber nach, sich erst mal ein Jahr Auszeit zu nehmen. Ich finde einfach, dass das keine gute Idee ist. Das weiß sie auch – wir haben das alles besprochen, bevor sie sich beworben hat. Aber gestern Abend fing sie schon wieder davon an. Irgendein Mädchen aus ihrer Klasse plant eine Rundreise durch Südostasien, also will sie das jetzt natürlich auch.«

Ich nippte an meinem Tee und dachte nach. »Vielleicht gefällt ihr die Uni besser, wenn sie vorher ein bisschen Spaß hatte.«

»Aber was, wenn sie irgendetwas Dummes tut?« Sie blickte auf, Sorge stand in ihren Augen.

»Was denn zum Beispiel?«

»Zum Beispiel, sich umbringen zu lassen. Letzte Woche stand in der Zeitung, dass ein Mädchen beim Trampen vergewaltigt und ermordet wurde. Und ein Junge ist von einer Klippe gestürzt und gestorben.«

»Das kann überall passieren.«

»Ich weiß. Aber wenn sie im Ausland sind, werden sie unvorsichtiger. Machen dumme Sachen, die sie zu Hause nicht machen würden.«

Ich versuchte, mir Anna in diesem Alter vorzustellen, wie sie allein loszog.

Wahrscheinlich würde ich mir auch Sorgen machen.

»Megan ist beinahe siebzehn.«

»Genau. Ein ganzes Jahr jünger als fast alle ihre Freundinnen.« Bea verdrehte die Augen. »Sie war immer intelligent, deshalb hat sie eine Klasse übersprungen. Aber sie ist nicht so weltgewandt, wie sie glaubt.«

»Ich weiß, ich kann dich nicht davon abbringen, dir Sorgen zu machen«, sagte ich schließlich. »Aber irgendwann muss sie doch sowieso aus dem Haus. Ein Jahr im Ausland bringt ihr vielleicht die nötige Reife.«

Bea blies die Backen auf. »Ich habe keine Ahnung, wie sie das finanzieren will. Sie hat nicht mal genug Ersparnisse für das Flugticket, und schon gar nicht für alles andere. Und ich kann es ihr nicht bezahlen.«

Ich nickte. »Sie wird sich schon durchschlagen. Das schaffen sie alle.«

»Vielleicht.«

Eine Weile saßen wir schweigend da, tranken unseren Tee und lauschten der Musik aus dem Cartoon.

Auf einmal sagte Bea: »Das ist aber nicht alles. In letzter Zeit ist sie irgendwie seltsam. Aufbrausend. Bricht ohne Grund in Tränen aus. Ich weiß, sie ist ein Teenie, ich versteh schon. Und dann die Prüfungen und so. Aber ich glaube, sie hat etwas auf dem Herzen. Etwas, das sie mir nicht erzählt.«

Ich dachte nach. »Hast du sie mal darauf angesprochen?«

»Na klar. Aber sie wimmelt mich einfach ab.« Bea streckte mir über die Tischplatte die Hand entgegen. »Kannst du nicht mal mit ihr reden? Du kommst doch so gut mit ihr klar. Vielleicht hört sie ja auf dich. Sie mag dich sehr.«

Ich mochte sie auch, und Ralph hatte sie auch gemocht. Ihre Gedichte hatten ihn beeindruckt. Bea redete nie über Megans Vater und auch nicht über Claras. Wir waren befreundet – befreundete Mütter –, aber manche Sachen waren tabu. Ich wusste bloß, dass die beiden Mädchen Halbschwestern waren, mit verschiedenen Vätern, die sich aber beide nicht blicken ließen.

Ich zuckte mit den Schultern und drückte Bea die Hand. »Ich versuche es, aber ich kann dir nichts versprechen.«

»Danke. Lass uns einen Vorwand finden, weshalb sie abends mal hierherkommen muss, wenn Anna schon schläft. Ich lasse mir was einfallen.«

»Das würde mich freuen. Du weißt, dass sie hier immer willkommen ist.«

Bea schob ihren Stuhl zurück, offensichtlich wollte sie sich auf den Heimweg machen, um Clara ins Bett zu bringen.

»Bea? Geh noch nicht.«

Sie ließ sich wieder zurücksinken und sah mich scharf an. »Das klingt unheilvoll.«

»Na ja, eigentlich sind es gute Neuigkeiten. Zumindest für mich.« Ich zögerte und sah ihr ins Gesicht. »Aber vielleicht nicht das, was du hören möchtest.«

Sie runzelte die Stirn. »Na los, spuck's schon aus.«

Ich holte tief Luft. »Du weißt doch, dass ich seit, na ja, Ralph verschwunden ist, über einen Neuanfang nachdenke? Also, ich glaube, ich bin jetzt bereit dafür.«

»Du willst wirklich wegziehen?« Sie sah mich mit großen Augen an.

Ich nickte und blickte auf den Tisch hinunter.

»Aber ... warum schon so bald?« Sie wirkte, als versuchte sie das Ausmaß dessen, was ich gerade gesagt hatte, zu erfassen. »Warum so eilig? Wieso wartest du nicht noch ein halbes Jahr und schaust mal, wie es dir dann geht?«

Ich schüttelte den Kopf. »Ich habe schon ein paar Wohnungen in der Nähe von Bristol gefunden, die infrage kommen könnten. Erst einmal zur Miete, bis ich die Gegend besser kenne.« Ich machte eine Pause. »Ich muss mich beeilen, wenn ich bis September eine neue Schule für Anna finden will.«

»Verstehe«, sagte sie knapp.

Prustendes Gelächter drang aus dem Wohnzimmer. Wir drehten uns beide um. Die Köpfe der Mädchen berührten sich fast, wie sie so Seite an Seite vor dem Fernseher lagen.

»Weiß Anna schon Bescheid?«

Ich schüttelte erneut den Kopf. »Noch nicht.«

»Keine Ahnung, was ich sagen soll.«

Ich holte tief Luft. »Ja, es wird nicht einfach für dich,

eine Betreuung zu finden, vor allem, wenn Megan auch auszieht. Aber du könntest herumfragen. Vielleicht gibt es noch andere Mütter …«

Sie hob eine Hand und unterbrach mich. »Darum geht es nicht. Also, schon auch. Aber wir werden dich vermissen. Clara liebt Anna, das weißt du doch.«

»Ich weiß.« Ich wich ihrem Blick aus.

»Bist du dir sicher, Helen? Das ist eine gravierende Entscheidung.«

Ich blickte auf meine Hände hinunter, die ich auf dem Küchentisch gefaltet hatte. »Das ist mir klar. Aber hier halte ich es nicht mehr aus. Ich ertrage die verstohlenen Blicke nicht mehr. Das Gerede.«

»Okay«, sagte sie. »Klingt so, als hättest du dich schon entschieden.«

Ich seufzte. »Ich möchte einfach einen klaren Schnitt machen. Neue Schule. Neuer Ort.«

Die hohen Cartoonstimmen füllten die Stille zwischen uns.

»Dann verkaufst du das Haus?« Ihre Stimme klang ruhig.

»Ich habe es auf ein paar Webseiten eingestellt.«

Sie nickte und dachte darüber nach. »Es kann eine Weile dauern, bis es verkauft ist.«

»Ja, sicher.« Ich machte eine Pause. »Deshalb wollen wir für den Anfang auch erst einmal etwas mieten.«

Sie zog eine Augenbraue hoch. »Wovon wollt ihr das bezahlen?«

»Wir kommen schon klar. Ich habe Ersparnisse. Und dann gibt es ja auch noch Ralphs Lebensversicherung. Noch nicht jetzt, aber irgendwann eben.«

»Na dann.« Abrupt stand sie auf, drehte mir den Rücken zu und wusch ihre Tasse in der Spüle ab.

»Ich weiß, das kommt unerwartet, Bea. Tut mir leid.«

Ihre Schultern waren verkrampft. Sie antwortete nicht.

»Es tut mir nur leid für die Mädchen«, sagte sie schließlich, als sie ihre Sachen zusammensammelte und sich zum Gehen anschickte. »Clara wird so traurig sein.«

»Das glaube ich.« Ich legte ihr eine Hand auf den Arm. »Anna auch.«

Sie antwortete nicht, aber ich sah, wie sie den Kiefer anspannte, als sie ins Wohnzimmer hinüberging, um Clara zu holen. Anna und ich standen am Fenster und winkten ihnen nach, als sie den Gartenpfad hinunter und auf Beas Auto zugingen. Clara und Anna warfen einander Luftküsse zu und machten irgendwelche Witzchen, die nur sie verstanden.

Bea drehte sich nicht um, und ich nahm es ihr nicht übel. Als wir uns abwandten, wurde ich auf einmal von heftigen Schuldgefühlen überwältigt.

Bea war meine beste Freundin hier. Es gefiel mir gar nicht, dass ich sie anlügen musste.

KAPITEL 42

Ohne Ralph hatte sich das Haus verändert. Es klang anders, vor allem, nachdem Anna eingeschlafen war. Eine neue Stille legte sich über mich, egal wo ich saß, in der Küche, im Wohnzimmer. Die Substanz des Hauses, die Möbel gaben ein Knarzen und Stöhnen von sich, das mir zuvor nie aufgefallen war. Ein Seufzen.

Ich hatte zu viel Zeit, allein in der Stille zu sitzen und mir Sorgen zu machen. Hauptsächlich sorgte ich mich um Anna.

Ich dachte daran, wie sie mit Clara Tierarzt gespielt hatte, wie sie abwechselnd den weißen Kittel angezogen und einem flauschigen Stofftier ein Stethoskop auf den Bauch gedrückt hatten. Nach außen hin schien es ihr gut zu gehen. Fast zu gut.

Ich wollte sie nicht belasten, indem ich ständig mit ihr über ihren Vater sprach, aber es fühlte sich seltsam an, einfach weiterzumachen, als wäre nichts passiert, als wäre er eines Tages ausgegangen und wir hätten kaum bemerkt, dass er niemals zurückkommen würde.

In den ersten Tagen nach dem Unfall hatte ich Anna eine Halbwahrheit erzählt. Ich hatte sie auf meine Knie gezogen, die Arme um sie geschlungen und ihr gesagt, dass Daddy für eine Weile fortgegangen sei.

Sie sah mich fragend an. »Wohin?«

»Das wissen wir nicht genau. Alle suchen nach ihm. Überall.«

»Ist er mit einem Flugzeug weggeflogen?«

Ich schluckte. »Ich glaube, er ist spazieren gegangen, Süße.«

Sie legte den Kopf schief und dachte darüber nach. »Wenn er zurückkommt, bringt er mir dann ein Geschenk mit?«

Blinzelnd überlegte ich, was ich antworten sollte.

»Ich hätte gern einen Hund.«

Ich sprach langsam und bedächtig, meine Stimme für schwierige Gespräche. »Wenn du Daddy vermisst, kannst du es mir ruhig sagen. Ja? Es ist in Ordnung, darüber zu sprechen.«

»Ich lach und lach zu viel und erbrech mich«, sagte Anna.

Ich stutzte. »Wie bitte?«

»Das hat mir Miss Fry beigebracht.«

»Wann? Musstest du in der Schule brechen?«

Anna lachte über meine Verwirrung. »Ich *lach* und *lach* zu *viel* und *erbrech* mich. Acht mal acht ist vierundsechzig. Verstehst du? Das ist Mathe.«

Ich hatte das Gefühl, dass ich meine Chance vertan hatte, dieses schwierige Gespräch mit ihr zu führen. In Gedanken war sie längst woanders.

Sie wand sich aus meinen Armen und ging spielen, und für eine Weile war das Thema damit erledigt.

Das zweite Mal sprach sie es von sich aus an, völlig überraschend, an einem Abend etwa eine Woche später. Ich hatte ihr gerade zwei Kapitel aus einem Buch über Mäusedetektive vorgelesen, und sie hatte gelacht und war auf dem Bett herumgehüpft und wirkte so normal und ausgelassen wie immer.

Aber als ich mich zu ihr hinunterbeugte, um ihr einen Gutenachtkuss zu geben, fragte sie: »Kommt Daddy morgen zurück?«

Ich hielt inne und sah sie an. Die Stimmung veränderte sich. Sie sah mich so hoffnungsvoll, so unschuldig an, dass es mir das Herz brach. »Nein, Süße. Sie suchen noch nach ihm, weißt du nicht mehr?« Was hätte ich auch sonst sagen sollen? Ich wollte ihr mehr erzählen. Dringend. Aber dafür war sie noch zu klein.

»Im Wasser?«

Das war neu. Irgendjemand in der Schule musste etwas davon erzählt haben, dass man im Reservoir gesucht hatte. Ich setzte mich auf die Bettkante und nahm sie in die Arme.

»Überall. Sie suchen wirklich gründlich, aber sie haben ihn noch nicht gefunden.« Ich hielt sie fest, versuchte, ruhig zu atmen, und wich ihrem Blick aus.

»Aber wieso ist er weggegangen?« Sie löste sich von mir und sah verärgert aus. »Ohne mich?«

»Er wollte einen Spaziergang machen, Liebling. Es war schon spät. Du warst längst im Bett.«

»Moment mal! Er wollte einen langen Spaziergang machen – *im Dunkeln?*« Sie lachte leise. »Daddy, das war wirklich keine gute Idee!«

Ich küsste sie auf die Stirn, und sie schlang die Arme um meinen Hals, zog mich tiefer zu sich hinunter.

»Wie dumm von Daddy.«

Ich saß da in der Stille und fragte mich, wann sie wohl trauern würde. Sollte ich noch einmal versuchen, mit ihr über ihre Gefühle zu sprechen? Oder wäre es für sie mit ihren sieben Jahren besser, wenn sie alles auf ihre Weise, in ihrem eigenen Tempo verarbeitete?

Ich versuchte, ein Buch zu lesen, konnte mich aber nicht konzentrieren. Manche Absätze musste ich mehrmals lesen, weil ich sie nicht aufnahm. Ich ging in die Küche und schaltete den Wasserkocher an, dann setzte ich mich auf einen Stuhl und wartete, während ich mich fragte, was ich eigentlich tat.

Hatte Miss Dixon sich auch so gefühlt, als ihr klar wurde, dass Ralph das Interesse an ihr verlor? Dieses Gefühl der Leere, der Sinnlosigkeit? War sie deswegen zu der Ärztin gegangen und hatte angefangen, Tabletten zu nehmen?

Ich dachte an mein Leben vor Ralph zurück. Ich war doch zufrieden gewesen, oder nicht, in meiner kleinen Wohnung, so hübsch und ordentlich, mit meinen Büchern und Filmen und meinen Freunden von der Uni? Aber deren Leben hatte sich auch verändert. Einer nach dem anderen hatte geheiratet und eine Familie gegründet. Meine engsten Freunde waren weggezogen. In dieses Leben konnte ich nicht zurückkehren. Es war Geschichte.

Genau wie die Person, die ich damals gewesen war. Eine naivere Person, eine optimistischere. Was war aus mir geworden, seit ich geheiratet hatte?

Ich hatte nie aufgehört, ihn zu lieben. Aber ich vertraute ihm nicht mehr. Ich glaubte ihm nicht mehr.

Anfangs fand er aufwendige Ausreden, wenn er wegging. Er erzählte lang und breit von einer wöchentlichen Dichtergruppe, die, wie ich mir ziemlich sicher war, nur einmal im Monat stattfand.

Er hatte sich immer gern als Schauspieler gesehen und eine Schultheatergruppe gegründet, die jedes Jahr ein neues Stück aufführte. Nicht einmal die Royal Shakespeare Company brauchte so viele Lese- und Bühnenproben, wie er behauptete. Monatelang verschaffte sie ihm ein Alibi.

Manchmal hörte ich Gerüchte über seine Affären. Dachte er wirklich, ich wüsste es nicht? Die Frau, mit der er das Heim, das Bett teilte? Die Mutter seiner Tochter?

Es war nicht leicht.

Ich weiß noch, wie ich im Bett lag, alle Muskeln angespannt, und hörte, wie Ralph mit dem Schlüssel im Türschloss rasselte und unten herumtrampelte, offensichtlich angetrunken. Er kam die Treppe heraufgestampft. Wenn er die Decke zurückschlug und neben mir ins Bett kroch, fühlte ich seinen warmen Atem an meiner Schulter.

Ich hielt die Augen geschlossen und lag ganz still, bemühte mich, nicht zu zittern, während er kurz darauf einschlief.

An solchen Tagen dachte ich daran, ihn zur Rede zu stellen und in letzter Konsequenz zu verlassen. Er würde sich nie ändern. Das verstand ich jetzt. Er liebte das Drama, das Abenteuer und die Gefahr. Es war ein Teil von dem, was ihn ausmachte.

Aber egal, was er sonst getan hatte, er hatte mir Anna geschenkt. Die zweite Liebe meines Lebens. So kompliziert unsere Ehe manchmal auch war, ich hätte die Vergangenheit nicht ändern wollen, denn dann hätte ich Anna nie bekommen. Und die Affären waren kurzlebig. Feuerwerke, die am Himmel glänzten und funkelten und schließlich ausbrannten. Er kam immer zu uns zurück, zu Anna und mir. Letzten Endes.

Ich konnte ihn nicht verlassen. Nicht nur Anna zuliebe. Und nicht, weil er die Rechnungen bezahlte – auch wenn ich dankbar dafür war. Sondern weil er mir trotz allem wichtig war. Und weil ich die Hoffnung nicht aufgeben wollte, dass er sich irgendwann, eines Tages, wenn er des Jagens müde geworden wäre, ändern würde. Dass er seine dunkelbraunen Augen auf mich richten würde und feststellen würde, wie kostbar unser gemeinsames Leben war, genau hier, zu Hause.

Ich machte mir eine Tasse Tee und schloss auf dem Weg nach oben die Haustür ab.

Ralphs Mantel hing an der Garderobe und beobachtete mich. Darunter standen seine Schuhe, ausgetreten vom häufigen Tragen, neben einem Paar uralter Gummistiefel, die er so gut wie nie angezogen hatte.

Ich schnappte alles und stopfte es in eine Plastiktüte. Dann ging ich hinaus, warf sie in die Mülltonne und ließ scheppernd den Deckel wieder zufallen. Sofort fühlte ich mich besser.

Ich nahm meinen Tee mit nach oben in sein Arbeitszimmer und schloss die Tür hinter mir. Mein Puls beschleunigte sich. Das war eine Verletzung seiner Privatsphäre. Ich befürchtete, jeden Moment Ralphs schwere Schritte auf der Treppe zu hören. Gleich würde sich der Türknauf drehen. Er würde mich erwischen, hier in seinem Zimmer, und mit gespielter Fröhlichkeit, aber skeptischem Blick fragen: »Was machst du denn hier?«

Es gefiel ihm nicht, wenn ich hier drin war. Es gab schon früh in unserer Ehe eine stillschweigende Vereinbarung über unser jeweiliges Revier. Ich respektierte sie zum Teil deshalb, weil ich hoffte, wenn er zu Hause einen Rückzugsort hätte, würde er vielleicht abends nicht so oft seine Jacke und die Schlüssel schnappen, mit irgendeiner gemurmelten Ausrede hinausstürmen und mich allein lassen.

Jetzt sah ich mich um. Auf seinem Schreibtisch türmte sich ein Durcheinander aus Gedichtbänden und Romanen, Papierschnipseln, bekritzelt mit halb fertigen Gedichten, Ideenfragmenten.

Ich hatte ihm einmal ein hölzernes Schreibtischset für

seine Stifte gekauft, aber er benutzte es nie. Füller, Kappen und Bleistifte lagen überall verstreut.

Ein verknittertes Jackett, das dringend gewaschen werden musste, hing über der Stuhllehne. Auf dem Kaminsims lag seine Bürste, in der noch immer ein paar dunkle Haare hingen.

Mit klopfendem Herzen stand ich in der Stille. *Ralph.* Ich konnte ihn beinahe spüren. Wie er sich mir widersetzte. Wie er sich über mein Bedürfnis nach Sauberkeit, nach System und Ordnung lustig machte.

Aber er war nicht da. Und zum ersten Mal seit Langem konnte ich tun, was mir gefiel.

Ich krempelte die Ärmel hoch und machte mich an die Arbeit.

Ich brauchte den ganzen Abend, ging methodisch vor, arbeitete ohne Pause bis tief in die Nacht.

Als ich fertig war, wollte ich nur noch duschen und ins Bett kriechen.

Aber ich hatte es geschafft.

Ich hatte alle seine Gedichte zusammengesammelt, Seite um Seite mit seiner ausladenden Handschrift, und in den Papiermüll gestopft.

Ich hatte seine Bücher aus den Regalen genommen und auf den Boden gelegt, sie sortiert und in Kategorien eingeteilt: Gedichtbände (einzelne Autoren), Gedichtbände (Anthologien) Literaturwissenschaft, Romane, Biographien, Humorvolles (in erster Linie Geschenke von Freunden) und Verschiedenes.

Einige teure Hardcovers – hauptsächlich edle Anthologien und Gesamtausgaben – hatte ich ausgewählt und beiseitegelegt.

Den Rest ordnete ich alphabetisch nach Autor oder

Herausgeber und verstaute alles in Kisten, die ich sorgfältig beschriftete, damit das Spendenkaufhaus sie abholen konnte.

Dann hockte ich mich vor die Regale und betrachtete die leeren Fächer, aus denen ich alle Spuren von Ralph entfernt hatte. Die Kisten standen ordentlich an der Wand aufgereiht.

Mir taten der Rücken und die Arme weh. Meine Bluse war von einer Staubschicht bedeckt. Aber ich war seltsam befriedigt. Glücklich. Es war ein Anfang. Ich stellte Ordnung her, auf meine Weise. Ich eroberte die Kontrolle zurück.

KAPITEL 43

Die Bücher dienten mir als Ausrede, um Megan an einem Abend in der folgenden Woche zu mir einzuladen.

Kurz nach acht stand sie vor der Tür. Mit verhärmtem Gesicht schaute sie mich hinter einem Strauß Sweetheart-Rosen, einem Wirbel aus Gelb, Pink und Rot, an.

»Für mich?« Ich nahm den Strauß, gab ihr einen Kuss auf die Wange und bat sie herein. »Das wäre doch nicht nötig gewesen.«

Es war eine Weile her, seit ich sie zuletzt gesehen hatte. Seit Ralphs Verschwinden war sie nicht mehr bei uns gewesen. Vermutlich hatte sie Angst vor meiner Trauer. Es war schwer, die richtigen Worte zu finden, wenn es nichts, aber auch gar nichts zu sagen gab.

Sie war erst sechzehn, wirkte aber älter, wie sie da im Flur stand. Eine junge Frau, die fast bereit war, das Nest zu verlassen. Sie trug eine dünne Baumwolljacke über tiefsitzenden Jeans und ein kurzes Top, das hochrutschte, als sie sich bewegte, und den Blick auf einen flachen, festen Bauch freigab.

Auch in anderer Hinsicht hatte sie sich verändert. Die Haare, die sie sonst in einem akkuraten Bob getragen hatte, waren strähnig und mussten wohl mal wieder gewaschen werden. Sie war hohlwangig und hatte dunkle Ringe unter den Augen.

Ich führte sie ins Wohnzimmer und beschäftigte mich mit dem Strauß, schnitt die Stiele an und arrangierte die

Blumen in einer Vase, dann kochte ich uns einen Tee. Ich sagte nichts, noch nicht, aber ich verstand jetzt, weshalb Bea sich Sorgen machte. Megan wirkte so nervös und schreckhaft, wie ich sie noch nie erlebt hatte. Offensichtlich hatte sie etwas auf dem Herzen.

Früher war sie oft hier gewesen. Letztes Jahr, bevor sie zu viel für ihre Prüfungen lernen musste, hatte sie etwa einmal im Monat auf Anna aufgepasst, wenn ich zu irgendwelchen Schulveranstaltungen musste. Auf Ralph konnte ich mich nicht verlassen. Im Jahr davor, als sie erst vierzehn war und die Mädchen gerade in den Schulkindergarten gekommen waren, besuchte uns Megan manchmal nach der Schule, breitete ihre Schulbücher auf dem Küchentisch aus und mampfte Kekse, während sie ihre Hausaufgaben machte und Anna und Clara im Wohnzimmer spielten. Sie hatte sich gern mit mir unterhalten, ihr hatte die Vorstellung gefallen, dass wir wie zwei Erwachsene auf Augenhöhe waren.

Jetzt hockte sie zusammengesunken auf der Stuhlkante. Ich setzte mich auch und umfing mit den Händen den warmen Becher.

»Na, freust du dich schon auf Edinburgh? Es ist bestimmt beruhigend zu wissen, dass du bereits eine Zusage hast.«

Sie nickte, die Augen fest auf einen Punkt auf dem Küchenboden gerichtet. »Bestehen muss ich trotzdem noch.«

Ich lächelte still. Sie hatte immer erstklassige Noten gehabt. Es war schwer vorstellbar, dass sie nicht den erforderlichen Durchschnitt erreichen würde.

»Du wirkst ein wenig besorgt.«

Sie kratzte sich hinter dem Ohr. »Bin ich auch. Nächste Woche fangen die Prüfungen an.«

Ich nickte. »Aber du hast hart dafür gearbeitet. Das klappt schon, meinst du nicht?«

Sie verzog das Gesicht und wand sich auf ihrem Stuhl. »Ich weiß auch nicht, was mit mir los ist. Mum kapiert es nicht. Sie sagt immer: *Worüber machst du dir Sorgen? Du kannst doch alles.* Aber daran liegt es nicht. Ich kann mich einfach nicht konzentrieren.«

»Wann ist die erste Prüfung?«

»Dienstag.« Sie klang panisch. »Englische Literatur. Das müsste ein Klacks sein. Das ist alles hier drin.« Sie tippte sich an den Kopf. »Oder zumindest war es das … aber wenn ich versuche, mich zu konzentrieren, meine Notizen und Unterlagen durchgehen will, dann kann ich mich an nichts erinnern. Dann ist alles leer.« Sie rang nervös die Hände auf dem Schoß. »Was, wenn mir das in der Prüfung auch so geht? Was, wenn ich durchfalle?«

Ich blieb sitzen und sah sie an. »Vielleicht brauchst du ein bisschen Ruhe? Ich weiß, das ist leicht gesagt, aber vielleicht musst du dich ein wenig entspannen.«

Sie saß ganz still, hatte die Augen gesenkt. Im Haus herrschte eine bedrückende Stille. Es war, als wären wir die einzigen Menschen auf der Welt. Ich schaute auf ihre Fingernägel, die ganz abgenagt waren, auf ihr angespanntes Gesicht.

Meine Mundwinkel hoben sich zu einem Lächeln. »Ich habe etwas für dich. Hat deine Mum dir das erzählt?«

Zum ersten Mal hob sie den Blick und schaute mich flüchtig an. »Nicht wirklich …«

Ich stand auf. »Na ja, erwarte nicht zu viel, aber ich habe ein bisschen aufgeräumt. Ich habe ein paar Sachen gefunden, die dir vielleicht gefallen könnten.«

Ich führte sie nach oben in Ralphs Arbeitszimmer. Sie

blieb auf der Schwelle stehen, sah sich um, nahm alles in sich auf. Die sorgfältig beschrifteten Kisten an der Wand. Die Bücherstapel auf dem Schreibtisch. Seinen Stuhl. Sie biss sich auf die Lippe. »Hat er hier gearbeitet?«

Ich nickte. »Hier hat er gelesen. Und korrigiert.« Lächelnd drehte ich mich zu ihr um. »Bestimmt hat er hier über die Jahre einige deiner Essays korrigiert.«

»Und seine Gedichte? Hat er die hier auch geschrieben?« Ihre Stimme klang angespannt.

»Manchmal. Meistens hat er dort auf dem Boden gesessen.« Ich deutete auf den Heizkörper in der Ecke und stellte ihn mir vor, wie er sich mit dem Rücken dagegenlehnte, die Knie angezogen hatte und sich über einen Notizblock beugte, die Haare, die ihm ins Gesicht fielen. Ein Glas Wein neben sich. In seiner eigenen Welt.

Als wir uns kennengelernt hatten, war ich so stolz auf seine Arbeit gewesen. Als er zum ersten Mal über mich schrieb, über seine Liebe zu mir, erschien mir seine Poesie wie ein kostbares Geschenk.

Doch die Dinge hatten sich verändert, zuerst zwischen uns, dann auch in seinen Gedichten. Sein Schreiben wurde rastlos, er selbst auch. Gedichte über unerfüllte Sehnsucht, über das Ausbrechen. Und schließlich, nur kaum verhüllt, über seine Leidenschaft für andere Frauen. Offenbar glaubte er, er habe das Recht, mich in seinen Gedichten öffentlich zu betrügen. Das Recht eines Künstlers. Immerhin ging es in seinen Gedichten um ihn. Um sein Ego, seine Bedürfnisse. Darin war kein Platz für Treue. Damals hörte ich auf, seine Lesungen zu besuchen.

Ich griff nach dem Stapel Bücher, die ich für Megan zurückgelegt hatte. »Das meiste gebe ich weg, aber ich dachte … die hier wären es wert, behalten zu werden.«

Ich reichte sie ihr. »Wenn du sie haben möchtest? Ich bin sicher, Ralph würde sich freuen, wenn du sie bekommst.«

Sie sah sie sich an, eines nach dem anderen, schlug jeden Band auf und überflog das Inhaltsverzeichnis, blätterte durch die Seiten, hielt hier und da inne, um ein bestimmtes Gedicht oder ein Zitat zu lesen. In einem oder zweien prangte noch Ralphs Name in seiner ausladenden Schrift auf dem Vorblatt, und ich sah, wie sie sie anstarrte, als gruselte sie die Vorstellung, die Bücher eines toten Mannes an sich zu nehmen.

Ich legte ihr eine Hand auf den Arm. Sie zitterte.

»Du musst sie nicht nehmen, wenn du nicht willst. Das ist in Ordnung, wirklich.«

Wir ließen die Bücher, wo sie waren, und marschierten zurück in die Küche, wo wir uns erneut an den Tisch setzten. Wieder schaute sie zu Boden und wich meinem Blick aus. Diese Schweigsamkeit passte gar nicht zu ihr. Ich musterte sie, versuchte zu verstehen.

Irgendetwas stimmte nicht, und ich wusste nicht, was. Sie war so in sich gekehrt, genau wie Bea gesagt hatte. Ich war immer ihre Freundin gewesen. Wir hatten uns gut verstanden. Ich hatte alles für mich behalten, was sie mir anvertraut hatte – Stress mit ihrem Freund, ihrer besten Freundin, den Hausaufgaben. Ich würde ihr Vertrauen nie missbrauchen, und das wusste sie. Ihre Geheimnisse waren bei mir sicher.

»Liegt es an den Büchern? Bin ich dir zu nahegetreten?«, fragte ich leise. »Das tut mir leid.«

»Das ist es nicht.« Ihre Stimme klang rau, als bereitete es ihr Schmerzen, die Worte auszusprechen.

Die Küchenuhr tickte in der Stille.

»Was ist los, Megan?«, fragte ich schließlich.

Ein Schatten huschte über ihr Gesicht. »Ich möchte nicht darüber reden, okay? Hör auf zu fragen. Du bist ja schon genauso schlimm wie Mum!«

Ich streckte beruhigend eine Hand nach ihr aus. »Ist schon gut. Vergiss es einfach.«

Ich breitete die Arme aus, und sie warf sich hinein und klammerte sich an mich. Schon bald bebte ihr Körper unter harten, trockenen Schluchzern, ihr Gesicht an meinem Hals. Ich schlang die Arme um sie und hielt sie fest, so wie ich auch Anna halten würde, strich ihr mit einer Hand über den Kopf und drückte sie mit der anderen an mich.

»Ist ja gut, Megan. Es tut mir leid«, flüsterte ich in ihre Haare, in der Hoffnung, sie zu beruhigen. »Ich wollte nicht aufdringlich sein. Du wirkst einfach niedergeschlagen.«

Sie löste sich von mir. »Ich kann es dir nicht erzählen. Ich kann es niemandem erzählen.«

Ich schüttelte den Kopf, sah die Verzweiflung in ihren Augen.

»Warum nicht, Megan? Was ist los?«

Sie löste sich völlig von mir und ließ mich mit leeren Armen zurück. »Du würdest mir bloß Vorwürfe machen.«

Ich blinzelte. »Weswegen?«

Sie sah schuldbewusst aus.

»Ach, Megan.« Mein Herz setzte einen Schlag aus. »Bist du etwa … Du bist doch nicht schwanger, oder?«

»Schwanger?« Sie sah entsetzt aus. »Nein! Wie kommst du denn darauf?«

Ich stieß den Atem aus. »Ich weiß nicht, ich dachte bloß, vielleicht, ein neuer Freund …«

Sie funkelte mich an.

Ich zögerte, tastete mich vor. »Ist es das? Hast du einen Freund?«

»Er ist nicht mein Freund.« Megan wich noch weiter zurück, hockte sich wieder auf den Stuhl und zog die Beine an. Sie sah so jung aus, wie sie ihre Knie umklammerte. »Ich dachte, er wäre auf meiner Seite, aber dann fing er an, dumme Sachen zu sagen. Dass er mich liebt. Dass er mich braucht.« Sie schlug mit der Hand auf den Tisch, als ertrüge sie es nicht, als könnte sie es nicht länger für sich behalten.

»Er hat gesagt, es wäre alles meine Schuld. Ich hätte ihm etwas vorgemacht. Aber das habe ich nicht. Ich wollte bloß … Ich hätte nie gedacht, dass er so seltsam werden würde.«

Ich versuchte, all das zusammenzusetzen. »Kannst du mir sagen, wer er ist?«

»Nein.«

Ich holte tief Luft. »Okay. Kannst du mir sagen, was passiert ist? Wie weit ist es gegangen?«

Sie errötete. »Wir haben nicht …« In ihrer Verzweiflung sah sie unglaublich jung aus. Unglaublich unschuldig, trotz allem. »Er hat es, na ja, versucht.«

»Versucht?«

Sie erschauerte und richtete den Blick auf die Tischplatte und die Finger, die dort herumtrommelten. Ihre Stimme wurde mechanisch. »Eines Abends sind wir etwas trinken gegangen. Mum weiß nichts davon.«

Ich rührte mich nicht, um sie nicht aus dem Fluss zu bringen.

»Es ist eine Weile her. Ich hatte gerade meine Zusage aus Edinburgh erhalten.« Sie verzog beschämt das Gesicht. »Er hat mich nicht zum Trinken gezwungen. Ich wollte es. Ich war so glücklich.«

Ich bemühte mich, ruhig zu sprechen. »Ihr seid also etwas trinken gegangen?«

»Er ist mit mir zu einem Pub gefahren, kilometerweit weg. Es war sehr ruhig da. Ich war da noch nie gewesen.«

Ich biss mir auf die Lippe. »Und was ist dann passiert?«

Sie schluckte schwer. »Er ist an die Bar gegangen und mit einer Flasche Wein zurückgekommen, hat aber selber nur ein Glas getrunken, weil er noch fahren musste.« Sie hielt inne. »Mir war das zu viel, ich habe nicht alles geschafft, aber ich kam mir so undankbar vor ...«

Sie sprach nicht weiter. Ich versuchte, mir nicht anmerken zu lassen, wie wütend ich war – nicht auf sie, sondern auf den Kerl, der sie so manipuliert hatte.

»Also warst du ziemlich beschwipst, als er dich nach Hause gebracht hat?«

Megan nickte elend.

»Und was dann?«

Sie verzog das Gesicht. »Er hat in einer Nebenstraße geparkt, und ich habe ihm Gute Nacht gesagt und wollte aussteigen, aber die Türen waren verriegelt, und dann hat er sich rübergebeugt und ...« Sie brach ab.

Ich schloss die Augen, sah es vor mir, obwohl ich es nicht wollte. »Und dann?«

»Er hat mich festgehalten und geküsst. Es war ekelhaft.« Sie schauderte. »Er hat mir die Zunge in den Mund geschoben. Ich habe keine Luft gekriegt. Dann hat er mir eine Hand aufs Bein gelegt und immer weiter hochgeschoben. Ich hab sie festgehalten. Er hat erst aufgehört, als ich ihn an den Haaren gerissen hab. Ich habe ihm immer wieder gesagt, er soll aufhören. Er sah so überrascht und irgendwie verletzt aus. Er hat gesagt, dass er mich mag und gedacht hätte, mir ginge es genauso, und ob wir nicht noch einmal ausgehen könnten, beim nächsten Mal würde er mir etwas ganz Besonderes zeigen.«

Stille. Ich dachte an Anna, die oben schlief, und fragte mich, was ich tun würde, wenn irgendein Junge so etwas mit ihr machen würde, wenn sie älter wäre.

Megans Lippen zitterten, und sie brach wieder in Tränen aus. »Ich kam mir so dumm vor. Er muss mich für so ein Baby gehalten haben. Ich wollte ihn nicht wütend machen, wirklich nicht. Ich hatte ihn immer gemocht – aber eben nicht so.«

»Und das war es? Nur das eine Mal?«

Sie zog ein Taschentuch aus ihrem Ärmel und wischte sich damit übers Gesicht und die laufende Nase. »Mehr oder weniger. Er hat mir Nachrichten geschickt. Dass es ihm leidtue und so. *Bitte, können wir uns treffen? Nur einmal. Ich will es dir erklären.* Ich wusste nicht, was ich machen soll.«

»Und was hast du gemacht?«

»Nichts. Ich habe nicht geantwortet. Habe sie gelöscht und so getan, als wäre nichts passiert. Ich bin ihm aus dem Weg gegangen.«

Ich dachte: *Das hätte schlimmer ausgehen können. Zum Glück war sie so vernünftig. Zum Glück hat sie ihn abgewehrt.*

»Belästigt er dich immer noch?«

Ihr Blick war wieder auf den Boden gerichtet.

»Kannst du dich deswegen nicht konzentrieren?«

»Ich kann an nichts anderes denken.« Ihre Hände zitterten. »Vielleicht habe ich ihn wirklich verletzt. Was, wenn er alles, was er gesagt hat, ernst gemeint hat, und er wirklich nicht ohne mich leben konnte?«

»Ach, Megan.« Ich streckte einen Arm aus und nahm ihre glühende Hand. »Nach allem, was du erzählt hast, klang er wie ein egoistischer Mistkerl. Du hast nichts falsch gemacht. Im Gegenteil, du hast genau das Richtige getan.«

Sie schaute mich mit rot geweinten Augen an. »Wirklich?«

»Wirklich.« Ich sprach ruhig und deutlich. »Megan, du brauchst dich nicht schlecht zu fühlen. Überhaupt nicht.«

Sie sah mich flehentlich an. »Ich wollte nicht ...«

»Ich weiß. Das sehe ich.«

Ihr Gesicht entspannte sich, sie wirkte erleichtert. *Arme Megan.* Hatte sie diese Schuld seit Monaten mit sich herumgetragen, seit sie ihre Zusage aus Edinburgh bekommen hatte? Ich fühlte mich schlecht, denn ich war so sehr mit meinen eigenen Problemen beschäftigt gewesen, dass mir ihre gar nicht aufgefallen waren.

Ich zwang mich zu einem Lächeln. »Pass auf. Du schließt jetzt mit dieser Geschichte ab, ja? Mir zuliebe. Denk jetzt nur noch an deine Prüfungen. Und danach gehst du in die Welt hinaus und hast ein phantastisches Jahr im Ausland, bevor du dein Studium anfängst. Ich helfe dir, deine Mum davon zu überzeugen, sie wird schon zustimmen. Aber bis dahin verbanne das alles aus deinen Gedanken und konzentrier dich auf deinen Abschluss. Kriegst du das hin?«

Sie putzte sich die Nase und lächelte schwach. »Ich versuch's.«

»Da fällt mir was ein. Warte kurz. Ich habe etwas für dich.«

Ich lief in mein Schlafzimmer, holte mein Scheckheft und schrieb ihr den größten Scheck, den ich mir leisten konnte. Unten versteckte ich ihn hinter meinem Rücken.

»Streck die Hände aus. Na los. Und Augen zu.«

Sie gehorchte, zu erschöpft, um aufgeregt zu sein. Ich legte den gefalteten Scheck auf ihre Handfläche und schloss ihre Finger darum.

»Okay, du kannst wieder gucken.«

Ihr fielen fast die Augen aus dem Kopf, als sie die Summe sah.

»Das bleibt unter uns«, sagte ich. »Zahl es auf dein Konto ein und verrate deiner Mum nichts. Versprochen?«

Sie riss den Blick von dem Scheck los und sah mich an. »Das kann ich nicht … das ist viel zu viel.«

»Doch, das kannst du. Es ist für dein Auslandsjahr, nachdem wir deine Mum davon überzeugt haben. Sie hat gesagt, ihr wärt im Moment ein bisschen knapp bei Kasse.« Ich lächelte. »Betrachte es als ein Extra-Danke-schön fürs Babysitting.«

Sie legte den Kopf zurück und sah mich erneut an, sie wirkte zögerlich. »Aber du musst nicht …«

Ich schüttelte den Kopf. »Du weißt nicht, wie sehr du mir geholfen hast, Megan. Aber jetzt müssen wir beide ins Bett. Soll ich dir ein Taxi rufen?«

»Danke, das geht schon. Ich laufe.«

Sie verstaute den Scheck in der Innentasche ihrer Jacke und zog den Reißverschluss zu.

Vor der Tür blieb sie stehen und blickte die Straße hinunter. Ihr Gesicht verdüsterte sich.

»Alles okay, Megan?«

Sie trat zurück in den Flur. »Dieser Mann da, im Auto.«

Ich spähte an ihr vorbei und sah in einiger Entfernung den verschrammten Kombi. Mike Ridge.

»Was ist mit ihm?«

»Ich mag ihn nicht. Er war bei uns zu Hause und hat

uns Fragen gestellt. Mum hat gesagt, sie hätte der Polizei schon alles erzählt, und ihn weggeschickt.«

Ich nickte. Wieso hatte mir Bea nichts davon erzählt?

»Und neulich in der Stadt hat er mich auf der Straße angesprochen.« Sie schaute argwöhnisch drein. »Hinterher habe ich mich gefragt, ob er ... na ja, ob er mich verfolgt hat.«

Ich sah sie scharf an. »Was wollte er?«

Sie wand sich. »Er wollte wissen, ob ich in letzter Zeit bei euch zum Babysitten war.«

»Und was hast du gesagt?«

»Dass ich ein paarmal da war, um mir ein bisschen was dazuzuverdienen.«

Mein Herz pochte. »Und?«

»Er wollte wissen, ob ich einen Schlüssel zu eurem Haus habe. Ich habe Nein gesagt.«

»Hast du ja auch nicht.« Ich überlegte. »Er gehört deiner Mutter, stimmt's? Du leihst ihn dir nur. Also hast du nicht gelogen.«

»Das habe ich auch gedacht.« Sie fuhr fort: »Dann wollte er wissen, ob du Anna manchmal allein lässt. Ich habe gesagt, das würdest du niemals tun. Du würdest nicht mal kurz einkaufen, so wie Mum, wenn es gar nicht anders geht. Dir geht Sicherheit über alles.«

Ich nickte. »Gut gemacht.« Sie hielt sich perfekt ans Drehbuch, genau wie wir ausgemacht hatten. »Und?«

Sie richtete sich auf. »Er hat gefragt, ob ich irgendetwas über die Nacht wüsste. Du weißt schon, als Mr Wilson ...«

Ich versteifte mich. »Was hast du gesagt?«

»Ich habe gesagt, nein, natürlich nicht.« Ihre Lippen zitterten. »Aber er schien zu wissen, dass es eine Lüge war. Was, wenn er es der Polizei erzählt?«

Sie sank zusammen und verbarg das Gesicht in den Händen, war den Tränen nahe.

»Wird er nicht.« Ich legte ihr eine Hand auf die Schulter. »Er wollte dich bloß verunsichern.« Ich senkte die Stimme. »Wenn du in der Nacht nicht vorbeigekommen wärst, wie hätte ich dann nach Ralph suchen sollen? Ich hätte Anna niemals so lange allein gelassen.« Ich seufzte. »Gefunden habe ich ihn zwar nicht, aber immerhin habe ich es versucht.« Ich holte tief Luft. »Und die Nachrichten, die du ihm von meinem Handy aus geschickt hast. Wenn auch nur eine davon ihn rechtzeitig erreicht hätte, dann hätte das alles verändert. Das glaube ich fest. Vielleicht hätten wir ihn retten können, Megan. Und das hätten wir nur dir zu verdanken.«

Sie lehnte sich an mich, und ich strich ihr über die Haare und tröstete sie, als wäre sie ein kleines Kind. Ihre Haut war warm und fest unter ihrer dünnen Kleidung, und sie zitterte, während sie sich an mich drückte.

Als sie sich ein wenig beruhigt hatte, tätschelte ich ihr den Rücken und löste mich von ihr.

»Besser?«

Sie nickte. »Ich weiß gar nicht, wie ich dir danken soll, Helen. Ehrlich. Für …«

Ich unterbrach sie und schob sie lächelnd in die Nacht hinaus. »Das reicht jetzt. Wir sind quitt. Und viel Glück bei deinen Prüfungen. Ich drücke dir sämtliche Daumen.«

Ich ging nach oben und sah nach Anna. Sie lag ausgestreckt im Bett, ein Bein ragte in einem seltsamen Winkel unter der pinken Decke hervor, einen Arm hatte sie um das Kopfkissen geschlungen, die Haare waren zerzaust. Ich schob ihr Bein sanft zurück, steckte die Decke fest. Sie rührte sich und murmelte etwas.

»Alles in Ordnung, Süße. Ich bin's, Mummy. Schlaf weiter.«

Mein eigenes Bett war kalt. Ich rollte mich zu einer Kugel zusammen, kauerte mich auf meine Betthälfte, als wäre Ralph immer noch neben mir und nähme den Rest ein.

Ich schloss die Augen, konnte aber nicht schlafen. Immer wieder musste ich an Megan denken und den Mann, der ihr nachstellte. Sie war ganz eindeutig durch die Hölle gegangen, machte sich Vorwürfe wegen etwas, das nicht ihre Schuld war.

Ich stand wieder auf, tappte zum Fenster und zog den Vorhang gerade weit genug auf, um auf die Straße zu spähen. Der Kombi war verschwunden. Mir war mulmig zumute.

Wieso war Mike Ridge Megan gefolgt? Wieso hatte er ihr so viele Fragen über die Nacht gestellt, in der Ralph verschwunden war?

KAPITEL 44

Miss Abbott war diejenige, die mich bat, hinzugehen.

Ich war in der Schulbibliothek, hatte den Kindern beim Vorlesen zugehört und war gerade am Ende meiner Stunde angekommen. Ich packte meine Sachen zusammen, sortierte die übrigen Lesetagebücher in alphabetischer Reihenfolge, wie ich es immer tat, bevor ich sie zurückgab, und zog mir den Mantel an.

Miss Abbott musste auf mich gewartet haben. »Könnte ich kurz mit Ihnen reden, Mrs Wilson?«

Mein Magen verkrampfte sich, als wäre ich eine unartige Schülerin, die zum Direktor zitiert wird. Ich folgte ihr über den Flur, den Stapel Lesetagebücher immer noch in der Hand, und in ihr winziges Büro. Sie langte an mir vorbei und schloss die Tür.

»Ist irgendetwas mit Anna?«

Sie zerstreute meine Befürchtungen. »Mit Anna ist alles gut. Es geht nicht um sie, sondern um Miss Dixon.«

Ich kniff die Augen zusammen. »Miss Dixon?«

Miss Abbott blickte an mir vorbei auf irgendeinen bedeutungslosen Punkt auf der Tür. »Es tut mir wirklich leid, Sie damit zu belästigen, aber ich war letztes Wochenende bei ihr, und es geht ihr wirklich nicht gut. Ich musste ihr versprechen, Ihnen etwas auszurichten. Sie hat nicht lockergelassen. Ich hoffe, Sie verstehen das.«

Meine Arme verkrampften sich. Ich konnte mir keine Nachricht von Miss Dixon vorstellen, über die ich mich freuen würde.

Miss Abbott sprach weiter mit der Tür. »Sie möchte, dass Sie sie besuchen. Zu Hause.«

Mein Gesicht musste mich verraten haben. »Ich habe leider schrecklich viel zu tun, Miss Abbott. Das können Sie sich sicher denken. Ich bin jetzt ganz allein und ...«

Sie hob eine Hand, um meinen Redeschwall zu unterbrechen. »Natürlich. Das verstehe ich. Das habe ich auch zu Miss Dixon gesagt. Und glauben Sie mir, ich würde Ihnen die Bitte auch gar nicht weiterleiten, wenn ich nicht so besorgt um sie wäre.«

Miss Abbott deutete auf den Stuhl vor dem Schreibtisch und nahm selbst auf der anderen Seite Platz.

Ich wollte mich nicht setzen. Ich wollte weg von der Schule und in den Supermarkt, bevor ich pünktlich wieder da sein musste, um Anna und Clara abzuholen. Es war absurd, hier in Miss Abbotts winzigem Zimmerchen Sardine zu spielen, aber je schneller ich es hinter mich brachte, umso besser. Ich seufzte, legte die Lesetagebücher auf dem Schreibtisch ab und setzte mich.

»Es geht ihr nicht gut, Mrs Wilson.« Miss Abbott beugte sich vor und senkte die Stimme. »Ich sage Ihnen das in aller Vertraulichkeit. Im Augenblick probieren sie verschiedene Medikamente aus, um herauszufinden, was ihr hilft, aber sie ist so aufgeregt. Offensichtlich hat sie irgendeinen Zusammenbruch erlitten.«

Sie zögerte, als überlegte sie, wie viel sie mir erzählen konnte.

»Es tut mir leid, das zu hören«, sagte ich, »aber ich wüsste wirklich nicht, was ich ...«

»Lassen Sie mich erklären. Wie soll ich es sagen ... Ich weiß, es ist schmerzhaft.« Sie holte tief Luft. »Als ich da war, hat sie die ganze Zeit von Mr Wilson geredet. Sie schien von irgendetwas besessen, was sie gesehen hat. Sie sagt, sie findet keine Ruhe, bis sie mit Ihnen darüber geredet hat.«

Ich verdrehte die Augen. »Das klingt, als bräuchte sie professionelle ...«

»Ja, oder? Ich weiß genau, was Sie meinen. Sehe ich auch so. Es geht ihr offenbar gar nicht gut. Psychisch. Und natürlich müssen Sie das nicht machen. Wirklich nicht. Aber ich musste ihr versprechen, dass ich Ihnen zumindest die Nachricht ausrichte, und das habe ich hiermit getan. Das ist alles.«

Ich schüttelte den Kopf. »Das ist traurig.«

»Sehr.«

Wir standen beide auf.

Miss Abbott nahm einen Zettel von einem Stapel auf ihrem Schreibtisch und reichte ihn mir. »Hier ist ihre Adresse und Telefonnummer. Nur zur Sicherheit. Sie geht im Moment kaum aus dem Haus. Und ich hatte nicht den Eindruck, dass sie viele Besucher hat.« Sie zögerte, sah mich an. »Auch in der Schule kam sie mir immer recht einzelgängerisch vor.«

Sie meinen, sie hatte keine Freunde, dachte ich, nahm den Zettel und stopfte ihn mir in die Tasche.

Miss Abbott rang sich ein Lächeln ab. »Danke, Mrs Wilson. Ich weiß, es ist wirklich viel verlangt.«

Ich machte den Mund auf, wollte sagen: *Sie irren sich. Ich werde diese Frau nicht besuchen, egal wie verzweifelt sie ist. Soll sie doch verrotten.*

Aber ich schloss ihn wieder. Miss Abbott wusste so gut wie ich, dass ich, sosehr ich diesen Hilferuf auch verabscheute, das Richtige tun würde. Ich würde der Bitte nachkommen.

KAPITEL 45

Am nächsten Morgen besuchte ich sie in ihrer Wohnung. Sie betätigte den Türöffner, ohne etwas zu sagen. Als ich zwei Stockwerke höher den Treppenabsatz erreichte, stand ihre Wohnungstür einen Spalt offen. An einigen Stellen war der Lack abgeplatzt, wo glänzende neue Schlösser angebracht worden waren.

»Hallo? Miss Dixon?« Ich stieß die Tür auf und betrat einen schmalen Flur. »Sind Sie da? Ich bin's, Mrs Wilson.«

Ich zögerte. Es roch muffig und abgestanden, als hätte sie sich von der Sonne abgeschottet. Ich rief noch einmal: »Miss Dixon?«

Eine schwache Stimme erklang aus der Tiefe der Wohnung: »Kommen Sie herein.«

Ich schloss die Tür und ging nach hinten durch. Der Flur führte in ein lichtdurchflutetes Wohnzimmer. Mit dem Rücken zur Tür saß sie in einem Sessel vor dem Fenster. Sie hatte die leere Ausstrahlung von jemandem, der den ganzen Tag allein dasaß und darauf wartete, dass jemand oder etwas kam.

Neben ihr stand ein Tischchen mit benutzten Gläsern und Tassen, einem Teller voller Krümel und einem Stapel Bücher.

Ich seufzte leise. Es war traurig. Sie war in einem erbarmungswürdigen Zustand, ganz klar. Aber ich würde mich in nichts verwickeln lassen. Ich würde für ein kurzes Gespräch bleiben, mich dann entschuldigen und gehen. Mehr nicht. In welchem Zustand sie auch sein mochte, ich würde nicht wiederkommen.

Ich lief um den Sessel herum, um sie richtig zu sehen. Sie war angezogen, aber ihr Hemd war verknittert, und die nackten Füße steckten in verblichenen Pantoffeln. Ihre Hände ruhten auf den vergilbten Seiten eines Buches, das aufgeschlagen auf ihrem Schoß lag. Ich blinzelte, als sich eine Erinnerung in mir regte, doch ich hatte Mühe, sie einzuordnen. Ein in Leder gebundenes Buch. Ein Gedichtband, der Aufmachung nach zu urteilen.

Sie drehte mir sehr langsam den Kopf zu, als fiele ihr die Bewegung schwer. Ihre Haare waren ungewaschen und strähnig. Ihr Gesicht war ungeschminkt, die Lippen rissig, als würde sie sie zu oft ablecken.

»Ich hätte nicht gedacht, dass Sie kommen würden.« Ihre Augen wirkten kränklich. »Danke.«

Ich überlegte. »Soll ich uns einen Tee machen?«

Sie antwortete nicht. Ich sammelte das schmutzige Geschirr auf dem Tisch ein und eilte in die Küche. Sie war klein, aber hell und hätte hübsch sein können, wenn sie aufgeräumt gewesen wäre. Doch überall stapelten sich schmutzige Teller und Schüsseln wahllos in der Spüle und auf der Anrichte und verströmten den sauren Gestank von ranziger Milch.

Ich gab mein Bestes, zwei Tassen mit Spülmittel und einem Schwamm zu säubern, fand Teebeutel und den Wasserkocher und machte Tee. *Ich tue nur so, als würde ich meinen trinken*, beschloss ich. Ich wollte nichts zu mir nehmen, was aus dieser Küche kam.

Als ich zurückging, war sie vom Sessel auf das Sofa an der anderen Seite des Zimmers umgezogen. Ich stellte ihre Tasse auf den Couchtisch, zog mir einen Stuhl heran und setzte mich ihr gegenüber.

»Also«, sagte ich. »Sie wollten mich sprechen?«

Sie antwortete nicht. Wir saßen da, wie erstarrt. Aus der Ferne drangen gedämpfte Geräusche von der Straße herauf. Ein Bus oder ein Lastwagen piepte beim Rückwärtsfahren. Eine Männerstimme rief Anweisungen.

Schließlich hob sie den Blick und sah mich direkt an.

»Er wollte mich holen. Ralph.« Ihre Stimme klang ruhig. »Er hat mir Nachrichten geschickt. Ich weiß, dass er es war. Er hat mich an den Strand bestellt, wo … Sie wissen schon. Wo wir ihn hingebracht haben.«

Ich schluckte. »Es tut mir leid. Ich weiß nicht, was Sie meinen.«

Sie runzelte die Stirn. »Ich bin nicht verrückt. Mein Gedächtnis ist nicht ganz klar, aber an diese Nacht erinnere ich mich.«

Ich schüttelte den Kopf. »Ich fürchte, ich kann Ihnen nicht folgen. Sprechen Sie von meinem Mann?«

Sie warf mir einen durchtriebenen Blick zu. »Ihr Mann. O ja. Als ob ich das jemals vergessen würde.«

Ich spürte, wie ich errötete. Es war ein Fehler gewesen, hierherzukommen. Wie dumm von mir, dass ich ihr hatte beweisen wollen, was für ein guter Mensch ich im Vergleich zu ihr war, dass ich wenigstens freundlich war.

»Leider kann ich nicht lange bleiben.« Ich setzte den Becher an die Lippen und tat so, als würde ich trinken. »Ist sonst noch etwas?«

»Er kam aus dem Meer. Tropfend. Untot. Ich habe ihn gesehen.«

Ich holte tief Luft. »Miss Dixon, die Tabletten …«

»Laura! Nennen Sie mich Laura. Das tut sonst niemand mehr.«

Ich setzte mich ein wenig aufrechter hin. »Miss Dixon«, sagte ich mit fester Stimme, »vielleicht haben die

Tabletten dazu geführt, dass Sie sich Dinge eingebildet haben. Dinge, die nicht wirklich da waren. Mein Mann ist nicht gefunden worden. Was immer Sie glauben gesehen zu haben, ich kann Ihnen versichern, dass er sich nicht aus den Wellen erhoben hat und zurückgekommen ist, um Sie heimzusuchen.«

Sie fuhr sich mit der Zunge über die rissigen Lippen. Ihr Gesicht war hart. »Ich erinnere mich an einiges. Er hat mir ein Glas Rotwein hingestellt – Shiraz. Er war bitter. Aber ich habe ihn getrunken, ich habe auf uns angestoßen, wie er es verlangt hatte. Dann bin ich an den Strand gegangen, und da war er. Er hat mich gerufen. Er hat auf mich gewartet.«

Ich starrte sie an. »Ich weiß nicht, was Sie von mir wollen, Miss Dixon. Es tut mir leid für Sie, wirklich. Aber es geht Ihnen nicht gut. Sie müssen sich ausruhen und sich richtig erholen.«

Sie verzog die Lippen. Einen Moment lang dachte ich, sie verhöhne mich, doch dann merkte ich, dass sie leise weinte. Ich versteifte mich. Wollte weg.

»Na los, trinken Sie Ihren Tee.« Ich sprang auf, griff nach ihrer Tasse und drückte sie ihr in die Hand. Ihre Finger zitterten so sehr, dass der heiße Tee über den Rand schwappte und auf den Teppich tropfte.

Ich half ihr, die Tasse an die Lippen zu führen, so wie ich es für Anna getan hatte, als sie noch klein war. Langsam beruhigte sie sich. Ich stellte die Tasse zurück auf den Tisch, wo sich sofort ein ringförmiger Abdruck bildete.

»Das liegt an den Medikamenten«, sagte sie. »Davon kommt das Zittern.« Sie hielt inne und blickte dann unsicher zu mir auf. »Angeblich habe ich versucht, mich umzubringen. Vielleicht habe ich … Ich weiß es nicht mehr. Sie mussten mir den Magen auspumpen. Das weiß ich noch.« Sie musterte mich, als suchte sie eine Art Bestätigung für das, was geschehen war. »Ich erinnere mich nicht, die Pillen genommen zu haben, aber sie haben die leere Packung in meiner Manteltasche gefunden. Wie konnte ich nur so dumm sein?«

»Es ging Ihnen nicht gut«, sagte ich. »Aber es wird besser werden. Das braucht seine Zeit, doch irgendwann werden Sie es hinter sich lassen und können nach vorn blicken.«

»Glauben Sie wirklich?«

Ich versuchte zu lächeln. »Da bin ich mir sicher.«

»Ich wäre fast gestorben. Ständig denke ich darüber nach. Über mein Leben. Meine Sünden.« Sie hielt inne. »Über die Hölle. Wie es dort sein muss.«

Ich zögerte. »Ich glaube nicht, dass Sie in die Hölle kommen …«

Sie blickte so hoffnungsvoll zu mir auf, dass ich Mitleid mit ihr hatte. »Glauben Sie das wirklich? Nach dem, was ich getan habe, was wir beide getan haben?«

Ich schüttelte den Kopf. »Ich weiß nicht, wovon Sie reden, Miss Dixon. Aber ich denke, jeder hat eine zweite Chance verdient.« Ich hielt inne und dachte nach. »Sogar Sie.«

Sie rang die Hände. »Danke. Das ist mehr, als ich verdient habe. Danke.«

Ich nahm meine Tasse und stand auf. »Wollten Sie mir sonst noch etwas sagen?«

Sie schaute mich an. »Als ich zum Ufer hinunterging, als er mich rief, war das Bootshaus offen. Er hatte eine Reihe von Kerzen aufgestellt, die durch Glashauben vor dem Wind geschützt waren. Eine Flasche Wein und zwei Gläser, eines für ihn und eines für mich.«

Ich rührte mich nicht.

»Aber der Mann, der mich gefunden hat, dieser Jogger, der hat gesagt, das Bootshaus sei verschlossen gewesen. Das haben die Sanitäter auch gesagt. Sie meinten, ich hätte Halluzinationen gehabt. Und als die Polizei später nachsah, war im Haus keine Spur von alldem zu sehen. Deshalb nehme ich auch so starke Medikamente. Um zu vergessen. Die Szene im Bootshaus. Den Wein. Ralph, der aus dem Meer aufsteigt. Offenbar habe ich mir das alles nur eingebildet.«

Ich wandte mich zum Gehen. »Nun, vielleicht stimmt das, Miss Dixon. Vielleicht waren es die Pillen, die …«

Sie unterbrach mich, ihre Stimme war plötzlich scharf. »Ich weiß, was ich gesehen habe. Einiges ist verschwommen, aber an die Dinge, die ich gesehen habe, erinnere ich mich ganz genau. Es ergibt keinen Sinn. Es ergibt überhaupt keinen Sinn.« Sie beugte sich vor, krallte sich mit einer zitternden Hand in die Armlehne und flüsterte: »Was denken Sie?«

KAPITEL 46

Nach der Schule gingen Anna und Clara voll in einem neuen Spiel auf, das sie erfunden hatten.

»Mummy, was ist das?«

Ich versuchte sie dazu zu bringen, stillzusitzen und ihre Fischstäbchen mit Bohnen zu essen.

»Was?«

»Pass auf: *Mischmasch giggiwok Kam-bam luluh.*«

Sie und Clara brachen in lautes Lachen aus. Clara brachte hervor: »*May-may ding-dong schammer-dammer.*«

Beide schauten mich mit geröteten Gesichtern an.

Ich überlegte demonstrativ. »Redet ihr Spanisch?«

Sie kicherten, begeistert, mich in die Irre geführt zu haben. »Nein, Mummy. Hör mal.«

Noch mehr Nonsens. Ich beugte mich vor und spießte mit Annas Gabel ein Fischstäbchen auf, dann drückte ich sie ihr in die Hand. »Ich rate noch mal, wenn ihr beide zwei Happen gegessen habt.«

»Mum-my!«

Ich wartete, während sie langsam und mühsam kauten, als wäre das Essen aus Pappe.

Endlich, zwei Bissen später, fingen sie wieder an.

»*Piddel-paddel-Putzlappen*«, sagte Clara.

Anna fiel vor Lachen beinahe vom Stuhl.

»*Tarty-starty-barty*«, antwortete sie.

Wieder bedrängten sie mich. »Los, rate!«

»Ganz schön schwierig.« Ich schaute nachdenklich drein. »Isländisch?«

Sie sahen einander verwundert an.

Anna fragte: »Gibt es das wirklich?«

»Natürlich. Das spricht man in Island.« Ich nahm die Erbsen aus der Mikrowelle und füllte sie den Mädchen auf die Teller. »Kennt ihr Island? Das ist ein Land ganz im Norden. Sehr kalt.«

»Warst du schon mal da?«

»Nein.«

»War Daddy schon mal da?«

»Nein.« Ich versuchte, sie vom Gedanken an Ralph abzulenken. »Darf ich noch einmal raten?«

»Aber nur ein Mal.«

»Hmm.« Ich verzog das Gesicht. »Ich hab's!« Triumphierend hielt ich einen Finger hoch. »Meersprache.«

»Nein!«, jubelte Clara.

»Meersprache?«, fragte Anna. »Das ist doch albern.«

»Wieso denn? Wie sollen sich Meerjungfrauen und -männer denn unterhalten, wenn sie keine eigene Sprache haben? *Sblib-sblobnooney-noo*?«

»So geht das nicht«, sagte Anna. »Außerdem ist das eh falsch. Das ist außerirdisch. Und Clara und ich sind die einzigen Menschen, die es sprechen können.«

»Super. Wenn dann mal Außerirdische vor der Tür stehen, dann hole ich euch, damit ihr mit ihnen reden könnt.«

Anna sah mich spöttisch an. »Es gibt doch gar keine echten Außerirdischen, Mummy. Wie sollen die da vor der Tür stehen?«

Die Einzige, die etwa eine Stunde später vor der Tür stand, war Bea, die Clara abholen wollte. Wir gingen für unseren üblichen kurzen Übergabeplausch in die Küche.

»Hast du irgendwas mit deinen Haaren gemacht?« Bea folgte mir durch den Flur. »Du siehst anders aus als sonst.«

»Ach ja?« Ich wartete, bis sie zu mir aufgeholt hatte, ohne zu wissen, was ich sagen sollte.

Bea blieb stehen und musterte mich. »Du siehst toll aus, Helen. Es sind nicht die Haare, du bist es. Du strahlst förmlich.«

Ich lachte. »Hör doch auf. Wenn ich dir einen Gefallen tun soll, dann sag schon. Du brauchst dich nicht erst einzuschmeicheln.«

»Ich meinte nur, vorher wirktest du so müde, seit …« Sie schaute verlegen drein.

Ich wusste genau, was sie meinte. Seit Ralph verschwunden war.

Schnell redete sie weiter. »Aber jetzt siehst du phantastisch aus. Besser denn je.« Sie betrachtete mich genauer. »Hast du jemanden kennengelernt?«

»Schön wär's.« Ich machte mich daran, das Geschirr und die Töpfe abzuwaschen. Dabei dachte ich an Ralph, an all das Drama, all die Enttäuschungen. »Außerdem hab ich ja schon jemanden in meinem Leben. Anna. Das genügt mir.«

Bea nahm ein Geschirrtuch und fing an abzutrocknen. »Wie geht es Anna?«

Ich zögerte. »Sie spricht nicht viel über ihn, aber sie hat Alpträume. Gerade gestern wieder.«

Bea verzog mitleidig das Gesicht. »Die Arme.«

Ich nickte. Letzte Nacht hatte sich Anna erst spät wieder beruhigt, nachdem ich sie geweckt hatte. Am Ende hatte ich sie mit in mein Bett genommen und fest im Arm gehalten, bis sie wieder eingeschlafen war. Immerhin war dort nun viel Platz, ohne Ralph.

Danach konnte ich nicht mehr schlafen. Annas Kummer war nicht meine einzige Sorge.

Ich holte tief Luft. »Ich habe Neuigkeiten.«

Sie zog eine Augenbraue hoch. »Gute Neuigkeiten?«

»Das hoffe ich. Ich habe dir doch erzählt, dass ich nach Wohnungen suche. Ich glaube, ich habe eine gefunden. Gestern habe ich mich beworben und eben erfahren, dass ich sie bekomme.«

»Gestern?« Sie sah bestürzt aus. »Warum hast du mir nicht erzählt, dass du schon was Genaues in Aussicht hast?«

Ich zuckte mit den Achseln. »Ich hätte nicht gedacht, dass es klappt. Ich wollte es nicht beschwören.«

Bea blies die Backen auf. »Das ist doch toll.« Sie gab sich sichtlich Mühe, fröhlich dreinzuschauen. »Erzähl mir alles. Wo? Was? Kannst du mir Fotos zeigen? Steht es online?«

Ich wandte den Blick ab, Richtung Wohnzimmer, wo die Mädchen auf dem Sofa Rolle vorwärts übten, kicherten und einander übertrieben abklatschten.

»Lass uns jetzt nicht davon reden. Es ist auch nichts Besonderes. Eine Dreizimmerwohnung am Stadtrand von Bristol. In der Nähe gibt es eine ordentliche Schule.«

Sie sah mich an. »Wieso überhaupt Bristol?«

Ich antwortete nicht und konzentrierte mich auf die Grillpfanne, die ich unnötig heftig schrubbte.

Bea hörte auf abzutrocknen. Sie stand neben mir, das Geschirrtuch schlaff in der Hand. »Wann hast du sie angeschaut? Am Wochenende?«

Ich zögerte. »Ich war nicht persönlich da. Ich habe nur Fotos gesehen.«

Bea blinzelte. »Du hast dich auf eine Wohnung beworben, die du nicht besichtigt hast? In einer Stadt, die du nicht kennst? Sorry, aber habe ich irgendwas verpasst?«

Ich sagte nichts.

Clara kam durch die Wohnzimmertür hereingeschossen und umarmte ihre Mutter. »Müssen wir schon nach Hause?«

»Gleich.«

Anna kam hinterher und blieb im Türrahmen stehen. »Kann sie nicht noch ein bisschen bleiben, Mum? Bitte!«

Ich schaute Bea an. »Wenn du willst. Noch fünf Minuten. Ist das in Ordnung für dich, Clara?«

»Jaaaaa!« Sie drehten sich um und rannten zurück ins Wohnzimmer.

Bea wartete, bis sie verschwunden waren, dann wandte sie sich wieder mir zu. »Du wirkst nicht besonders aufgeregt.«

Ich stellte die Grillpfanne auf das Abtropfgestell und griff nach dem fettigen Backblech. »Doch, bin ich.« Ich konnte sie nicht ansehen. »Es ist einfach, na ja, eine große Veränderung. Für uns beide.«

»Wenn es nicht klappt, könnt ihr immer noch zurückkommen. Das weißt du, ja? Wir haben immer ein Plätzchen für euch, wenn ihr es braucht.«

Ich dachte an Beas kleine Wohnung, die mit den dreien schon überfüllt war.

»Das ist lieb.« *Jetzt ist es zu spät für Reue. Zu spät für Zweifel. Das war's.*

Irgendwas in meiner Stimme schien sie aufhorchen zu lassen. Sie packte mich am Arm und drehte mich zu sich um. »Hey, was ist los?« Prüfend sah sie mich an. »Sag das nicht so traurig. Das ist nicht der große Abschied. Wir bleiben doch Freundinnen, oder? Auch wenn du in Bristol bist.« Sie lächelte. »So leicht wirst du uns nicht los. Wir kommen euch besuchen, so oft wir können.«

Ich lächelte, aber es fühlte sich falsch an. Ich konnte nur daran denken, wie sehr sie sich irrte.

Wo Anna und ich hingingen, würde sie uns niemals finden.

Kapitel 47

Sechs Wochen später

Wochenlang hatte ich durchgearbeitet, Schränke und Regale ausgeräumt, säckeweise Sachen gespendet und noch einmal genauso viele weggeworfen.

Ich hatte Ralphs Kleidung entsorgt, die Künstlerjacketts und die Hosen, die Anzüge, den Morgenmantel, mit dem er immer so aussah wie Noël Coward, seine Schuhe, seine Bücher, die alten Taschen und Koffer und die Sportausrüstung auf dem Dachboden.

Trotzdem hatten Anna und ich immer noch viel zu viel. Ein ganzes Zimmer war voller Kisten mit alten Spielsachen, fast allen unseren Kleidern, Vorschulbüchern und meinen Kochbüchern, Handtüchern und Bettwäsche. Ich bot alles dem Spendenkaufhaus an. Kurz vor dem Umzug kam eine Entrümpelungsfirma mit einem großen Transporter und räumte erst die Küche und dann die restlichen Möbel aus. Was sie nicht verkaufen oder spenden konnten, würden sie vernichten, sagten sie.

Es war Anfang August, und unsere Straße, staubig und beinahe klebrig vom schmelzenden Asphalt, wirkte unnatürlich still. Alle waren im Urlaub. Sogar Clara war nicht da – sie verbrachte zwei Wochen bei ihrer Grandma, Beas Mutter, in Wales.

Bea war bei der Arbeit. Ich fragte mich, wie lange es dauern würde, bis sie feststellte, dass die neue Adresse in Bristol, die ich ihr pflichtschuldig aufgeschrieben hatte, falsch war. Dass meine alte Handynummer bald nicht mehr funktionieren würde.

Anna hatte rastlos und traurig dabei zugesehen, wie die Erwachsenen das Haus ausräumten. Ihr Gesichtsausdruck war finster gewesen, und Tränen hatten ihr in den Augen gestanden.

Am letzten Abend im Haus hatte sie sich in den Schlaf geweint, den knochigen Körper zu einer Kugel zusammengerollt, fest und abweisend, selbst als ich mich neben sie gelegt und versucht hatte, sie mit gleichmäßigem Streicheln und beruhigenden Worten zu trösten.

»Alles wird gut, Anna. Glaub mir. Es ist immer schwer, ein Zuhause zu verlassen. Das weiß ich. Aber warte erst mal ab, bis du das neue siehst. Es wird dir gefallen.«

»Wird es nicht.« Ihr Gesicht war vom Weinen ganz aufgequollen. »Ich gehe nicht mit, Mummy. Du kannst mich nicht zwingen.«

Nachdem der Transporter vollgeladen und abgefahren war, war auf einmal alles still. Anna sah erschöpft aus, ihre kleine Gestalt war gebeugt, als wir Hand in Hand ein letztes Mal durch die leeren Zimmer gingen und uns verabschiedeten.

Das Haus kam mir fremd vor, ohne die Möbel wirkten die Zimmer geschrumpft und charakterlos. Unsere Schritte hallten auf dem nackten Holzfußboden.

Ich dachte daran, wie wir das Haus besichtigt hatten, Ralph und ich. Ich war so verliebt in ihn gewesen und hatte so voller Zuversicht in die Zukunft geblickt. Oben hatten wir eines der Zimmer betreten, und er hatte mir einen Arm um die Taille gelegt und mich an sich gedrückt.

»Kinderzimmer«, hatte er geraunt. »Die Zwillinge teilen sich das hier. Vielleicht Stockbetten. Und die Drillinge bekommen das große Zimmer unter dem Dach.«

Ich hatte gelacht und das Spiel mitgespielt. Es erschien

mir wie eine schöne Aussicht, fünf Kinder von Ralph zu bekommen. Natürlich hatte ich immer gewusst, dass er ein Charmeur war. Ich hatte bloß immer gedacht, sein Charme wäre für mich reserviert.

Nun, als wir über die blanken Bodendielen tappten, die Schmutzstreifen an den Wänden und alle Risse im Mauerwerk sichtbar wurden, war auf einmal alles anders. Ohne uns wirkte das Reihenhaus schmal und winzig.

»Hast du ihm einen Zettel hingelegt?«, fragte Anna mit großen, besorgten Augen, als wir in den Flur zurückgingen. »Wie soll er uns sonst finden?«

»Ach, Anna!« Ich hockte mich hin, küsste sie auf die Nasenspitze, dann nahm ich sie in die Arme und hielt sie ganz fest. »Bist du deswegen so traurig? Hast du Angst, dass Daddy zurückkommt und uns nicht findet? Ach, Süße!«

Draußen setzte ich sie auf den Rücksitz des Mietwagens, eingekeilt zwischen den Taschen mit Habseligkeiten, die wir behalten wollten, inklusive ihrer Stofftiere, dann schloss ich ein letztes Mal die Haustür ab und warf den Schlüssel für die Immobilienmaklerin in den Briefkasten.

Als wir losfuhren, erhaschte ich eine Bewegung im Rückspiegel, in einem Auto, das ein Stück die Straße hinunter parkte. Ich schaute genauer hin. Ein ramponierter Kombi mit zerkratztem Lack.

Der Fahrer, Mike Ridge, beugte sich aus dem Fenster, die Hand zum Gruß gehoben, den Blick auf mich gerichtet und ein wissendes Lächeln auf den Lippen.

KAPITEL 48

Auf dem Land waren die Straßen schmaler, und ich scannte den Horizont ab, damit ich entgegenkommende Autos erspähte, bevor sie in einer Senke oder hinter einer scharfen Kurve verschwanden, nur um dicht vor mir, wenn es zu spät war, wieder aufzutauchen und mich an den Rand zu drängen.

Die Steinmauern, die die Straßen säumten, waren der Sicht nicht gerade zuträglich. Sie begrenzten wogende, mit Schafen bevölkerte Felder, und dahinter ragten Hügel auf, die im Abendlicht bunt von Farn und Heidekraut erstrahlten und mit Steinhaufen gesprenkelt waren.

Anna, von der Aufregung der letzten Tage erschöpft, war auf dem Rücksitz eingeschlafen. Ihr Kopf hing zur Seite und prallte sanft gegen die harte Schale ihres Kindersitzes. Ihr Mund stand offen. Ihre neue Frisur – kurz und stachlig wie meine – überraschte mich immer noch.

»Gleich sind wir da«, flüsterte ich ins leere Brummen des Autos.

Vor mir tauchte eine Haltebucht auf, die Einfahrt zu einem Getreidefeld. Wäre ich allein gewesen, hätte ich vielleicht angehalten, um die Aussicht über das Tal zu genießen. Die Bogenbrücke über den Fluss, der in der Abenddämmerung golden und rosa glitzerte. Die steinernen Cottages entlang der Hauptstraße. Sie zogen sich den gegenüberliegenden Hügel hinauf und gingen hier und da in modernere Wohngebiete über.

Das lange, schlanke Pub-Hotel am Ufer mit dem Steinbogen, der die Auffahrt zum dahinterliegenden Parkplatz markierte. Die Kirche mit ihrer ausladenden Turmspitze, aus demselben grauen Yorkshire-Stein wie der Pub, die Brücke und die älteren Häuser. Es war August, und es wimmelte von Feriengästen. Auf einem der Felder in der Nähe des Flussufers stand eine Reihe von Wohnwagen und Zelten. Grills und Campingkocher stießen Rauchschwaden aus, die in der leichten Brise schnell verwehten.

Ich lächelte in mich hinein. *Ruhe. Saubere Luft.* Als Kind, kaum älter als Anna, war ich zum ersten Mal für einen einwöchigen Urlaub in dieses Dorf gekommen. Wir waren in einem Bed and Breakfast auf der Hauptstraße mit kalten, schäbigen Zimmern und schweren Steppdecken untergebracht. An den meisten Tagen planschte ich mit einem Kescher am Flussufer herum, die Hose bis zu den Knien hochgekrempelt, schleppte Steine, um einen Damm zu bauen, und versuchte Fische zu fangen. Wir picknickten – jede Menge Schinkensandwiches, Chips und Limonade – auf Dads Tartandecke, die, egal wie lange sie in der Sonne lag, nie den Geruch seines Autos verlor. Abends gab es im Pubgarten Fish and Chips und Pie.

Während ich das Auto über die Brücke und durch den Bogen auf den Parkplatz des Pubs steuerte, ging die Sonne rund und rot unter, als wäre nun, da wir sicher angekommen waren, ihr Tagwerk getan. Als ich den Motor abstellte und mir den Nacken und die verspannten Schultern massierte, wurde die Landschaft dunkel und düster, der Wind kühl.

Ich wandte mich zum Rücksitz um. »Anna! Wir sind da!«

Sie regte sich verschlafen und stöhnte. Aus schmalen Augen spähte sie hinaus in die Dunkelheit.

»Mir ist kalt, Mummy.«

»Gleich wird es besser. Dann kuscheln wir uns ins Bett.« Ich ging ums Auto herum und half ihr beim Aussteigen. Sie bewegte sich nur langsam. Ich musste hineingreifen, um den Gurt zu lösen, dann hob ich sie heraus.

Unsicher und verloren stand sie auf dem Parkplatz und sah das Hotel an. »Ist das unser Haus?«

»Wir bleiben nur eine Nacht hier. Morgen, wenn es hell ist, schauen wir das Haus an.«

Ich griff nach unserer Reisetasche, dann nahm ich ihre Hand und führte sie über das Kopfsteinpflaster zum Haupteingang. Über der Tür war ein Löwe in den Stein gemeißelt. Die Luft war frisch und roch nach Schafen, Torf und Moor.

Ich klingelte an der verlassenen Rezeption, bis ein junger Mann aus dem Gastraum herbeieilte. Seine Haare standen in Büscheln vom Kopf ab, weil er sich mit den Fingern hindurchgefahren war.

»Mrs Mack«, sagte ich. »Ich habe für diese Nacht ein Zweibettzimmer reserviert.«

Ich zwinkerte Anna zu. Sie sah mich an, noch immer unsicher. »Wir spielen ein tolles Spiel«, hatte ich zu ihr gesagt, als wir unterwegs an einer Tankstelle gehalten hatten. So wie wir manchmal spielten, wir wären Füchse oder Hunde oder Prinzessinnen. »Wir sind jetzt neue Menschen. Mit neuen Namen. Anna Mack. Wie findest du das?«

Sie hatte gezögert, ihre Lippen zitterten. »Ich will aber Anna Wilson sein«, sagte sie. »Oder Prinzessin Celestia.«

Ich hatte überlegt. »Dann nennen wir dich Anna Celestia Mack.«

Jetzt schlug der junge Mann sein Reservierungsbuch auf und fuhr mit dem Finger die Spalten entlang. Danach nahm er ein Formular aus einer Schublade und reichte mir einen Stift. Ich trug die Daten ein, die ich auswendig gelernt hatte. Die neue Adresse hier im Dorf. Den neuen Namen. Die Nummer des billigen Prepaidhandys, das ich gegen mein altes, leichter zu trackendes getauscht hatte.

Das Feld für die Kreditkartennummer ließ ich frei. »Ist es in Ordnung, wenn ich bar zahle?«

»Klar.« Er musterte das Formular. »Dann muss ich Sie nur bitten, im Voraus zu bezahlen.«

»Kein Problem.« Ich kramte in meiner Tasche und zählte die Scheine von einem großen Bündel ab, das sich darin befand. Er reichte mir den Zimmerschlüssel, an dem ein schwerer Lederanhänger hing.

»Wie ich sehe, haben Sie es nicht weit, Mrs Mack. Craven Barn. Verbringen Sie dort die Woche?«

»Nein, länger.« Ich wollte mir vor Anna nicht anmerken lassen, wie nervös ich war. »Das ist unser neues Zuhause.«

Als der Pub schloss, wurde es ruhig im Hotel. Anna hatte sich im Bett eingekuschelt und mehrere Decken über sich aufgetürmt. Der schwere Heizkörper war staubig. Die alten Steinwände strahlten feuchte Kälte aus.

Ich saß im Dunkeln am Fenster, hatte den Mantel über die Knie gebreitet, den Vorhang zurückgezogen und hielt Wache. Die Bäume am Flussufer raschelten im Wind. Ich drückte das Gesicht an die Scheibe, sie fühlte sich fest und kühl an. Ich hauchte gegen das Glas und schrieb *Anna* in den beschlagenen Fleck, mit einem Herz drumherum. Die Nacht draußen war undurchdringlich, unterbrochen nur von den winzigen Flecken Mondlicht, die auf dem bewegten Wasser des Flusses aufblitzten.

Die Gerüche weckten Erinnerungen. Ich dachte an das Gefühl der Fremdheit zurück, das ich als Kind in den Ferien hier verspürt hatte. An die kleinen Unterschiede. Die matschigen Cornflakes beim Frühstück in einer flachen Porzellanschüssel. Die dicke, sahnige Milch. Eier frisch vom Bauernhof und fettige Würstchen. Wie ich gezwungen worden war, Black Pudding zu probieren, und es abstoßend fand. *Das ist Blut*, erinnerte ich mich. *Schweineblut.*

Ein Knirschen auf dem Schotter, unten auf dem Parkplatz. Da war jemand. Ich versteifte mich und wich ein Stück vom Fenster zurück. Noch immer konnte ich hinausschauen, war aber jetzt besser versteckt. Ich wartete, lauschte und beobachtete.

Stille. Da war es wieder. Kein Tier, sondern ein Mensch. Schritte. Langsam und vorsichtig.

Ich kniff die Augen zusammen, um in der Dunkelheit etwas erkennen zu können. Eine finstere Gestalt schlich über den Parkplatz, immer im Schatten. Sie kroch hinter der Reihe einzelner Autos entlang, als schnupperte sie daran, und stoppte vor meinem. Ich hielt den Atem an.

Ein Mann. Er beugte sich hinunter und inspizierte mein Auto. Dann veränderte sich der Schemen, und ich hatte den Eindruck, dass er nach oben schaute, die dunklen Fenster des Hotels absuchte, als hielte er nach jemandem Ausschau. Nach mir.

Ich wich weiter zurück und schloss die Augen, das Blut rauschte mir in den Ohren.

Als ich noch einmal hinschaute, war er verschwunden, so schnell und heimlich, wie er gekommen war.

KAPITEL 49

Am nächsten Morgen wachte Anna früh auf und tappte über den kalten Boden zu meinem Bett herüber. Sie wirkte verwirrt und ein wenig verängstigt. Sie drückte ihre eisigen Füße an meine warmen Beine, und ich schlang die Arme um sie.

»Geht es dir gut?«

Anna antwortete nicht, presste bloß die Stirn an meinen Arm.

»Ist es komisch, hier aufzuwachen?«

Sie nickte ruckartig.

Ich gab ihr einen Kuss auf den Scheitel. »Ich weiß, Süße. Es ist anders, stimmt's? Aber daran gewöhnen wir uns.«

Ich dachte daran, wie oft ich in den letzten zwei Monaten nachts von ihren Schreien geweckt worden war. Die Alpträume sprachen für sich. Anna hatte gelitten, ohne wirklich zu verstehen, warum, während sie versuchte, Ralphs Abwesenheit zu verarbeiten. Sie wusste nicht, wie sie darüber sprechen sollte.

Ich drückte sie ganz fest an mich. »Pass mal auf. Was kannst du hören?«

Wir lagen ganz still und lauschten.

»Geklapper«, sagte sie. »Einen Mann mit einer komischen Stimme. Schritte.«

Unten knallten Türen, Leute liefen herum. Jemand bereitete das Frühstück vor.

»Was noch?«

Sie zuckte mit den Schultern.

»Hör genauer hin. Was gibt es hier auf dem Land, was es zu Hause nicht gibt?«

Sie runzelte konzentriert die Stirn, dann breitete sich ein Lächeln auf ihrem Gesicht aus, als sie die entfernteren Geräusche der Tiere auf den Bauernhöfen um uns herum ausmachte. »Kühe! Hündchen!«

»Hunde«, berichtigte ich. »Wahrscheinlich Hofhunde. Arbeitshunde. Und hast du den Hahn gehört?«

Sie sprang aus dem Bett, und eilig zogen wir uns an.

»Was für ein Tier möchtest du sein?«, fragte ich. »Ein Schäferhund?«

»Ja!« Sie überlegte. »Nein! Du wärst wohl ein Bauer, und ich wär ein kleines Lamm, und du hast mich gerade gefunden. Ich schlafe auf deinem Bett, und dann nimmst du mich mit nach Hause. Sag: *Was ist denn das? Ein Lämmchen! Wie niedlich!* Und ich könnte wohl sprechen.«

Nach dem Frühstück spielte Anna im Pubgarten, bis das Maklerbüro öffnete und ich die Schlüssel abholen konnte. Noch mehr dicke Geldbündel. Wir fuhren mit dem Auto die kurze Strecke den Hügel hinauf und bogen oben von der Hauptstraße auf einen furchigen Feldweg ab. Er lief am Hang entlang, gesäumt von Trockenmauern und Feldern, dann fiel er leicht ab und führte uns hinunter zu Craven Barn, das in einer natürlichen Senke lag.

Anna beugte sich vor und spähte hinaus. »Ist es das?«

»Sieht so aus.«

Ich parkte auf dem knirschenden Kies vor dem Haus, dann gingen wir hinein.

Auf den Fotos im Internet hatte es noch größer gewirkt, aber der Stil war genau das, was ich erwartet hatte.

Es war eine ehemalige Scheune, schlicht, aber vorteilhaft ausgebaut, und machte das Beste aus ihren dicken Steinmauern, ihrer Lage und ihren gewaltigen Ausmaßen. In den riesigen Innenraum war eine zweite Ebene eingezogen worden, die über eine hölzerne Wendeltreppe zu erreichen war.

Abgesehen vom Badezimmer neben der Haustür war die untere Etage offen gehalten. Der Innenausstatter hatte einen Essbereich mit Tisch und Stühlen und einer tief hängenden Pendelleuchte entworfen. Ich ging daran vorbei zur Küchenzeile gegenüber der Treppe. Sie war modern, mit Schieferarbeitsplatten, während alte Holzbalken die Decke stützten.

Anna trampelte nach oben, um sich umzusehen. Ich öffnete Küchenschränke und zog Schubladen auf. Sie waren gut bestückt mit Besteck und Geschirr, Rührschüsseln und einer elektronischen Waage. Es war, als würden wir ins Haus von völlig Fremden einziehen und deren Identität annehmen. Wir konnten einfach die wenigen Kleidungsstücke und Spielsachen auspacken, die wir mitgenommen hatten, und zu neuen Menschen werden.

Hinter der Küche öffnete sich die Etage zu einem Wohnbereich mit großen Fenstern, von denen aus man das Tal jenseits des Grundstücks überblickte. Es gab noch keine Vorhänge, und das Sonnenlicht flutete herein.

»Mummy! Komm mal!« Anna stand auf halber Treppe, beugte sich über das Geländer und rief nach mir.

Ich ging die offene Treppe hinauf und achtete dabei besonders auf die Öffnungen zwischen den Stufen. »Du musst auf dieser Treppe vorsichtig sein, Anna. Okay? Pass auf, dass du nicht fällst.«

Sie hörte nicht zu, sondern nahm meine Hand und

zog mich hinter sich her in das kleine Zimmer am anderen Ende des Flures. Es war ohne jeden Zweifel für sie bestimmt. Die weißen Wände waren mit bunten Tiermotiven verziert, in den Regalen standen nagelneue Kinderbücher. Auf dem Bett, auf Höhe des Kopfkissens, saß ein großer, pelziger Schäferhund, dessen rosa Zunge hervorlugte.

»Guck mal, Mummy! Ein Hündchen!« Sie sprang auf die Matratze, zog den Plüschhund auf ihren Schoß und vergrub das Gesicht in seinem Fell. »Darf ich sie behalten?«

Verblüfft zögerte ich. »Ich denke schon.«

»Ich nenne sie Buddy.« Sie sah erwartungsvoll zu mir auf. »Gute Idee?«

»Tolle Idee …«

Ich ließ sie mit Buddy allein und ging über den Flur zum Schlafzimmer an der Frontseite des Hauses. Wie das Wohnzimmer darunter war es großzügig geschnitten und sonnendurchflutet. Auch hier gaben breite Panoramafenster, hier in Bogenform, den Blick auf das Tal frei. In der Seitenwand befand sich ein weiteres, kleineres Fenster mit Blick auf ein Wäldchen.

Ein Doppelbett nahm den Raum ein, mit schmalen Nachttischen auf jeder Seite. An der einen Wand waren Einbauschränke angebracht. Ich öffnete eine Schranktür und entdeckte Schubladen dahinter. Jede Menge Stauraum. Ein Sessel, der für meinen Geschmack etwas zu überfrachtet war, stand vor dem Panoramafenster und lud mich ein, die Aussicht zu genießen. Mir fiel Miss Dixon ein, die Tag für Tag in ihrem Sessel saß, auf die Straße unten schaute und auf jemanden wartete, der nie kam.

Ich durchschritt den Raum bis zu der niedrigen Tür

am anderen Ende. Sie schwang knarrend auf und offenbarte ein schmales Bad mit einer schrägen Decke.

Es war in den Raum unter dem Dach eingepasst, frisch weiß gestrichen und modern eingerichtet.

Als ich mich abwandte, fiel mein Blick auf mein gerötetes Gesicht im Spiegelschrank, der einen Spalt offen stand. Ich ging hinüber, um zu schauen, wie er sich schließen ließ.

Erwartet hatte ich, dass er leer wäre. War er aber nicht. Ich starrte hinein, mein Atem ging schwer.

Im mittleren Regalfach stand ein umgedrehtes Schnapsglas und daneben eine Miniaturflasche Rotwein.

Ich brauchte nicht genauer hinzusehen, um zu wissen, welche Sorte es war. Shiraz.

Er war dort für mich hinterlassen worden.

Zitternd stand ich da und grübelte. Wieder dachte ich an Miss Dixon und die Flasche bitteren Weins, die, wie sie gesagt hatte, im Bootshaus auf sie gewartet hatte. Das Glas, das bereits für sie eingeschenkt worden war.

Ich betrachtete den Badezimmerschrank und die offen stehende Spiegeltür, die mich aufgefordert hatte, hineinzuschauen. Wieso ausgerechnet hier?

KAPITEL 50

An diesem Abend ging Anna freiwillig früh ins Bett. Sie sah erschöpft aus, ihre Wangen waren blass und eingefallen.

Ich saß bei ihr auf der Bettkante, bis sie einschlief, strich ihr die weichen, kurzen Haare aus der Stirn und betrachtete ihre Gesichtszüge. Mein Magen verknotete sich, wenn ich sie so sah, so verletzlich, so ahnungslos. Die helle Haut, die langen, dunklen Wimpern, die leicht flatterten, als sie in den Schlaf hinüberdriftete, die gewölbte Oberlippe, der tiefe, gleichmäßige Atem. Buddy, der Schäferhund, ruhte neben ihr, den Kopf auf ihrem zarten Oberarm, als könnte er sie vor dem schützen, was vor ihr lag. Ich wartete und wachte eine Weile über sie, während sie schlief, weil ich Angst hatte, sie in diesem Haus allein zu lassen. Sie regte sich, wachte aber nicht auf, als ich ihr einen Kuss auf die Stirn gab.

Unten wärmte ich mir ein Fertiggericht in der Mikrowelle auf und schenkte mir Orangensaft ein.

Dann setzte ich mich mit dem Glas in der Hand ins Wohnzimmer und blickte auf das Tal hinaus. Es gab keinen Fernseher, kein Internet, nicht einmal Telefon. Mein Handy hatte keinen Empfang mehr, seit wir den Kamm überquert hatten und in die Senke gefahren waren. Eine größere Abgeschiedenheit war kaum vorstellbar.

Ich saß ganz ruhig da und lauschte der Stille. Vor mir

wurde das Tal immer dunkler, Schwarz durchzogen von rosa Streifen. Was Bea wohl gerade machte? Ob sie und Clara uns vermissten? Ich dachte an unser altes Reihenhaus und die Nachbarn zu beiden Seiten, die jedes Mal zu hören waren, wenn sie ein Gerät in die Steckdose steckten oder den Fernseher lauter stellten.

Ich stellte mir diesen Ort im Winter vor. Die Wohnwagen und Zelte würden verschwinden, die Bed-and-Breakfast-Betriebe schließen. Es wäre trostlos hier. Kaum eine Menschenseele. Meine Gedanken wanderten zu Mike Ridge, der aus seinem Auto schweigend zugesehen hatte, wie wir zusammenpackten und abfuhren.

Die Dunkelheit war inzwischen erdrückend. In den schwarzen Fenstern erkannte ich nichts als das Spiegelbild des Zimmers. Das Sofa, den Couchtisch, die Lampen und mittendrin eine Frau, die ich noch nicht kannte, Helen Mack, schweigend und still, ein Glas in der Hand, die sich selbst ansah.

Knack. Ich zuckte zusammen. Reglos lauschte ich. War es irgendein Tier, das sich zu nah ans Haus gewagt hatte? Ich tastete nach der Lampe und schaltete sie aus, um mich in der plötzlichen Schwärze zu verstecken. Das einzige Licht kam jetzt schwach vom anderen Ende des Hauses, von den Deckenlampen in der Küche.

Ich saß starr und wartete. Einen Moment lang war nichts zu hören, also traute ich mich, wieder zu atmen. Dann erneut ein Knacken, das mich zusammenfahren ließ. Das Brechen eines trockenen Astes. Ein Mensch, jetzt war ich mir sicher. Er schlich um das Haus herum.

Ich bewegte mich so leise wie möglich, duckte mich, blieb im Schatten der Möbel. Ich tastete über mir, um das Licht in der Küche auszuschalten, zog ein Küchenmesser aus dem Block und kauerte mich zitternd unter den Esszimmertisch, die Knie angezogen, die Arme darumgeschlungen.

Leise, vorsichtige Schritte knirschten auf dem Kies vor der Haustür. Ich hielt den Atem an.

Stille. Ein Seufzen. Das Scharren von leichten Schuhen an der Holztür. Ich zog mich weiter in die Dunkelheit zurück, dachte an Anna, die oben schlief, und umklammerte den Griff des Messers fester.

Ein Schlüssel schabte im Schloss, und die Tür ging auf. Da stand ein Mann, seine Silhouette zeichnete sich vor dem Nachthimmel ab.

»Helen?« Ein heiseres Flüstern.

Ich fuhr auf und stieß mit dem Kopf von unten gegen die Tischplatte.

»Helen, ich bin's.« Sein Tonfall war theatralisch, er genoss das Drama.

Ich kroch hervor und schaltete das Licht an. Ralph. Er stand in der Haustür und blinzelte in der Helligkeit. Er sah verändert aus. Sein Gesicht war hagerer. Die weichen Haare waren geschnitten und durch einen militärisch anmutenden Kurzhaarschnitt ersetzt worden. Er trug eine grüne Wachsjacke und schwarze Jeans, war bereits für seine neue Rolle kostümiert.

»Ralph!« Einen Moment lang starrte ich ihn nur an, dann fing mein Kinn an zu zittern. Er breitete die Arme aus, und ich ließ mich hineinfallen, drückte mein Gesicht an seine Brust. Sein Geruch, so unerwartet und vertraut. Sein Körper, so breit und stark. Seine warme Haut.

Er hob meine Hand an und betrachtete amüsiert das Messer, das ich immer noch umklammert hielt. »Das ist ja keine besonders herzliche Begrüßung.« Er lachte.

»Und das, nachdem ich den ganzen Weg von den Toten zurückgekommen bin.«

»Also bitte.« Ich drehte mich um, legte das Messer auf die Anrichte, wischte mir über die Augen und umarmte ihn erneut. »Du hast mich zu Tode erschreckt.«

Er küsste mich auf den Kopf, löste sich aus meinen Armen, zog die Jacke aus und hängte sie über eine Stuhllehne.

Ich sah ihn an, immer noch ein wenig benommen. »Ich dachte, du würdest erst in einer oder zwei Wochen kommen.«

Er zuckte mit den Schultern. »Tot sein ist langweilig. Wie geht es Anna?«

Sofort schaute ich in Richtung Wendeltreppe. »Sie darf es nicht wissen, Ralph. Noch nicht. Ich muss sie vorbereiten.«

»Das könnte interessant werden. Was willst du ihr sagen? Dass ich ein Engel bin?«

»Wohl kaum.« Ich lächelte. »Anna wird es gut aufnehmen. Ich habe ihr gegenüber nie behauptet, dass du tot seist. Ich habe immer gesagt, du würdest vermisst. Aber wir brauchen noch ein bisschen, Ralph. Sie hat eine Menge durchgemacht.«

Er deutete im Haus herum, auf die Möbel, die Lichter, die Kulisse, die er aufgebaut hatte wie das Bühnenbild einer seiner großen Schulaufführungen. »Gefällt es dir?«

Ich nickte. »Sehr sogar. Du hattest schon immer einen hervorragenden Geschmack.«

Er wirkte zufrieden. »Gefällt Anna der Hund?«

»Sie liebt ihn. Sie hat ihn Buddy genannt.«

Er schob mein Oberteil hoch und strich mit kalten Händen über meine Haut. Ich erschauderte.

»Sie hat nicht gefragt, wer ihn gekauft hat. Aber es war ein bisschen riskant, Ralph.«

»Ich liebe Risiko«, murmelte er mir ins Ohr und drückte mich fester an sich. »Ich dachte, das wüsstest du inzwischen.«

KAPITEL 51

Ich durchsuchte den Kühlschrank nach Lebensmitteln und kochte ihm, was ich finden konnte: Würstchen und Eier. Schon jetzt nahm die Küche seinen Geruch an. Er veränderte die Atmosphäre in einem Zimmer allein durch seine Anwesenheit.

Während die Würstchen brieten und brutzelten, spürte ich seinen Blick auf mir, wie er meine Bewegungen beobachtete. Ich ließ klappernd eine Gabel auf den Boden fallen, stieß gegen das Geschirr, meine Nervosität machte mich ungeschickt.

Als er gegessen hatte, setzten wir uns nebeneinander auf das Sofa, Ralph legte einen Arm fest um meine Schultern, und blickten hinaus in die von Dunkelheit umhüllte Landschaft Yorkshires.

Ralph, träge vom Essen, meinte: »Ich möchte ja nicht ›Ich hab es doch gleich gesagt‹ sagen, aber ich hatte recht, oder? Wir haben es geschafft.«

Ich antwortete nicht. Ich dachte an das Leben, das vor uns lag, ein Leben im Verborgenen, in dem wir uns als Menschen ausgaben, die wir nicht waren. Es würde nicht leicht werden, aber er hatte mir versprochen, dass es die Mühe wert sein würde. Das war unsere Chance auf einen Neuanfang. Von nun an würde es nur noch eine Frau in seinem Leben geben. Zwei, wenn man Anna mitzählte.

»Ich habe alles bar bezahlt, wie du wolltest«, sagte ich. »Hab ein paar Tausend mitgebracht.«

»Gut. Ich habe fast nichts mehr.« Er nickte. »Wir brauchen auch nicht viel. Es ist ziemlich billig hier in der. Gegend.«

Ich rang mir ein Lächeln ab, stellte mir vor, wie ich mit Anna die High Street entlangschlenderte und mich an jedem Schaufenster vergewisserte, ob uns niemand folgte. Wie ich jedes Mal zusammenzucken würde, wenn ich Schritte hörte. Ständig Angst davor haben würde, dass es an der Tür klopfen würde, weil irgendjemand uns aufgespürt hatte. Ich war mir immer noch nicht sicher, ob ich das konnte. Mein Leben wäre eine Lüge.

»Ich war gut, nicht wahr?« Er glückste vor sich hin. »Ich hätte mir fast das Genick gebrochen, als ich im Dunkeln die Treppe hinuntergestürzt bin. Aber eins muss man mir lassen. Die Soundeffekte waren der Wahnsinn. Ich habe einen Oscar verdient.«

»Als wir zurückgesegelt sind, hatte ich solche Angst«, sagte ich. »Hast du das Seil gut zu fassen bekommen?«

»Das Wasser war eiskalt.« Er verzog das Gesicht.

Ich dachte zurück. Nachdem er seinen verrückten Plan ausgeheckt hatte, war er nicht mehr davon abzubringen gewesen. *Versteh doch,* hatte er immer wieder gesagt. *Es ist perfekt. Wir schaffen uns diese Irre vom Hals, und wenn die Versicherung gezahlt hat, sind wir reich. Wir können neu anfangen. Eine neue Seite aufschlagen.*

Er sagte: »Und wir hatten recht mit Laura Dixon. Sie hat uns alles abgekauft. Sie hat wirklich geglaubt, sie hätte mich umgebracht.«

Die arme, schwache Miss Dixon. Ich hatte gespürt, wie labil sie war. Hatte bemerkt, wie sie mit besorgten Augen nach mir Ausschau hielt, wann immer ich in der Schulbibliothek saß und den Kindern bei ihrer gestammelten Lektüre zuhörte.

Ralph fuhr fort: »Es hat sie jedenfalls zum Schweigen

gebracht. Geschieht ihr recht. Ich hätte nie gedacht, dass sie so durchdrehen würde.«

Ich räusperte mich. »Wie war die Hütte?«

Wir hatten uns eines der verfallenen Cottages an der Küste ausgesucht, vernagelte Fenster, feuchter, verschimmelter Boden. Es stank nach Füchsen, Feuchtigkeit und morschem Holz. Ich hatte mein Bestes getan, um es zu putzen, und Ralph hatte die Tür repariert und mit einem Vorhängeschloss verriegelt und seine Sachen dort gelagert, Konservendosen, Ersatzkleidung und seine Campingausrüstung. Nachdem er in jener Nacht das letzte Stück zum Ufer geschwommen war, war er dorthin gegangen.

Er zuckte mit den Schultern. »Ich hab's überlebt. Ich kann nicht sagen, dass ich es bereut habe, wegzugehen.«

Meine Gedanken kehrten zurück zu der Leere, die unser Haus erfüllt hatte, nachdem er fort war. Alles wirkte leblos ohne ihn. Ich hatte ihn schrecklich vermisst. Aber mit der Zeit spürte ich auch etwas anderes. Das vorsichtige Aufflattern meines alten Ichs. Meines selbstbewussteren, unabhängigeren Ichs.

Mir kam der Abend in den Sinn, an dem ich sein Arbeitszimmer betreten und aufgeräumt hatte, die Genugtuung, die ich empfunden hatte, als ich seine Bücher kategorisiert und geordnet hatte und sie ordentlich in Kisten verpackt hatte. Ich erinnerte mich daran, was Bea über mich gesagt hatte, als ich mich endlich an ein Leben ohne ihn gewöhnt hatte. *Du siehst toll aus. Besser als je zuvor. Du strahlst förmlich.*

»Wie war meine Trauerfeier?«

»Es ist kein Auge trocken geblieben.« Ich verzog das Gesicht. »Du wärst erstaunt, was die Leute für nette Dinge über dich gesagt haben. Sogar Miss Baldini.«

»Schade, dass ich nicht da war.« Er sah belustigt aus.

Ich musterte ihn. *Ralph. Meinen Ehemann. Den Vater meines Kindes. Den Mann, zu dem ich gestanden hatte. Den Mann, den ich immer noch liebte, sooft er mich auch enttäuschte.*

»Ich habe sie besucht«, sagte ich. »Laura Dixon.«

Er starrte zu den dunklen Fenstern hinaus, sein Kiefer war angespannt.

»Was hast du dir dabei gedacht?«, fuhr ich fort. »Warum hast du ihr Nachrichten geschickt? Sie hätte zur Polizei gehen können. Und warum hat sie die Schlösser ausgetauscht? Das warst doch du, oder? Warst du heimlich in ihrer Wohnung?«

Er zuckte mit den Schultern und spreizte die Finger seiner freien Hand. »Das war doch harmlos. Jedenfalls hat sie es verdient.«

»Harmlos?« Ich setzte mich auf und drehte mich zu ihm um.

»Was denn?«

Ich holte tief Luft. »Du wolltest sie umbringen, stimmt's?«

»Umbringen?« Er lachte. »Also bitte.«

Ich ließ nicht locker. »Du hast sie mit ihren eigenen Pillen betäubt. Warst du deshalb in ihrer Wohnung? Um sie zu holen?«

Er sah verblüfft aus. »Wovon redest du?«

»Du hast sie in den Wein gemischt, den du im Bootshaus für sie bereitgestellt hast.« *Er war bitter,* hatte sie gesagt. *Aber ich habe ihn getrunken. Auf uns.*

Er nahm den Arm von der Sofalehne und ließ das steife Handgelenk kreisen.

»Sie wusste, dass etwas nicht stimmte«, sagte ich. »Sie war nur in einem zu schlechten Zustand, um darüber nachzudenken.«

»Weißt du was? Es ist eine Schande, dass sie sie gefunden haben.« Er spannte immer wieder die Finger an, um Leben in sein Handgelenk zu bringen. »Nur ein paar Stunden mehr, und es wäre zu spät gewesen. Ganz ehrlich? Es wäre besser, wenn sie einfach gestorben wäre.«

Ich wandte den Blick ab und dachte wieder an Miss Dixon, die zusammengekauert in ihrem Sessel saß und ausdruckslos auf die vorbeiziehende Welt starrte.

»Sie hat Ärger gemacht«, sagte Ralph. »Das weißt du doch. Wenn sie Sarah Baldini von ihren verrückten Theorien erzählt hätte, wären sie hinter mir her gewesen. Sie hätten ein Exempel statuieren und es ernst nehmen müssen. Sicherlich hätten sie mich suspendiert. Eine Untersuchung eingeleitet. Wer weiß? Vielleicht wäre ich hinter Gittern gelandet.«

»Im Gefängnis?« Ich starrte ihn an, plötzlich war mir eiskalt. Wovon sprach er? Es war ein Fehler gewesen, sich an Laura Dixon heranzumachen, und wenn sie ihre Drohung wahr gemacht und der Schulleitung von ihrer Affäre erzählt hätte, hätten sie ihn vielleicht bestraft. Aber Gefängnis? »Was für verrückte Theorien?«

»Sie hat Wahnvorstellungen. Das ist alles.« Er stand auf und trat ans Fenster, so dass ich sein Gesicht nicht sehen konnte. »Wie dem auch sei, jetzt sind wir sie los. Gott sei Dank.«

Ich musterte ihn, wie er dastand, die Hände in die Hüften gestemmt, und auf das Tal hinausschaute.

»Was für verrückte Theorien, Ralph? Was meinst du?«

Er antwortete nicht. Ich saß schweigend da, die Augen auf seinen Rücken gerichtet. Irgendetwas beunruhigte mich. Es ging nicht nur um seine Affäre mit Laura Dixon. Da war noch etwas anderes.

»Kann ich wirklich nicht über Nacht bleiben?«, fragte er unvermittelt. »Ich habe die Nase voll vom Zelten.«

»Das glaube ich dir.« Ich rang mir ein Lächeln ab. »Aber wir hatten ausgemacht, dass wir noch eine Woche warten. Lass es uns jetzt nicht vermasseln.«

Er seufzte. »Erzähl es Anna morgen. Bringen wir es hinter uns.«

Ich schüttelte den Kopf. »Wir sind gerade erst angekommen. Gib ihr eine Chance, sich einzuleben.«

Er atmete tief ein und wieder aus, als überlegte er, ob er darauf bestehen sollte.

Ich schaute auf die Uhr. »Es ist schon spät. Ich muss ins Bett.«

»Vielleicht kann ich mit hochkommen?«, sagte er. »Nur für ein Weilchen. Ich bin auch wieder weg, bevor Anna aufsteht.«

»Das ist zu riskant. Was ist, wenn sie in der Nacht aufwacht und zu mir herüberkommt?«

»Spielverderberin.« Er kniete sich vor mich hin und küsste die Hände, die in meinem Schoß lagen, dann arbeitete er sich über meine Bluse zu meinen Lippen hinauf. Ich erschauderte.

Er zog sich zurück und gab mir einen leichten Kuss auf die Nasenspitze. »Du hast recht.« Ralph richtete sich auf. »Eine Woche noch.« Er beugte sich wieder hinunter und flüsterte: »Weißt du, was mich hat durchhalten lassen? Der Gedanke an all das schöne Geld. Bald sind wir reich.«

Er lachte leise vor sich hin und ging zur Toilette im Erdgeschoss.

Ich wartete, bis die Tür hinter ihm zufiel, dann sprang ich auf und lief zu seiner Jacke. Ich durchwühlte die Taschen, bis ich sein neues, mit Bargeld gekauftes Telefon fand. Ein Prepaidhandy, sauber und nicht zu tracken.

Ich schob es in meine Tasche, gerade als ich die Toiletenspülung hörte.

Als er herauskam, sah sein stoppeliges Haar zerzaust aus, als hätte er es im Spiegel begutachtet und sich selbst bewundert.

Er trat vor und legte mir die Hände auf die Taille. »Also, Mrs Mack, darf ich morgen wieder vorbeikommen? Natürlich nach Einbruch der Dunkelheit.«

Ich küsste ihn. »Ich koche etwas Richtiges, wenn du magst. Steak? Du bringst den Wein mit.«

Er zwinkerte mir zu. »Dann haben wir ein Date.«

Er zog seine Jacke an und wandte sich zur Haustür. Seine Hand wanderte in die Jackentasche und tastete dort herum. Dann hielt er inne und drehte sich zu mir um.

Ich erstarrte und dachte verzweifelt über eine Ausrede nach, weshalb sein Handy plötzlich in meiner Tasche steckte und nicht in seiner.

»Ich kann mich einfach nicht daran gewöhnen, überall zu Fuß hinzugehen«, sagte er. »Ständig suche ich meinen Autoschlüssel.« Er lachte über sich selbst. »Wenn das hier vorbei ist, kaufe ich ein Auto mit Allradantrieb. Keine Widerrede. Dann können wir es uns leisten.«

Er machte sich zu Fuß auf den Weg, knirschend und knackend bis zum Feldweg neben dem Haus. Ich stand an den Panoramafenstern und blickte ihm nach. Als er um das Haus herumkam, hielt er inne und drehte sich im Dunkeln noch einmal zu mir um. Es war derselbe suchende Blick, wie ich ihn gestern Abend gesehen hatte, als er in der Dunkelheit auf dem Parkplatz vom Pub herumgeschnüffelt hatte, um sich zu vergewissern, dass wir tatsächlich angekommen waren.

Dann wandte er sich wieder dem Weg zu und verschwand hinunter ins Nachbartal zu dem verschlafenen Campingplatz, der dort auf ihn wartete.

Eine Weile stand ich da, sah ihm nach und überlegte. Irgendetwas stimmte nicht. Das Gefühl konnte ich nicht abschütteln. Irgendetwas Wichtiges verschwieg er mir immer noch.

Ich schluckte. Was wusste Laura Dixon, das ihn so sehr ängstigte? *Etwas, das ihn ins Gefängnis bringen könnte?*

Übelkeit stieg in mir auf, und mir zitterten die Beine. Er hatte mir versprochen, dass es von jetzt an keine Geheimnisse mehr geben würde. Wir würden noch einmal ganz von vorne anfangen. So hatte er mich überredet, bei seiner Scharade mitzumachen. Damit wir danach als Mr und Mrs Mack auferstehen konnten. Als glückliches Paar.

Das war alles, was ich mir gewünscht hatte. Eine zweite Chance für unsere Ehe. Ich war nicht wie er. Das Geld von der Lebensversicherung interessierte mich nicht. Das konnte er behalten. Damit könnte er den ganzen Tag Gedichte schreiben, wenn er wollte. Alles, was ich brauchte, war bereits hier.

Ich zog sein neues Handy aus der Tasche und betrachtete es. Hart und fest lag es in meiner Hand. Er benutzte immer dieselbe PIN. Wenn dort Geheimnisse gespeichert waren, würde ich sie finden.

Ich zögerte. Ich hatte gelernt, Ralph nicht nachzuspionieren. Niemals spätabendliche SMS zu lesen, die auf seinem Telefon ankamen. Nicht in seine E-Mails zu schauen, wenn er sie offen ließ. Ich hatte mir angewöhnt, beide Augen zuzudrücken. Es war die Verletzung nicht wert.

Wenn ich also meine Freunde und mein altes Leben für ihn aufgeben und Mrs Mack werden wollte, wenn ich

Anna zwingen wollte, das Gleiche zu tun, musste ich die Wahrheit wissen. Ich musste wissen, ob er endlich ehrlich zu mir war.

Ich hatte bloß Angst davor, was ich finden könnte.

KAPITEL 52

Es dauerte nicht lange, bis ich die Nachrichten fand. Er hatte sich nicht die Mühe gemacht, sie zu löschen. Es war fast so, als suchte er die Gefahr. Als wäre das Risiko, erwischt zu werden, Teil des Nervenkitzels.

Sie waren in den letzten paar Wochen verschickt worden. Nach Laura Dixons Medikamentenvergiftung. Nachdem er hierhergezogen war, um mit den Vorbereitungen für unser neues gemeinsames Heim zu beginnen. Nachdem er mir bei seinem Leben versprochen hatte, mich nie wieder zu betrügen.

> Lauf so weit weg, wie du willst, Prinzessin. Mir entkommst du nicht.

Und dann, ein paar Tage später:

> Spürst du mich? Ich bin genau hier. Ich warte. Wir sind noch nicht fertig. Erst wenn ich es sage.

Und vor gerade einmal zwei Tagen:

> Ich bin noch da. Fehle ich dir?

Es gab keine Antworten.

Ich schüttelte den Kopf und stellte mir vor, wie sie auf Laura Dixon gewirkt hatten. Bestimmt hatte sie gewusst, dass er es war, natürlich, auch wenn sie seine neue Nummer nicht kannte. Was bezweckte er damit? Sie war schon geschädigt genug. Das brauchte sie nicht auch noch.

Ich las sie noch einmal. Der Tonfall war bedrohlich. Die Worte eines Mannes, der Rache wollte, weil sein Stolz verletzt worden war. Ich verstand es nicht. Warum tat er das, warum setzte er sie so unter Druck? Er hatte versucht, sie umzubringen. Und jetzt wollte er sie zurück?

Ich dachte an den Zettel mit Laura Dixons Adresse und Telefonnummer, den Miss Abbott mir gegeben hatte. Ich legte Ralphs Handy beiseite und suchte mein altes Smartphone, das ich in einer Tasche aufbewahrte, und rief das Foto auf, das ich von ihren Kontaktdaten gemacht hatte.

Verwirrt runzelte ich die Stirn und schaute dann noch einmal auf Ralphs Drohbotschaften. Es war nicht ihre Nummer. Oder hatte sie auch ein zweites, geheimes Telefon? Ich zuckte mit den Schultern. Es war möglich, aber ...

Lauf so weit weg, wie du willst, Prinzessin.

Wieder betrachtete ich die Nummer. Irgendetwas daran kam mir bekannt vor, aber ich konnte es nicht zuordnen. Dann wurde mir plötzlich heiß, und mein Haaransatz fing an zu kribbeln. Ich rief meine Kontakte auf und durchforstete sie nach einer Übereinstimmung.

Das Display verschwamm vor meinen Augen, während ich zu verstehen versuchte, was ich da sah. Ich konnte es nicht glauben. Meine Gedanken wirbelten durcheinander, als ich fassungslos auf die Nummer starrte.

Ach, Ralph.

Megan mit den langen Beinen und schönen Augen, mit der raschen Auffassungsgabe. Der Star aus Ralphs Englischkurs.

Claras große Schwester. Die Tochter meiner besten Freundin.

Ein stechender Schmerz fuhr mir in den Magen. Ich krümmte mich zusammen und rang nach Luft.

Nein, bitte nicht sie.

Sie war nicht einmal siebzehn. Noch ein Kind.

Eine Erinnerung erwachte. Kein Wunder, dass sie so verhalten, so verlegen gewirkt hatte, als sie mich kurz vor ihrem großen Reiseabenteuer besucht hatte, das sie sich mit dem Scheck von mir finanzierte. Meinem Dank dafür, dass sie an jenem Abend so spontan zu uns gekommen war und auf Anna aufgepasst hatte. Meinem Dank dafür, dass sie die Nachrichten geschickt hatte, die meine Spuren verwischten, unsere Spuren.

Ralph, wie konntest du nur?

Ich ließ mich auf den Boden sinken und zog die Knie an.

Megan. Ralph, der ihr in der Mittagspause Extraunterricht gab, weil sie eine so vielversprechende Schülerin war. Der ihr Lektüretipps gab, damit sie bei ihren Vorstellungsgesprächen für die Unis glänzen konnte. Seine jugendliche Begeisterung, als Megan anfing, selbst Gedichte zu schreiben, und sie mit ihm teilte.

Sie hatten sich nach der Schule getroffen. Ich hatte es gutgeheißen. Ich hatte mich sogar gefreut, als er mich fragte, wie ich es fände, wenn er sie in seine Schreibgruppe für Kollegen aufnähme, damit sie sich respektiert und erwachsen vorkäme.

»Ich würde sie nach Hause bringen«, hatte er gesagt.

»Würde auf sie aufpassen. Frag Bea, ob das in Ordnung ist, ja?«

Ich war ihm dankbar, da ich glaubte, er wollte sich mir gegenüber beweisen. Sich für seine Affäre mit Laura Dixon entschuldigen und mir zeigen, was für ein Mann er in Zukunft sein würde, wenn ich zu ihm hielt und seine Pläne mittrug.

Ich erschauderte.

Meine Gedanken sprangen weiter. Laura Dixon. Bestimmt hatte sie es herausgefunden. Sie hatte gedroht, ihn zu verraten. Dass er seine minderjährige Schülerin belästigt hatte.

Ralph war wütend geworden, als ich ihm sagte, dass ihre Drohungen sicher nur ein Vorwand seien. Warum sollte sie es riskieren, zur Schulleitung zu gehen, zur Schulbehörde? Wir hatten darüber gestritten. Wenn sie ihn feuerten, würde sie dann nicht selbst ihre Stelle verlieren? Wenn es um unprofessionelles Verhalten ging, dann war sie genauso schuldig wie er.

Sie sei verrückt, hatte er gesagt. Rachsüchtig, nur weil er mit ihr Schluss gemacht habe. Sie wolle ihn ruinieren, wiederholte er immer wieder und fuhr sich mit den Fingern durchs Haar. Wir mussten verschwinden, bevor sie handelte, bevor sie ihre Wahnvorstellungen öffentlich machte und ihm dieser ganze Wahnsinn um die Ohren flog.

Denk doch mal an die Schande, die Demütigung. Er hatte mich mit großen, wilden Augen angesehen. Nicht nur für ihn. Auch für mich. Für Anna.

Und dann hatte er mir minutiös seinen Plan erklärt, der es uns ermöglichen würde, dem Ganzen zu entkommen, neu anzufangen, gemeinsam.

Jetzt versuchte ich, mich auf das Atmen zu konzentrieren, um den Schmerz zu lindern. Wie konntest du nur, Ralph? Ich wusste nicht, was ich tun würde, wenn ein erwachsener, verheirateter Mann Anna so belästigen würde, wenn sie doch noch ein Teenager war.

Wieder dachte ich an Megan. Sie hatte gequält ausgesehen, ihre Augen leer. Sie hatte gezittert, als ich sie gezwungen hatte, die Bücher von Ralph durchzusehen.

Ich kann es dir nicht erzählen, hatte sie gesagt. *Ich kann es niemandem erzählen.*

Kein Wunder, dass es ihr schwerfiel, sich zu konzentrieren und für ihre Prüfungen zu lernen. Jeder Aufsatz musste sie an Ralph erinnert haben. Jeder Roman. Jedes Gedicht.

Ich atmete tief durch.

Du würdest mir Vorwürfe machen, hatte sie gesagt.

Jetzt verstand ich es. Megan hatte Stillschweigen über Ralphs missbräuchliches Verhalten bewahrt, nicht ihm zuliebe, sondern weil sie sich um mich sorgte, die nette und hilfsbereite Freundin ihrer Familie. Und um Anna, die Spielkameradin ihrer kleinen Schwester.

Ich beugte mich vor und griff nach einem Taschentuch, wischte mir über Augen und Nase. Ich hatte ihm vertraut. Hatte meine Ohren vor den Stimmen verschlossen, die flüsterten, er würde sich nie ändern, er würde mich immer betrügen, er würde immer lügen. *Nein,* hatte ich mir gesagt. *Tief im Inneren liebt er mich. Er liebt Anna. Wir können wirklich neu anfangen.*

Aber das jetzt? Er hatte mich auf die schlimmste Weise betrogen. Lügen. Nichts als Lügen. Selbst jetzt hatte er seine Besessenheit von Megan nicht losgelassen. Vielleicht würde er das auch nie, bis seine Sehnsucht gestillt war.

Sie glaubte, er sei tot, aber indem er ihr jetzt diese

Nachrichten schickte, setzte er alles aufs Spiel. Unser Geheimnis. Unsere neuen Identitäten. Unsere Zukunft.

Nicht nur seine. Nicht nur meine. Sondern auch Annas.

Das konnte ich nicht zulassen.

KAPITEL 53

In dieser Nacht schlief ich kaum. Als der Tag anbrach, lag ich schweigend da und starrte auf das schwache Sonnenlicht, das in Mustern über die Decke kroch. Geräusche drangen herein. Unbekannte, ländliche Geräusche.

Mir tat der Kopf weh. Mit ängstlich verkrampftem Magen rollte ich mich zusammen.

Sobald die Sonne aufgegangen war, schlich ich in Annas Zimmer. Sie lag auf der Seite, die Lippen geöffnet, und atmete leise. Sie hatte die Bettdecke weggestrampelt, und ihre Beine waren angewinkelt, als würde sie selbst im Schlaf davonlaufen.

Ich deckte sie wieder zu, dann machte ich mir einen starken Kaffee und nahm ihn mit ins Schlafzimmer. Dort setzte ich mich ans Fenster und blickte auf das Tal hinaus. Die sattgrünen Felder waren von Tau benetzt, und die kräftiger werdende Sonne vertrieb den Nebel. Ich saß ganz still, spürte ihre Wärme und versuchte, Kraft daraus zu schöpfen.

Nach dem Frühstück fuhr ich mit Anna in die nächste Stadt, um einen Supermarkt zu finden und uns mit Lebensmitteln einzudecken. Wir taten so, als wären wir Entdecker, durchstreiften zu Fuß die gepflasterten Straßen, schauten uns Postkarten und Plüschtiere an, Süßwarenläden mit altmodischen Gläsern, Geschäfte für Outdoor-Ausrüstung mit Zelten, wasserdichten Jacken und Kletterausrüstung. Für Anna war das alles ein Spiel, fürs Erste. Wir spielten, hier zu wohnen, und hatten nicht vor, uns niederzulassen.

Beim Gehen hielten wir uns an den Händen und schlenkerten mit den Armen. Ich versuchte, mir nicht anmerken zu lassen, wie viel Angst ich hatte.

Im Supermarkt kaufte ich ein marmoriertes Steak für Ralph und einen Schokoladenkäsekuchen, sein Lieblingsdessert. Anna suchte sich einen Becher Schokoladeneis aus. Sie hüpfte strahlend aus dem Laden zurück zum Auto und drückte sich eine Großpackung Cornflakes an die Brust. Die stacheligen Haare leuchteten wie ein Heiligenschein. Ihre Freude und ihre Zuversicht wirkten so leicht im Vergleich zu meiner eigenen Düsternis.

Wir packten die Einkäufe aus und brachten sie ins Haus, dann gingen wir den Hügel hinunter zu dem Pub-Hotel, in dem wir unsere erste Nacht verbracht hatten. Es wurde immer wärmer, die Sonne brannte jetzt, flimmerte auf den trockenen Steinen und ließ das Gras welken. Schafe kauerten unter den Bäumen oder lagen im Schatten der Mauern, die ihre Felder säumten.

Der Pubgarten war voller Urlauber: Familien mit kleinen Kindern, Radfahrer und Wanderer in dicken Socken und schweren Schuhen drängten sich auf den Bänken zu beiden Seiten der Holztische, die von Sonnenschirmen beschattet wurden, oder saßen in Grüppchen im Gras.

Im Inneren des Lokals sorgten die dicken Steinmauern für eine kühlere Atmosphäre. Im Gastraum war es menschenleer. Sonnenstrahlen fielen auf die verblichenen Sessel und den abgenutzten Teppich und beleuchteten tanzende Staubsäulen.

Anna und ich bestellten an der Bar und warteten dann im Hauptraum abseits der Menschenmassen auf unsere

Sandwiches und Softdrinks. Ich fand die Fernbedienung und schaltete den Fernseher auf den Kinderkanal. Anna strahlte und ließ sich davor nieder, bereit, mit glasigen Augen in der Sendung zu versinken.

Ich betrachtete sie eine Weile. Sie sah so jung, so verletzlich aus, wie sie, die Schuhe abgestreift, im Schneidersitz auf einem Kissen saß. Buddy, ihr neuer Stoffhund, stand aufrecht in ihrem Schoß.

Ich beugte mich vor und gab ihr einen Kuss auf den Kopf. »Ist es in Ordnung, Anna, wenn ich kurz nach draußen gehe und telefoniere?«

Sie war so in die Sendung vertieft, dass sie sich nicht einmal rührte. Ich ging hinaus in den Garten und durch die lärmende Menge zu einem grasbewachsenen Hügel auf der anderen Seite. Zwei Jungen, vielleicht drei und vier Jahre alt, ließen sich hinunterkullern und blieben dann kreischend auf dem Boden liegen. Sie kamen auf die Füße und rannten auf stummeligen Beinen wieder herauf, um erneut hinunterzurollen. Ihre Haare waren mit Blütenstaub besprenkelt.

Mit angezogenen Knien saß ich auf dem Gipfel und holte Ralphs neues Handy heraus, das ich ihm am Abend zuvor aus der Tasche genommen hatte. Ich drückte auf den Startknopf und sah, wie das Display aufflackerte. Keine neuen Nachrichten. Zwei verpasste Anrufe. Von ihm selbst, vermutete ich, der herausfinden wollte, wo er es verloren hatte. Ich starrte aufs Display und bereitete mich innerlich auf den Anruf vor.

Die beiden Jungs kamen wieder den Hügel heraufgerannt, der kleinere packte den älteren an der Kleidung, um ihn festzuhalten. Sie waren atemlos, lachten, rangelten und rauften. Hinter ihnen leuchtete der Hotelgarten in zahlreichen Farben, von den blühenden Blumenam-

peln neben der Tür bis zu den rot gestreiften Sonnenschirmen und den bunten Baumwollshirts.

Ich schüttelte den Kopf und fragte mich, was diese
Leute wohl von mir dächten, wenn sie wüssten, was ich
vorhatte.

Mein Blick wanderte zu den Fenstern des Gastraums
an der Seite des Gebäudes. Sie glänzten im Sonnenlicht.
Dahinter war Anna. Ich stellte mir vor, wie sie still dort
saß, auf mich wartete und mir vertraute. Erinnerte mich
an ihren Anblick an jenem Morgen, mit ausgestreckten
Gliedmaßen und friedlichem Gesicht. Mein Herz zog
sich zusammen und nahm mir den Atem. *Ach, Anna.*

Ich beugte mich vor und tippte eine neue Nummer
ein, dann schloss ich die Augen, um mich von meiner
Umgebung abzuschotten, und lauschte dem Freiton.

KAPITEL 54

An diesem Abend durfte Anna in meinen Armen einschlafen.

Sie war begeistert und kuschelte sich in meine Armbeuge, während ich neben ihr in ihrem schmalen Bett lag. Ab und zu hob sie den Kopf, um mich anzusehen, sich meiner zu vergewissern, und drückte Küsschen auf meine Nasenspitze, meine Lippen, mein Kinn, ehe sie schließlich zur Ruhe kam.

Ich streichelte ihr über den Rücken, damit sie einschlief, so wie früher, als sie noch klein gewesen war. Damals war ich oft neben ihr eingeschlafen, aus purer Erschöpfung.

Es war mein Bedürfnis, nicht ihres. Ich drückte sie an mich und spürte, wie sich ihre Brust über den schmalen Rippen hob und senkte, roch ihre Haut, die nach Lavendelschaumbad und einem Hauch Erdbeershampoo duftete. Sie hatte die Bettdecke weggestrampelt, und ihr Körper wärmte mich.

»Ich hab dich lieb«, flüsterte ich, als ich sicher war, dass sie schlief. Vorsichtig zog ich meinen Arm unter ihr hervor. Das Bett knarrte, als ich aufstand. »Hoffentlich würdest du mir verzeihen, wenn du wüsstest. Du hast schon genug durchgemacht.«

Ich duschte und zog mir ein eng anliegendes Kleid an, eines der wenigen, die ich behalten hatte. Parfüm. Nackte Beine. Hohe Absätze. Ich schminkte mich vor dem Spiegelschrank und ging rückwärts bis zur Badezimmertür, um mich ganz zu betrachten. Ich sah aus wie jemand anderes. Wie Mrs Mack.

In der Küche bereitete ich alles vor, was ich konnte, stellte die Pfanne, den Knoblauch und das Öl bereit und machte einen Rucola-Salat. Das Küchenmesser blitzte, als ich Paprika und Tomaten schnitt.

Danach ging ich zur Sitzgruppe, setzte mich ans Fenster und schaute aufs Tal hinaus. Ich faltete die Hände in meinem Schoß und stellte mir vor, dass unsichtbare Augen mich beobachteten. Das war mein Zeichen an sie, an die Welt, dass ich bereit war für das, was die Nacht bringen würde.

Langsam wurde das Licht milder und schwächer. Die rote Sonne senkte sich über das ferne Tal und wich schließlich der Dunkelheit. Das dichte Blattwerk, das einen Vorhang vor alle hierherführenden Wege und Pfade zog, wurde schwarz. Angestrengt spähte und horchte ich hinaus.

Ein Zweig knackte, unsichtbar, aber nahe am Haus. Ich zuckte zusammen. Die Dunkelheit drückte gegen die Fenster. Ich schlich zur Haustür und blieb dort stehen, lauschte und wartete.

Ein Klopfen auf dem Holz, so leicht, es hätte ein Ast sein können, der gegen den Giebel geweht wurde. Das leise Klimpern eines Schlüssels im Schloss. Die Tür ging auf.

Da stand er, eine Silhouette vor der Dunkelheit.

Ein Flüstern: »Helen?«

»Hallo.« Ich schlich zu ihm und schlang die Arme um ihn, drückte meinen Körper an seinen. Er war schlanker und fitter als früher, mit kräftigen, festen Schultern.

Ich streichelte seinen Nacken, und er neigte den Kopf, legte sein Gesicht an meins. Ich küsste ihn.

»Hab ich dir gefehlt?«

»O ja.« Ich lächelte in der Dunkelheit. »Mach die Tür zu. Komm rein.«

Ralph holte Gläser und schenkte den Wein ein, den er mitgebracht hatte, dann lehnte er sich mit dem Rücken an die Wendeltreppe und beobachtete mich beim Kochen. Ich briet die Steaks in einem Dunst aus Knoblauch und spritzendem Fett.

Mit dem Blick folgte er meinen Kurven, während ich mich in der kleinen Küche bewegte, Gewürze und schwarzen Pfeffer hinzufügte, das Fleisch wendete und den Salat anrichtete. Das Wippen meiner Brüste und Hüften wurde durch die hohen Absätze noch verstärkt. Er war interessiert, zögerte aber, den ersten Schritt zu machen. Das spürte ich alles. Ich kannte ihn. Es war schon so lange her, dass ich mich für ihn schick gemacht hatte. Es war ein Tanz, den wir beide fast vergessen hatten.

Als die Steaks fast fertig waren, warf ich ihm die Streichhölzer zu. »Würdest du bitte die Kerzen anzünden?«

Er ging zum Esstisch und tat wie geheißen. Als die Kerzen, die ich dort zwischen zwei Gedecken aufgereiht hatte, brannten und er die kurzen Glashauben wieder aufgesetzt hatte, schaltete ich das Küchenlicht aus und brachte das Essen zum Tisch.

Gespenstische Schatten zuckten durch den Raum. Wir saßen uns im sanften Kerzenlicht gegenüber und berührten uns an den Knien.

Er griff nach vorn und umfasste mit seiner Hand meine Wangen. »Sie sehen bezaubernd aus, Mrs Mack.« Seine Augen waren sanft. »Du bist bezaubernd.«

Ich sah ihn an. Für einen Augenblick schienen die Jahre im schwachen Flackern der Kerzen zu verschwinden. Ich sah wieder den jüngeren Mann, den Mann, in den ich mich verliebt hatte. Den nachdenklichen Dichter. Meinen Geliebten.

Sein Gesichtsausdruck veränderte sich. »Was ist los?« Er betrachtete mich im Dämmerlicht. »Warum weinst du?«

»Ich bin einfach glücklich«, log ich, löste mich von ihm und hob mein Glas. »Glücklich, weil du wieder zu Hause bist.«

Während des Essens gab ich mir große Mühe und stellte ihm endlose Fragen über sein Lieblingsthema, sich selbst. Wie clever er gewesen sei, das Häuschen zu finden und es einzurichten. Seine Gedichte. Seine Vorstellung von der Zukunft. Und als das Gespräch abflaute, sogar seine Gedanken über ein neues Auto mit Allradantrieb. Ich hörte ihm mit großen Augen und feuchten Lippen zu und tat so, als wäre ich fasziniert.

Wann immer möglich, schaute ich heimlich auf die Uhr und wünschte mir, ich könnte die Zeit antreiben. Nach dem Steak servierte ich ihm den Schokoladenkäsekuchen und füllte sein Weinglas nach, wann immer ich konnte. Ich selbst trank kaum etwas. Fast hatte ich es geschafft. Vielleicht noch eine halbe Stunde. Der Löffel zitterte in meiner Hand, ich legte ihn ab und ballte die Fäuste auf dem Schoß.

Als ich das Geschirr abräumte, stand er auf und ging zur Toilette im Erdgeschoss. Kaum war er verschwunden, holte ich sein Telefon aus der Tasche und steckte es zurück in seine Jacke, sorgfältig darauf bedacht, es ganz tief hineinzuschieben.

Ich schaute auf die Uhr. Fünfzehn Minuten. Es war fast so weit. Wenn ich ihm vertrauen konnte. Wenn alles nach Plan verlief.

Ich machte mich daran, einen Kaffee zu kochen, und zitterte dabei so sehr, dass mir die Packung aus den Händen glitt. Kaffeepulver verteilte sich auf der Arbeitsplatte.

»Ruhig, ganz ruhig!« Er war hinter mir aufgetaucht, seine Hände griffen nach meinen, um zu übernehmen.

Ich zuckte zusammen. Ich hatte die Tür nicht gehört, hatte nicht bemerkt, dass er zurückgekommen war. Was, wenn er mich beobachtet hatte, wenn er bemerkt hatte, wie ich das Telefon zurücksteckte?

»Alles in Ordnung?« Sein Atem roch nach Knoblauch und Rotwein.

Ich nickte und wandte mich ab. »Lass uns den Kaffee am Fenster trinken. Mit Blick auf das Tal.«

Ich beugte mich über den Esstisch und blies die Kerzen aus, eine nach der anderen. Beißender Rauch stieg auf.

Plötzlich stand er hinter mir und drückte mich gegen die Tischkante. Ich erschauerte. Er hatte sich schnell und lautlos bewegt und hielt mich jetzt fest.

»Ich weiß, was du vorhast.« Sein Atem flammte heiß gegen mein Ohr.

Ich schloss die Augen.

Seine großen Hände glitten an meinem Kleid hinauf, umfassten meine Brüste und drückten sie fest.

»Du versuchst, mich anzumachen«, sagte er. »Und das gelingt dir verdammt gut.«

Ich legte meine Hände auf seine. »Dir aber auch.« Ich drehte mich in seinen Armen, und er küsste mich, drängend und gelöst vom Wein.

Als er innehielt, entwand ich mich rasch seinen Armen.

»Warte.« Ich legte ihm einen Finger auf die Lippen. »Ich habe mir etwas überlegt.«

Er runzelte die Stirn.

Ich schmiegte mich an ihn und spürte, wie sein Körper auf mich reagierte. *Noch acht Minuten, vielleicht sieben.*

»Vielleicht war es meine Schuld, Ralph. Zumindest teilweise.« Ich sprach leise. »All die Jahre war ich so auf Anna fixiert. Ich habe vergessen, mich so um dich zu kümmern, wie ich es sollte. Das tut mir leid. Ich habe dir nicht genug Aufmerksamkeit geschenkt.«

Er sah mich an, als fragte er sich, wohin das führen würde.

Ich lächelte. »Schauen Sie nicht so streng, Mr Mack. Ich meinte nur, dass ich ein paar Sachen ändern möchte. Ich will wieder Spaß haben. Mit dir.«

»Klingt gut.« Er senkte erneut den Kopf, um mich zu küssen.

Ich zog mich zurück. »Warte. Es ist mein Ernst. Ich will dich umhauen, Ralph. Will so gut sein, dass du nie wieder eine andere Frau willst.«

Ich drückte die Lippen auf seine und öffnete sie, neckte ihn mit der Zungenspitze.

»Können wir etwas Neues ausprobieren?«, flüsterte ich. »Etwas, das wir noch nie gemacht haben?«

Jetzt erschauerte er. Das Weiße seiner Augen blitzte in der Dunkelheit auf.

Noch fünf Minuten. Vielleicht vier.

»Es ist ein bisschen speziell. Draußen.«

Er leckte sich über die Lippen.

»Mach die Augen zu.«

Ich ließ ihn mit gespreizten Beinen dastehen, die Hände auf der Tischplatte, während ich eine Küchenschublade aufzog und Gürtel, Tücher und einen kleinen, prallen Umschlag herausholte.

Ich schlang ihm ein Tuch fest um den Kopf und verband ihm die Augen. »Vertraust du mir?«

Er nickte. Ich gab ihm einen leichten Kuss auf die Lippen, dann drehte ich ihm die Hände auf den Rücken und band sie, so fest ich konnte, mit dem Gürtel zusammen.

Er spannte die Finger an. »Ganz schön eng.«

Ich knabberte an seinem Ohrläppchen. »Genau so will ich es.«

Nicht mehr ganz so überzeugt fragte er: »Bist du dir sicher?«

»O ja.« Ich drückte mich an ihn. »Ich möchte dich überraschen. Lass uns nach draußen gehen.«

Es war so weit. Ich nahm die Autoschlüssel und den dicken Umschlag vom Tresen, steckte beides in meine Umhängetasche und ging mit ihm zur Tür. Die ganze Zeit hielt ich mich eng an ihn gedrückt.

»Hast du eine Decke?«, fragte er. »Es könnte kalt werden.«

»Keine Sorge. Ich habe alles vorbereitet.«

Er lächelte und fuhr sich mit der Zunge über die Lippen.

Ich führte ihn aus der Haustür hinaus, schloss den Mietwagen auf und öffnete die Fondtür. Ich half ihm beim Einsteigen, den Kopf voran, führte ihn mit den Händen.

Er blieb auf dem Rücken liegen, unbequem auf seinen gefesselten Händen, die Beine hingen heraus. »So?«

»Perfekt.«

Ich winkelte seine Knie an und knotete einen letzten Gürtel so fest wie möglich um seine Fußgelenke. Er wand sich.

»Ich bin mir nicht sicher, ob das funktioniert, Helen.«

Er zappelte und versuchte, sich in dem engen Raum aufzusetzen, was ihm nicht gelang. »Vielleicht solltest du mir die Hände losmachen?« Langsam klang er besorgt.

Ich zog mich aus dem Auto zurück, stand auf und sah mich um.

Ein Mann trat aus dem Schatten, lautlos wie eine Katze.

Mike Ridge sagte kein Wort. Er nickte mir nur zu, dann nahm er meinen Platz an der offenen Autotür ein und beugte sich zu Ralph hinunter. Plötzlich ein ratschendes Geräusch, wie wenn man ein Pflaster von einer Wunde reißt. Noch einmal und noch einmal. Dann hörte ich nur noch Ralphs gedämpftes Stöhnen.

Mike richtete sich auf, schloss die Autotür hinter Ralph und winkte mich zu sich. Er streckte die Hand aus, und ich holte den Autoschlüssel und den Umschlag aus der Tasche. Mit einem sauber geschnittenen Daumennagel schlitzte er ihn auf und überflog das Bargeld darin. Ich reichte ihm die Schlüssel. Ich flüsterte: »Wie machen Sie es?«

Er zog eine Augenbraue hoch. »Das wollen Sie nicht wissen.«

Ich biss mir auf die Lippe. »Aber geht es schnell? Schmerzlos?«

Er zuckte mit den Schultern, als wollte er sagen: *Wenn Sie es so wollen.*

»Rufen Sie morgen früh die Polizei«, sagte er. »Vielleicht gegen neun oder zehn. Nicht den Notruf, sondern die örtliche Polizeiwache. Die brauchen länger. Melden Sie das Auto als gestohlen. Sie brauchen den Papierkram für die Autovermietung.«

Ich blinzelte. »Und was machen Sie damit?«

»Ich lasse es ausbrennen«, erklärte er. »Machen Sie sich keine Sorgen.« Er hob die Hände und zeigte mir seine Handschuhe. »Vertrauen Sie mir. Ich weiß, was ich tue.«

Er wandte sich ab. Ich packte ihn am Arm, damit er sich wieder zu mir umdrehte. »Sind Sie sicher? Was, wenn sie ihn finden?«

»Werden sie nicht.« Er sah aus, als ginge seine Geduld mit mir langsam zur Neige. »Wissen Sie, selbst wenn eines Tages Teile von ihm auftauchen, würde das gar nichts beweisen. Es ist seine DNA, na und? Wen würde das überraschen?« Er nagte nachdenklich an seiner Unterlippe. »So ist das mit dem Sterben. Die Leute gehen davon aus, dass man es nur einmal tut.«

Ich zögerte. *Vielleicht ist es noch nicht zu spät. Ich könnte sagen, dass ich es mir anders überlegt habe, und die Sache abblasen.*

»Okay?«, fragte er.

Ich dachte an Laura Dixon und dass er sie beinahe umgebracht hatte. Dass er nicht die geringste Reue gezeigt hatte. Ich dachte an Megan und seine drohenden Nachrichten. Er wollte ihr weiter nachstellen und sie dafür bestrafen, dass sie ihn zurückgewiesen hatte. Wie konnte er dieses Risiko eingehen, ein Risiko, das uns beide ins Gefängnis bringen könnte, allein aus Bosheit und verletztem Stolz?

Ich dachte an Anna. An den Kummer und die Aufregung, die er ihr mit seinen Lügen und seinem Egoismus aufgezwungen hatte. Ich schüttelte den Kopf.

Mike Ridge, der mich beobachtete, schien meine Gedanken zu lesen.

»Ich verrate Ihnen etwas, ganz umsonst, Mrs W. Es hätte auch andersherum sein können.«

Ich blinzelte. »Wie meinen Sie das?«

»Vor etwa einer Woche hat er mich angerufen. Natürlich anonym, aber ich bin ja nicht blöd. Er hatte mich vor dem Haus gesehen, nehme ich an. Hat mir Geld angeboten.«

Ich runzelte die Stirn. »Wofür?«

»Um Sie umzulegen. Ohne Wenn und Aber.« Er verzog das Gesicht, als wollte er sagen: *Verstehen Sie, was ich meine? Benimmt man sich so?*

Dann öffnete er die Hintertür und deutete auf Ralph. Ich beugte mich wieder ins Auto. Ralph wand sich auf dem Rücksitz. Seine Augen waren von einem Streifen Klebeband verdeckt. Ein anderer klebte über seinem Mund. Auch um seine Knöchel und Handgelenke war Klebeband gewickelt, um die Arbeit, die ich mit den Gürteln begonnen hatte, abzuschließen.

Ich brachte meinen Mund dicht an sein Ohr, und als er meinen Atem spürte, wurde er ganz still.

»Warum waren wir dir nie genug, Ralph?«, flüsterte ich. »Anna und ich.«

Er warf den Kopf zurück und versuchte, sich aufzusetzen.

»All die Jahre habe ich deine Lügen und deine Affären ertragen. Ich habe dich gedeckt. Habe alles getan, was du wolltest. Sogar gelogen, um dir zu helfen, Laura Dixon zu entkommen und das Geld von der Versicherung einzustreichen. Ich habe alles aufs Spiel gesetzt.« Kurz hielt ich inne, holte Luft und versuchte, nicht zu weinen. »Wieso konntest du Megan nicht einfach in Ruhe lassen?«

Er zappelte und wand sich auf dem Rücksitz, versuchte zu schreien, aber seine Worte wurden vom Klebeband verschluckt.

Ich flüsterte: »Ach, übrigens, diese Romeo-und-Julia-Geschichte? Du hast eins nicht bedacht. Am Ende ist Romeo tot.«

Ich gab ihm einen Kuss auf die Wange und weinte dabei. Es war ein Abschiedskuss.

Kapitel 55

Zwei Monate später

»Igitt! Ich hab irgendwas berührt! Was Lebendiges!«

»Was? Zeig mal her.« Anna schob Clara beiseite, um besser sehen zu können. »Guck mal, Mummy! Eine Spinne! Sie ist riesig!«

Sie standen nebeneinander auf Küchenstühlen und sortierten die frisch gepflückten Brombeeren, die sich in Schüsseln türmten. Ihre Haare, die ich ihnen noch vor wenigen Stunden gebürstet und zusammengebunden hatte, hatten sich gelöst und waren voller Blätter. Die Ärmel waren bis zu den Ellenbogen hochgekrempelt, und darunter kamen zahlreiche Kratzer von den Sträuchern zum Vorschein. Ihre Finger und Münder waren violett vom Beerensaft.

Anna nahm die Spinne furchtlos in die Hände. »Schnell! Mach die Tür auf!«

Clara folgte ihr kreischend und hüpfend, als Anna nach draußen lief, um die Spinne wieder in die Freiheit zu entlassen.

»Mummy!«, rief Clara. »Da kommt Mummy!«

Ich wischte mir die Hände an einem Handtuch ab und lief nach draußen. Beas Auto holperte den Feldweg entlang und schlingerte in den schlammigen Spurrillen hin und her. Ihre Stirn war gerunzelt, ihre Fingerknöchel waren weiß, weil sie das Lenkrad so fest umklammerte.

Sie kam neben meinem neuen Auto zum Stehen, stellte den Motor ab und blickte schließlich auf, winkte und strahlte, als die Mädchen zu ihr hinüberliefen.

Nachdem sie herausgesprungen war, umarmte sie die beiden. »Hattet ihr eine schöne Woche?«

»Super.«

»Megatoll.«

»Wow!« Sie sah mich an. »Und was ist mit dir?«

Ich lächelte. »Hervorragend.«

Wir aßen im Pub am Fuße des Hügels zu Mittag. Wie jeden Samstag war viel los, alle Tische draußen waren besetzt. Bea und ich fanden ein Fleckchen schwacher Oktobersonne in einer Ecke des Gartens und setzten uns, dick eingemummelt in Strickjacken und Mäntel, auf eine Picknickdecke.

Die Mädchen rannten den Hügel am anderen Ende des Pubgartens hinauf und ließen sich wieder herabrollen, übten Handstand und Radschlagen und purzelten übereinander.

»Sie hatte richtig viel Spaß.« Bea lächelte. »Das war so nett von dir.«

Ich zuckte mit den Schultern. »Anna auch. Sie hat Clara wirklich vermisst.«

»Clara euch auch. Und du hast mich gerettet. Ich hatte mich so daran gewöhnt, in den Ferien auf Megan zurückgreifen zu können.«

»Wo ist sie gerade?«

»Nord-Kambodscha.«

Ich nickte. »Läuft alles gut?«

»Sie genießt es. Du hattest recht.« Bea warf mir einen wissenden Blick zu. »Die Pause hat sie sich wirklich verdient. Sie hat im letzten Jahr so viel gearbeitet.«

Wir stießen an. Der Weißwein war kalt und herb. Bea riss ein Tütchen Chips auf, legte es zwischen uns auf die Decke und aß einen. Ich spürte, wie sich meine Schultern entspannten, als würde eine schwere Last von mir genommen, die ich schon viel zu lange mit mir herumgetragen hatte.

Bea drehte sich zu mir um und musterte mich. »Wie auch immer, wie geht es dir? Wie läuft dein Auslandsjahr?«

»So nennst du das?«, sagte ich lachend. »Ziemlich gut. Anna hat sich in der Schule gut eingelebt. Sie ist winzig. In ihrer Klasse sind nur zehn Kinder. Aber es ist eine tolle Schule.« Ich zögerte, weil es mir peinlich war. »Ich helfe dort sogar aus.«

Bea sah überrascht aus. »Unterrichtest du?«

»Nein! Ich richte eine Schulbibliothek ein. Sie hatten noch keine. Ich plane eine Spendenaktion nach Weihnachten, damit wir den Bestand erweitern können.«

Wir saßen einen Moment lang schweigend da. Es wurde kühler, nun, da es auf den Herbst zuging, aber hier fiel die Sonne warm auf unsere Gesichter.

»Und wie geht es Anna sonst?«, fragte Bea und tastete sich weiter vor: »Spricht sie viel über ihren Vater?«

»Sie kam neulich ganz aufgeregt nach Hause, weil die Kinder in der Schule anfingen zu fragen, wo er ist.« Schluchzend hatte sie sich in meine Arme geschmiegt. Wie sollte ich sie trösten? »Die Lehrerin hat gesagt, wahrscheinlich sei er im Himmel in Sicherheit. Ich weiß nicht, ob das geholfen hat oder nicht.«

»Sie sieht gut aus«, sagte Bea nachdenklich. »Stärker. Wieder mehr wie sie selbst.«

Ich nickte. »Das finde ich auch.«

»Ihr kommt doch irgendwann zurück, oder?«

»Ich weiß nicht.« Ich seufzte. »Vielleicht.«

Bea zögerte, als wüsste sie nicht, ob sie mich in Ruhe lassen oder das Thema weiter verfolgen sollte.

»Mrs Prior sagt, ihr kommt zurück.« Bea zog die Augenbrauen hoch. »Sie sagt, ihr bräuchtet Abstand, um einen Schlussstrich zu ziehen, aber dann …«

»Also, bitte.« Ich schüttelte den Kopf. »Mrs Prior wäre ein Grund, nie wieder zurückzukommen.«

»Von ihr würde ich mich nicht abhalten lassen.« Bea beugte sich vor und raunte: »Es wird gemunkelt, dass sie schwanger ist. Und wenn das stimmt, wette ich, dass sie nicht mehr zurückkommt. Du könntest also Glück haben.«

Nun hob ich die Brauen. »Von wem hast du denn den ganzen Tratsch?«

Sie zuckte mit den Schultern. »Jetzt, wo du weg bist, muss ich mich anstrengen. Es gibt sonst niemanden, der mir verrät, was los ist.«

»Das nehme ich als Kompliment.« Ich trank einen Schluck Wein. »Erzähl weiter. Was muss ich sonst noch wissen?«

Sie hielt inne. »Nicht viel.« Sie beobachtete die Mädchen, die wieder den Hügel hinunterrollten. »Na ja, vielleicht eins noch.«

Ich versteifte mich. Ahnte, was sie sagen wollte. Etwas über Ralph. Irgendein belastendes Beweisstück war gefunden worden.

Sie trank einen Schluck von ihrem Wein und sagte: »Es geht um Miss Dixon.«

»Miss Dixon?« Ich atmete aus. »Was ist mit ihr? Unterrichtet sie wieder?«

Sie schüttelte den Kopf. »Noch nicht. Aber sie ist umgezogen. Sie lebt jetzt bei ihrer Schwester in Kent.«

»Woher weißt du das?«

»Von Jayne aus dem Sekretariat.«

Jayne war eine ziemlich verlässliche Quelle. »Weißt du, wie es ihr geht?«

»Besser, glaube ich. Ihre Schwester hat Kinder, und Miss Dixon wird sie eine Weile unterstützen, bis sie sich wieder in der Lage fühlt zu unterrichten.«

Ich nickte. »Das freut mich.«

Ein Junge kam mit einem Tablett mit Sandwiches aus dem Pub und rief unsere Nummer.

Bea winkte ihn heran und lief zu den Mädchen hinüber, um sie zum Essen zu holen. Ihre Hosen waren voller Erde und Grasflecken und hatten lila Spritzer von zerquetschten Heidelbeeren. Ich sah, wie Bea sich über sie beugte und sie eine nach der anderen abklopfte, halb schimpfend, halb neckend.

In Gedanken war ich weit weg, bei Laura Dixon. Ich fragte mich, ob sie Ralph vermisste. Ob sie glaubte, dass sie ihn noch liebte. Ich dachte an den traurigen Schatten, zu dem sie geworden war.

Zum Glück hatte sie eine Schwester. Eine nette offenbar. Sie hatte jetzt genug für ihre Taten bezahlt. Ich hoffte, sie würde sich erholen.

Wir aßen. Anna und Clara saßen im Schneidersitz im Gras, krümelten und kicherten.

»Ich bin froh, dass du hierhergezogen bist«, sagte Bea. »Nicht nach Bristol.« Und dann zu Clara: »Iss nicht nur Chips. Nimm auch ein Sandwich.«

Ich zuckte mit den Schultern und wich ihrem Blick aus. »Ich bin auch froh. Dieses Haus ist in letzter Minute aufgetaucht. Ist auch billiger.«

Bea warf mir einen strengen Blick zu. »Eine Zeit lang habe ich befürchtet, wir hätten euch völlig aus den Augen verloren. Da fällt mir ein – warum hast du eine neue Handynummer?«

Ich aß einen Chip. »Ach, das alte Telefon habe ich verloren. Jetzt habe ich nur noch ein billiges Prepaid-Handy.«

Bea nahm sich noch ein Sandwich. »Na ja, jedenfalls ist es schön, dich zu sehen. Bitte verschwinde nie wieder, ja?«

»Mache ich nicht.« Ich schaute zu den Mädchen. Clara tat so, als wäre sie ein Hund, und Anna fütterte sie mit Chips. »Versprochen.«

An diesem Abend kuschelten Anna und ich in ihrem Bett, während ich ihr vorlas. Als ich das Buch weglegte, schlang sie die Arme um mich.

»Es war schön, dass Clara und ihre Mutter uns besucht haben, stimmt's?«, sagte ich.

Anna drückte mich. »Der beste Tag von allen.«

Ich küsste sie auf die Haare, atmete ihren Duft nach Seife ein. »Uns geht es ganz schön gut zusammen, dir und mir, findest du nicht?«

Sie drehte sich zu mir um und gab mir einen Kuss direkt auf den Mund.

»Mummy«, sagte sie. »Ich wär wohl ein Fuchsbaby, und du hast mich gerade gefunden, und ich könnte wohl sprechen.«

Sie rollte sich zu einer Kugel zusammen und tat so, als hätte sie eine Fuchsschnauze und Pfoten. Ich kitzelte sie ein wenig hinter ihren langen Fuchsohren und streichelte ihr imaginäres Fell, bis sie schläfrig wurde.

»Ich habe dich lieb, mein Füchschen.«

»Ich hab dich auch lieb, Mummy.«

Unten kochte ich mir einen Tee, machte es mir im Sessel gemütlich und schaute aufs Tal hinaus. Die Abende wurden länger. Die Blätter, die bereits orange und golden waren, fielen. Kahle Äste zeichneten sich vor dem dunkler werdenden Himmel ab.

Ich versuchte, mir den Winter hier vorzustellen. Die Lehrer hatten erzählt, das Dorf sei manchmal tagelang oder wochenlang eingeschneit. Der Unterricht musste ausfallen. Die Geschäfte blieben geschlossen. Die einzigen Fahrzeuge, die sich bewegten, waren Traktoren. Allein beim Gedanken daran fröstelte ich.

Es war so schön gewesen, Bea zu sehen. Sie hatte mich daran erinnert, wer ich war. Ich war jetzt nicht mehr Mrs Mack, sondern wieder Mrs Wilson, und jetzt war ich tatsächlich Witwe. Sobald genug Zeit verstrichen wäre, würde ich bei Gericht beantragen können, dass mein vermisster Mann für tot erklärt wurde. Und ich würde eine Menge Geld bekommen.

Und falls Anna und ich es wollten, wartete unser altes Leben im Süden immer noch auf uns. Ein Auslandsjahr, hatte Bea es genannt. Vielleicht war es das auch. Ein Jahr Auszeit, um uns auszuruhen, zu erholen und wieder zu uns selbst zu finden.

An manchen Tagen wachte ich auf, und noch im Halbschlaf spielte mir die Erinnerung einen Streich. Dann dachte ich, ich läge in unserem alten Schlafzimmer, in dem Haus, das Ralph und ich zusammen gekauft hatten. Wenn ich die Hand ausstreckte, würde er dort liegen und ruhig neben mir schlafen. Später würde ich vielleicht die Treppe hinuntergehen und anfangen, das Frühstück zu machen, und ich würde hören, wie Ralph im Badezimmer duschte, bevor er mit seiner abgewetzten Schultasche in der Hand herunterkäme und sich die weichen Haare aus den Augen strich.

Doch dann hörte ich den scharfen, hellen Gesang der Vögel im Wäldchen hinter dem Haus und das entfernte Muhen der Kühe, und ich blinzelte, öffnete die Augen und war wieder hier, ohne ihn. Mit Anna.

Ich trank meinen Tee aus und saß still da, schaute aus dem Fenster in die Dunkelheit und sah mein eigenes Spiegelbild in der Scheibe, einen geisterhaften Umriss meiner selbst. Die Stille lastete auf mir, durchdringend und unheimlich. Das Tal war in Schwarz gehüllt.

Auf einmal knackte ein Stock. Ich zuckte zusammen.

Da war etwas. Das Blut rauschte mir in den Ohren, während ich angestrengt lauschte.

Wieder ein Geräusch. Ein kaum vernehmliches Scharren an der Wand. Ein Fuchs auf der Jagd vielleicht? Oder ein Mensch, der sich an der Hauswand entlang zur Tür schlich.

Ich stellte die Tasse ab, so leise ich konnte, und schlich mit angespannten Nerven durchs Erdgeschoss. Das einzige Licht, das ich angeschaltet hatte, war das in der Küche. Ich ließ es an, um mich nicht zu verraten.

Ein Klopfen an der Tür. *Ein Ast, den der Wind dagegen drückte? Oder Fingerknöchel?*

War da jemand?

Ich erstarrte. Konnte nicht sprechen, nicht schreien. Ich stand einfach da, hinter der Tür, mit angehaltenem Atem, und wartete. Mein Herz klopfte.

Die Stille dröhnte in meinen Ohren. Nichts. Nur der Wind. Wie dumm von mir, wegen einer Nichtigkeit in Panik zu geraten.

Ich riss mich genug zusammen, um die Haustür zu öffnen, und spähte hinaus.

Das Licht aus dem Haus warf einen schwachen Kegel auf den Boden. Die plötzliche Kälte ließ mich frösteln. Mit den Augen suchte ich die Dunkelheit ab und versuchte, die Bewegungen unter den Bäumen zu deuten.

Der nächtliche Wind wirbelte die Herbstblätter auf und ließ sie im Kreis tanzen.

»Hallo?« Meine Stimme klang dünn und wurde von der Brise davongetragen. »Ist da jemand?«

Mein Puls raste. War das da ein Mensch zwischen den Bäumen oder nur der Schatten eines sich bewegenden Astes? Einige Schritte trat ich in die Dunkelheit, dann hielt ich zitternd inne.

Ich holte tief Luft, beruhigte mich und ging weiter in das Wäldchen hinein. Über mir rauschten und raschelten die Äste, an denen die letzten trockenen Blätter des Jahres hingen. Jedes Mal, wenn ein Zweig unter meinen Füßen knackte, schreckte ich auf.

Nichts. Ich schüttelte den Kopf und redete mir selbst gut zu. Es war absurd, nachts draußen herumzuschleichen und mich zu fürchten. Was hatte ich mir nur dabei gedacht? Ich drehte mich um und wollte wieder ins Haus gehen.

Am Rand des Lichtkegels aus der offenen Haustür hielt ich unvermittelt inne und starrte auf den Boden.

Da war etwas, im Schlamm. Abdrücke. Wahrscheinlich hatten die Mädchen beim Spielen etwas mit Stöcken in die Erde gekritzelt. Aber warum war mir das vorher nicht aufgefallen?

Ich bückte mich und sah genauer hin, nun ernsthaft besorgt. Das waren keine zufälligen Kratzer. Dafür waren sie zu präzise.

Mit dem Blick folgte ich den Linien.

Im schwachen Dämmerlicht bildeten sie Worte, die im aufgewirbelten Staub und Mulch bereits verwischten.

Fehle ich dir?

NACHWORT

Als ich ein Teenager war und zu hitzigen, moralischen Urteilen über die Welt neigte, erzählte mir eine ältere Freundin einmal, wie ihre Kinder ihre Sichtweise auf ihre Ehe verändert hätten. Vor der Geburt ihrer Kinder, sagte sie, hätte sie sofort ihre Sachen gepackt und wäre gegangen, hätte sie jemals erfahren, dass ihr Mann sie betrügt.

Nun, da sie auch an ihre Kinder denken musste, hielt sie es für wahrscheinlicher, dass sie bei ihm bleiben würde, so gedemütigt und verletzt sie auch sein möge, und versuchen würde, die Krise zu überstehen.

Diese Unterhaltung ist Jahrzehnte her, aber sie ist mir in Erinnerung geblieben, vor allem, weil ich damals nicht verstanden habe, dass meine starke, fröhliche Freundin daran dachte, Betrug hinzunehmen, wenn auch nur in der Theorie.

Inzwischen bin ich selbst verheiratet und habe Kinder, und natürlich verstehe ich jetzt viel besser, was sie damit meinte.

Doch selbst mit Kindern stellt sich die Frage: Wie viel kann man verzeihen, nur um die Familie intakt zu halten?

Was wäre, wenn der Ehemann nicht zerknirscht ist, sondern seine Affären fortsetzt? Was, wenn er einer verletzlichen Person nachstellt? Was, wenn er seine Frau mit emotionaler Erpressung dazu zwingt, etwas hinzunehmen, von dem sie weiß, dass es falsch ist?

Aus diesen Überlegungen entstand Die Affäre.

Ich hoffe, es hat Ihnen gefallen. Wenn ja, würde ich mich über eine Rezension freuen. Ihre Meinung interessiert mich, und vor allem helfen Sie damit anderen, meine Bücher zu entdecken.

Ich freue mich über Austausch mit meinen Leserinnen und Lesern. Sie erreichen mich auf Facebook und X.

Mit den besten Grüßen
Jill

Facebook: jill.childs.71
X: @author_jill

DANKSAGUNG

Ich danke meiner wunderbaren Verlegerin Kathryn Taus-
sig und dem ganzen Team bei Bookouture sowie meiner
genialen Agentin Judith Murdoch, der besten in der
Branche.

Danke auch wie immer an meine Familie für all die
Liebe und Unterstützung, und ganz besonders an Nick,
den Mittelpunkt meiner Welt. Es wird mal wieder Zeit,
deshalb ist dieses Buch für dich.

Jane Harper
Der Sturm
Thriller
Aus dem Englischen von Matthias Frings
396 Seiten. Broschur
ISBN 978-3-7466-4122-5
Auch als E-Book lieferbar

»Feine Krimikost aus Down Under.« Kölner Stadt-Anzeiger

Kierans Leben hat sich von einem Tag auf den anderen verändert, als ihm ein verhängnisvoller Fehler unterlief. In einem Sturm sind seinetwegen sein Bruder und ein Freund gestorben, und ein Mädchen verschwand. Zwölf Jahre ist er deshalb nicht mehr in seinen Heimatort an der Küste Australiens zurückgekehrt, doch nun ist er mit Mia verheiratet und hat ein Kind. Kaum ist Kieran zurück, holt ihn das Unglück wieder ein. Am Strand wird eine Frau tot aufgefunden. Plötzlich brechen alle Geheimnisse wieder auf – und der ganze Ort sucht einen Mörder.

Packend und hochemotional erzählt – und mit einem einzigartigen Schauplatz: der Küste Australiens. Von der Autorin des Bestsellers »Hitze«.

Regelmäßige Informationen erhalten Sie über unseren Newsletter.
Jetzt anmelden unter: www.aufbau-verlage.de/newsletter

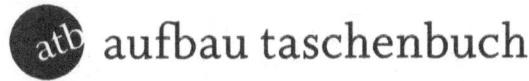

aufbau taschenbuch

Flynn Berry
Frightened – Zwei Schwestern und ein
Mord
Thriller
Aus dem Amerikanischen von Wolfgang Thon
313 Seiten. Broschur
ISBN 978-3-7466-4097-6
Auch als E-Book lieferbar

»Außerordentlich spannend und intensiv!« Washington Post

Nora will ihre Schwester Rachel besuchen, die aufs Land gezogen ist. Doch dann findet sie Rachel ermordet in ihrem Haus vor. Zwar ist sofort die Polizei zur Stelle, doch die Schwestern konnten schon vor vielen Jahren nicht auf sie vertrauen. Damals gab es einen Vorfall, der das Leben beider für immer verändert hat. Also macht Nora sich selbst auf eine fieberhafte Suche nach dem Täter und stößt auf ein Netz aus Geheimnissen, das sie daran zweifeln lässt, wem sie vertrauen kann.

Ein hochspannender psychologischer Thriller über die Frage, wie gut wir unsere eigene Familie kennen

Regelmäßige Informationen erhalten Sie über unseren Newsletter.
Jetzt anmelden unter: www.aufbau-verlage.de/newsletter

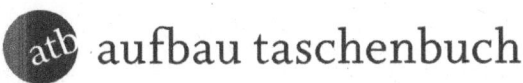

Rebecca Russ
Die Influencerin
Ich folge dir. Ich verfolge dich. Ich zerstöre dich.
Thriller
288 Seiten. Klappenbroschur
ISBN 978-3-352-01005-7
Auch als E-Book lieferbar

Wir sehen dich – wir verfolgen dich

Am Höhepunkt ihrer Online-Karriere verliert die Lifestyle-Influencerin Sarah Rode alles, wofür sie jahrelang gearbeitet hat. Die Online-Welt gibt ihr die Schuld am Tod einer Followerin. Nach einer Flutwelle aus Hass löscht Sarah all ihre Social-Media-Apps und verkriecht sich in ihrem Haus. Doch der Hass sickert bald über die Grenzen der Online Communities hinaus bis über ihre Türschwelle. Sie fühlt sich bedroht und verfolgt. Dann erscheint ein neuer Instagram-Account in Sarahs Namen. Wer steckt hinter dem Fake-Account? Wie kann es sein, dass der Betreiber ihre persönlichen Geheimnisse zu kennen scheint? In einem atemlosen Rausch kommt Sarah der erschütternden Wahrheit Schritt für Schritt näher ...

Ein hochspannender Thriller über die Abgründe der Social Media-Welt und die Schattenseiten des Influencer*innen-Daseins.

Regelmäßige Informationen erhalten Sie über unseren Newsletter.
Jetzt anmelden unter: www.aufbau-verlage.de/newsletter